바깥은 우중

바깥은 우중

박혜강 소설집

문학들

| 차례 |

오늘은 허탕일 듯싶다. 태풍이 북상한다는 일기예보가 보도되기 이전부터 하늘은 검기울었다. 왜바람이 음산한 거리에 널린 허접쓰레기들을 몰고 양품점 유리 진열장으로 돌진한다. 부딪쳐서 깨지고 흩어지기는커녕 더욱 탄력을 받는다. 어깨동무를 한 채 천지를 할퀴듯 휩쓸며 좌충우돌이다. 머나먼 북태평양 남서부에서부터 시작되었다는 이 태풍은 북상할수록 더욱 기승을 부렸다. 끈질긴 생명력이다. 지상의 모든 것들이 행여 바람에 날아갈까 싶어 곱송그리고 있다. 이런 태풍을 뚫고 찾아올 손님은 아무도 없을 터였다.

　그 이름은 '루사'였다. 우리말로 풀이하면, '물사슴'이라고도 하는 '삼바사슴'이다. 꼬리가 길고 암갈색 털을 가졌으며, 풀을 뜯어먹는다는 유순한 동물인데도 심술이 여간 몰강스러운 게 아니다. 진흙탕 목욕을 좋아한다더니 천지를 진흙탕 같은 혼돈으로 만들어놓고 연신 자맥질하고 있다. 이히히, 으어! 으어! 한 떼거리의 삼바사슴이 울음소리를 터트리며, 뿔로 유리 진열장을 들이받는다. 이윽고 용수

철처럼 퉁기면서 함성을 지르고 거리로 되쏟아져 나가지만 그 기세만큼은 투명한 유리를 뚫고 실내까지 엄습한다. 벽걸이 거울에 비치는 실내 풍경이 그로테스크하다. 벽면에 핀으로 고정시켜 디스플레이 해놓은 옷들이 광란의 춤을 춘다. 박제표본이 되어버린 날것들이 영혼을 되찾기 위해 몸부림치는 것일까. 하늘이라도 덮을 듯 자랑스럽게 날개를 펼치고 힘차게 비상(飛翔)한 다음 기류를 타고 느긋하게 활공했던 그날이 그립기도 할 것이다. 바람이 아무리 거세게 몰아쳐도 핀은 요지부동이다. 침술 달인이 인체의 경혈을 찾아 시술해놓은 침처럼 당당하다.

섬광이 번쩍하더니 천둥이 하늘 복판을 찢는다. 해경은 덴겁하며 몸을 움츠린다. 일순간에 굉음과 어둠이 천지를 뒤덮는다. 빅뱅이라도 일어났던 것일까. 실내가 극단적인 수축을 하고 중력이 무한대로 변하면서 블랙홀로 변한다. 탈출구를 찾기 위해 손을 허우적거린다. 코가 막혀 호흡이 곤란해진다. 이명 때문에 귀가 욱신거린다. 수축 현상이 계속되면서 세상의 모든 것들이 실내로 삽시간에 빨려들다가 속도를 늦추기 시작한다. 슈바르츠실트반지름에 가까워진 것일까.

해경은 그 자신이 어디에도 있고 또 어디에도 없다는 아뜩한 느낌에 사로잡힌다. 벽면 거울 속을 아무리 뒤져보아도 자신은 보이지 않는다. 실체를 되찾고 싶었다. 허둥지둥 탈출구를 찾기 시작한다. 한 줄기 빛이 실내를 빠져나가려고 바동거리다가 속절없이 끌려 들어오기 시작한다. 빛줄기가 자리했던 빈자리에 나선형으로 이어진 기나긴 터널이 휑하니 뚫린다. 그 터널 저 먼 곳에 검은 점 하나가 도사리고 있다. 그 점이 다가오면서 클로즈업되기 시작한다.

어서 불을 켜야 해! 이러다간 어둠에 묻혀 영영 헤어나지 못할 거야.

거울에서 시선을 뗀다. 벽면을 더듬거려 텀블러스위치를 찾는다. 가벼운 탄력이 느껴지면서 할로겐 빛이 물 위에 떨어트린 한 방울의 기름처럼 실내에 번진다. 나선형의 구멍 속에서 클로즈업되었던 검은 점의 실체는 남편, 현우가 실내장식으로 설치해 놓았던 슴새 박제였다.

또 한 떼거리의 삼바사슴이 거센 울음을 터트리며 진열장으로 돌진한다. 핀으로 고정시켜놓은 옷들이 날개처럼 펄럭거린다. 추석빔으로 가져다 놓았던 것들이다. 여전히 핀은 요지부동이다. 슴새 박제의 날개만이 당당하다. 거센 바람이 불어올 때마다 그 날개는 더욱 의젓하고 여유만만해진다. 그럴 만하다. 폭풍우가 몰아쳐 길길이 날뛰는 파도의 물머리 위를 의연하게 날아 태평양 횡단이라는 대장정을 해냈던 슴새였다.

어머머! 어쩌면 좋아! 간판이…간판이 날아가면 어떻게 해…….

해경은 아뜩한 정신을 바로잡으며 불에 덴 듯 흔들의자에서 벌떡 일어나 밖으로 나간다. 양품점 분위기를 특이하게 꾸미려고 네온 간판 대신에 검은색 천막 간판을 달았다. 그게 태풍을 이기지 못하고 실 끊어진 방패연처럼 날아가버릴지도 모를 일이다. 밖으로 나서자마자 비 냄새를 머금고 있는 왜바람이 온몸을 휘감는다. 날개가 복사뼈 언저리에 돋아나 몸이 허공으로 떠오르는 듯하다. 두 다리에 힘을 주어 말뚝 박듯 중심을 잡고 간판을 바라본다. 검은 천 바탕에 흰 글씨로 '날개'라고 쓴 천막 간판이 바람을 머금어 부풀대로 부풀었다가 다시금 홀쭉해지곤 한다. 오랜 비행 끝에 착지한 날것들의 헐떡거리는 가슴 같다.

옷이 날개라 했고, 날개 돋친 듯 팔리면 좋겠지. 그리고 「날개」라는 소설을 쓴 박제된 천재, 이상의 본명이 김해경이었거든. 그래서 날개야.

해경이 양품점을 계획했을 때 현우가 '날개'라는 상호를 지어주면서 했던 말이었다. 그가 알려주지 않았으면 박제된 천재와 자신이 동명이인이었다는 것을 망각하고 살았을지도 모른다. 1910년 서울 종로구 사직동에서 태어났다가 28세의 아까운 나이로 동경제대 부속병원에서 폐결핵으로 객사했다는 이상과 1966년에 남해안 어느 바닷가 마을에서 태어나 현재 조그만 양품점을 운영하고 있는 자신은 어떤 인연도 있을 턱이 없다. 다만 이름만 우연히 같았을 뿐이다.

또 한 번의 번개와 천둥이 지상의 모든 것을 압살해버릴 듯 난무한다. 천막 간판에 적힌 '날개'라는 흰 글씨가 섬광을 받아 유난히 빛난다. 진짜 날개로 변해서 번개가 찢어놓은 검은 하늘의 틈새로 솟구칠 기세다. 세상 저쪽은 과연 어떤 세상이 있을까. 해경은 천둥 번개의 두려움을 잊은 채 하늘을 올려다본다. 검은 하늘은 전설 속의 붕새였다. 그 새는 하늘에 떠 있는 구름 같은 넓은 날개를 한 번만 움직여도 구만리나 날아갈 수 있어서 북해를 온통 뒤덮었다고 했다. 빗방울이 떨어지기 시작한다. 성긴 빗줄기였지만 방울만큼은 무척 굵다. 눈물처럼 떨어져 대지를 파헤친다. 해경의 얼굴로 파고든 두서너 개의 빗방울이 신경을 타고 발끝까지 흘러내린다. 비설거지를 염려하다가 문득, 현우를 떠올린다. 벌써 한 달째 행방이 묘연했다. 평소에 소원이었던 날개라도 돋아나 철새처럼 어디론가 떠나버린 것일까. 이별이라는 단어의 아픔보다 오래전에 갈라서야 했을지도 모른다는 생각의 흐름에 젖는다. 새벽을 타고 은밀하게 흐르는 한 줄기 차가운 개여울이 가슴을 적시자 섬뜩해진다. 만남처럼 이별도 평범하게 끝날 리 없을 것이다.

해경은 비를 피해 양품점 안으로 들어선다. 거울이 할로겐 불빛을 반사하면서 다가온다. 판자바닥 위로 앓는 소리가 번진다. 박제가 되어버린 천재, 이상의 거울 속에는 소리가 없다고 했다. 해경의 거울 속에는 천둥과 빗소리가 들어 있다. 이상의 거울 속에는 늘 거울 속의 내가 있다고 했다. 해경의 거울 속은 가위 무인지경이다. 해경은 물론이고 현우도 없다. 현우가 자신의 곁을 돌연히 떠났던 그날 저녁 무렵에 날아온 문자메시지가 떠오른다.

〈나는 거울 없는 실내에 있다. 거울 속의 나는 역시 외출중이다.〉

해경은 이런 문자메시지를 심드렁하게 여겼다. 그날 밤, 현우는 귀가하지 않았다. 그 다음 날 아침, 잠에서 깨어나자마자 문자메시지가 또 발견되었다. 발신 시각은 꼭두새벽이었다. 틀림없이 어디선가 불면의 밤을 보내다가 점자를 어루만지듯 글자를 하나씩 조합하며 메시지를 찍었을 터였다.

〈꽃나무는 제가 생각하는 꽃나무에게 갈 수 없소. 나는 막 달아났소.〉

두 번째 메시지를 발견하고 나서 왠지 모를 야릇한 예감에 휩싸이기 시작했다. 숙명처럼 아침이 오고 밤이 찾아오듯 이별의 발자국 소리가 어둠이 깔린 회랑을 울리며 다가오는 느낌이었다. 그 발자국 소리가 가까워졌다가 다시금 사라져 정적으로 뒤덮이게 되면 그의 모습은 영영 찾아보기 힘들지도 모른다. 그건 돌연히 싹튼 예감이 아니었다. 현우와 금이 가기 시작했던 징후는 오래전부터 실뿌리처럼 은밀히 번지고 있었다. 그는 박제가 되어버린 천재, 이상처럼 극심한 불면증에 시달리곤 했다. 이상이 아달린과 아스피린으로 연명했다면, 그는 한사코 약발에 의존하지 않으려고 도리머리를 했다는 것만 달랐다. 안타까운 마음이 들어 진찰을 권유해보았다. 그는 의료보험카드를 거들떠보지도 않았다. 해경이 그의 옛 친구인 정신과의사를 찾아가서 조언을 구한 적이 있었다. 특이한 소리나 빛과 같은 외부 자극이 수면을 방해한다고 했다. 그의 방을 수면에 적합하도록 꾸며주었다. 효험이 없었다. 외부 자극뿐만 아니라 내부 자극 때문에도 수면이 방해를 받게 된다면서, 근육으로부터의 구심성 임펄스가 차단되어 뇌에 도달하지 않게 되면 잠이 온다고 했다. 몸을 옆으로 하고 근육의 긴장을 풀게 하라는 처방이었다. 역시 효험이 없었다.

성긴 빗줄기가 작달비로 변해 억수장마처럼 쏟아진다. 유리 진열장 바깥 풍경이 급박하게 변해 가는 중이다. 아스팔트가 물고랑으로 변한다. 건너편 뜨개질 가게 노처녀가 불안한 걸음으로 실내를 바장이고 있다. 건너편 우측에 있는 전파가게 종업원이 출입문 밖으로 머리를 잠시 내밀다가 자라처럼 목을 움츠리고 사라져버린다. 골목 안쪽 무슨 빌라엔가 산다는 민이 엄마가 웅크린 자세로 허둥지둥 다가오고 있다. 우산이 없다. 벌써 흠뻑 젖어 물에 빠진 강아지 꼴이다. 태풍과 집중호우가 몰려온다는 일기예보를 알고 있었을 텐데 우산도 휴대하지 않고 어디를 다녀오는 길일까. 승용차 한 대가 민이 엄마와 양품점 유리 진열장에 물을 튀기고 빗줄기 속으로 미끄러지듯 사라진다.

해경이 흔들의자에서 일어난다. 비에 젖어 있는 민이 엄마가 애처롭게 보인다. 양품점 안으로 잠시 들어와 비를 피했으면 좋을 텐데…. 민이 엄마는 브라운 계통의 사파리 점퍼로 뭔가를 감싸 안고 있다. 그 속에서 얼굴만 내밀고 있는 민이 모습이 눈동자로 빨려든다. 강아지가 아니라 비 맞은 캥거루 어미와 새끼였다. 품에 안긴 세 살배기 민이는 뭐가 그렇게 신나는지 연신 해죽거리는 중이다. 아이는 태풍도 억수장마도 모른다.

비 좀 피하고 가세요, 민이 엄마!

소리가 들리지 않았던 것일까. 민이 엄마는 벌써 저만큼 멀어져 빗줄기 속으로 파묻히고 만다. 민이 엄마는 해경보다 세 살 아래였다. 빗속에서 해죽거리던 민이의 말간 얼굴이 떠오른다. 해경이 결혼 두 해만에 들어선 첫아이를 그대로 낳았다면 민이보다 네 살 위였다. 일곱 살이라면 초등학교 일 학년은 되었을 것이다. 개구쟁이였을까, 아니면 현우처럼 과묵했을까. 산부인과 의사는 사내아이였노라고 담담하게 말했다. 해경은 흡입기에 부착된 흡입큐렛이 자궁을 송두리째 앗아갔다는 느낌에 사로잡힌 채 병원 문을 나섰다. 현우는 그날따라 너스레를 떨었다. 좋은 때가 오기만 하면 아홉 명의 아들을 낳아 야구팀을 만들겠다고 했다. 그 좋은 때는 여태 찾아오지 않았다. 그때만 해도 해경은 현우를 어느 정도 이해할 수 있었다. 그의 우스갯소리 뒤편에 남모르는 아픔이 똬리를 틀고 있었다. 그

후, 해경은 현우 몰래 성당에 찾아가서 지워버린 아이를 위해 연미사를 올렸다. 부활보다 속죄와 망각을 위한 의례였다.

해경은 흔들의자 위에 쓰러지듯 주저앉는다. 오디오 전원을 넣고 음악을 꺼낸다.

너희들은 모르지. 우리가 얼마만큼 높이 나는지. 저 푸른 소나무보다 높이, 저 뜨거운 태양보다 높이, 저 무궁한 창공보다 더 높이….

빗소리가 음악을 짓누른다. 도저히, 음악에 안길 수 없다. 현우가 양품점 개업 선물로 습새 박제와 함께 준 녹음테이프였다. 그는 없고 박제된 새와 빗소리에 짓눌리는 음악만 남아 있다. 밥 딜런의 노래가 이어진다. 현우가 가장 좋아했던 노래였다.

사람들이 그를 인간이라고 부르기 전까지 그는 얼마나 많은 인생의 길을 걸어야 하나?

한 마리 하얀 비둘기가 모래에서 잠들기 전까지 얼마나 많은 바다 위를 날아야만 할까?

…그 대답은 오직 바람만이 알고 있다네…….

현우는 이 노래를 함께 들을 때마다 어떤 음악평론가의 이야기를 습관처럼 인용하며 낮게 주절대곤 했다.

엘비스가 몸을 열었다면 밥 딜런은 우리의 마음을 열었지. 이젠 바람을 가득 안고 훨훨 날고 싶어. 이 지겨운 세상을 떠나서 말이야.

노래 사이에 흘러나오는 하모니카 소리가 바람 소리처럼 흐르면서 빗소리를 잠재우기 시작한다. 하지만 바람 소리에 실려 오는 것은 없다. 빗소리가 다시금 커진다. 해경은 현우가 허우적거리고 있는 고통의 늪이 얼마나 깊은지 제대로 알지 못한다.

현우는 어느 날부터인가 표정이 하얗게 변하기 시작했다. 실어증에 걸린 사람처럼 말수가 점점 사라졌다. 불면증과 가출이 뒤따랐다. 부부는 살아가면서 닮는다고 했던가. 그가 고통 속에서 허우적거리고 있을 때 해경 역시 그 고통의 찌꺼기를 흠뻑 뒤집어썼다. 불면증의 역사는 현우보다 해경이 앞섰다. 불면의 씨앗은 그가 이 사회로부터 돌아앉았을 때부터 은밀하게 잉태되었을 것이다. 첫아이를 지워야만 했을 때나 더 이상 아이 갖기를 극구 반대했던 그의 독선적인 태도가 불면의 씨앗을 발아시켰다. 불면증은 인간을 박제시키는 포르말린이었다. 불면의 시간 내내 육신과 영혼의 짐을 힘겹게 짊어지고 낑낑거리다 보면 아침 햇귀 속에서 포르말린 냄새가 났다. 해경에게는 최면을 위한 술이 필요했다. 지친 육신이라도 잠재워 놓아야 억지 안식이라도 구할 수 있었다. 그런 생활이 습관화되자 불면이 먼저였는지 술이 먼저였는지 분간하기 어려울 정도였다. 빈 소주병들이 불면의 생채기에서 떨어진 딱지처럼 콩켸팥켸 쌓이는 날이 연속되었다. 그와 헤어져야 할 때가 가까워졌는지도 모른다는 생각이 싹튼 것도 그즈음이었다.

〈역사는 무거운 짐이다. 세상에 대한 사표 쓰기란 더욱 무거운 짐이다. 나는 나의 문자들을 가둬버렸다. 도서관에서 온 소환장을 이제 난 읽지 못한다.〉

세 번째 날아온 문자메시지였다. 해경은 그 문자메시지에서 현우의 데스마스크를 환영으로 느꼈다. 그는 어느 때부터인가 무능력한 인간으로 변해갔다. 그가 애타게 갈구했던 모든 것을 포기함으로써 이미 죽음의 길을 걷기 시작했는지도 모른다. 죽음이라는 단어가 머릿속에 아른거리기 시작하자, 그의 전화번호를 누른다. 그가 가출한 이후 처음으로 보인 관심이다.

고객의 전화기가 꺼져 있어 음성사서함으로 연결해드리겠습니다….

부재중이다. 몇 번이나 연결을 시도해도 마찬가지다. 그는 오래 전부터 이별 연습을 해왔다. 그래서 해경의 가슴속에 이미 부재중인지도 모른다. 해경은 반복되는 안내 음성을 듣다가 문득 이상한 느낌을 받는다. 가출 이후 세 번에 걸쳐 날아온 문자메시지가 아무래도 이상야릇하다. 그가 날린 메시지가 아니라 제3의 인물로부터 날아온 것 같다. 그는 평소에 간명하고 사실적인 단어만을 사용했기 때문이다. 또 하나 이상한 점은 문자메시지 내용이 낯설지 않다는 것이다. 언젠가 한 번쯤 읽은 듯한 구절이다. 어디서 그런 구절을 만난 것인지 기억의 창고를 뒤적거려보아도 쉽게 찾아내지 못한다. 문득, 천막 간판의 '날개'라는 상호가 떠오르면서 박제된 천재, 이상의 얼굴이 폭죽처럼 피어오른다. 컴퓨터를 뒤져 이상의 홈페이지를 찾아본다. 홈페이지 문을 열자마자 검은 바탕 화면에 이상의 초상화가 나타나고, 배경음악으로 '알함브라 궁전의 추억'이라는 클래식 기타의 선율이 깔린다. 세 손가락으로 퉁기는 트레몰로 주법은 전율 그 자체다. 예상이 빗나가지 않는다. 첫 번째 문자메시지는 이상의 시 「오감도」에서, 두 번째는 「꽃나무」에서, 세 번째는 「회한의 장(章)」에서 발췌한 글이다. 그가 이상의 글을 인용하여 문자메시지를 보낸 이유가 무엇일까. 혹시 하늘 높이 날고 싶다는 욕망에서?

애당초 인간에게 날개는 없었다. 이상이 원했던 날개는 하늘을 날아보겠다는 희망이 아니라 미쓰꼬시 옥상에서 하늘을 날 듯 추락하는 것을 소원했던 것인지도 모른다. 이상은 그의 골방에서 오랫동안 추락 연습만을 해왔지 않던가. 해경이 이상의 홈페이지를 두루 살피는 내내 '알함브라 궁전의 추억' 기타 선율이 되풀이되었다. 이상은 그토록 원했던 날개를 달고 지구 저편으로 깊숙이 추락하여 스페인 최후의 무어왕국인 나사리 왕조가 머물렀던 알함브라 궁전에 잠들었는지도 모른다. 나태와 폐결핵에 지쳐서 나른한 오후처럼 느껴지는 이상은 처연함과 섹시함을 동시에 풍기고 있었다고나 할까. 부재중인 현우는 지금 어디에 머물고 있을까. 해경은 양품점 거울 속을 다시금 뒤진다. 현우뿐만 아니라 해경도 부재중이다.

남쪽 바닷가 마을. 해경에게 아버지의 모습은 실루엣으로 남아 있을 뿐이었다. 할머니는 아버지 이야기가 나올 때마다 혀를 끌끌 찼다.

염병할 인간이 산은 뭐 땜시 올라갔을까잉. 개살구 지레 터진다 등만, 지가 뭘 안답시고 까불거리다가 그 모양 그 꼴이 됐냐, 이거여. 그리여, 속 씨원허게 잘 갔당께. 지 좋다는 세상으로 훨훨 잘 날아가부렀어. 아나, 배나 굶지 말거라잉.

할머니는 붉은부리갈매기를 향해 햇볕에 말리려던 멸치를 한 줌씩 뿌려주곤 했다. 해경은 멸치가 아까워서 할머니 팔을 붙잡았다.

저 새가 바로 니 애비여, 애비! 날아가고 싶어서 환장을 하등만 결국 새가 되어 날아갔단 마다.

해경은 할머니 이야기를 곧이곧대로 들었다. 그 후, 할머니처럼 갈매기들을 향해 먹이를 던져주곤 했다. 동네 아이들이 바다 냄새에 절어 있는 아버지의 손을 잡고 깔깔거리며 걸어갈 때면 까치놀 물든 궁형(弓形)의 해안을 따라 활공하는 갈매기들을 그리움의 눈으로 바라보곤 했다. 갈매기는 너무나도 의젓했다. 선술집에 앉아 목로를 젓가락으로 두드리며 너덜대는 목청으로 발악하듯 노래를 불러대고, 걸핏하면 멱살을 잡고 싸움질이나 하던 뱃사람들과는 판이하게 달랐다. 해경은 새가 되었다는 아버지가 자랑스러웠다. 하지만 아버지는 언제나 하늘은 난다거나 해경의 주변을 선회하기만 했을 뿐, 자신의 손에 한 번도 내려앉은 적이 없었다. 어머니 얼굴도 보기 힘들었다. 아버지가 새로 변하기 이전부터 돈벌이를 위해 대처로 나갔다고 했다. 어머니는 명절이 되거나 얼굴을 잊어버릴 만하면 웃으며 과자가 들어 있는 보따리를 보듬고 찾아왔다가 이내 바람처럼 떠나버렸다. 어머니는 바람이었고, 아버지는 새였다.

아버지가 산에 올라간 죄 때문에 폐인으로 변해 여생을 무지렁뱅이처럼 살다가 저세상으로 떠났다는 사연을 알게 된 것은 대학 시절이었다. 가슴속에 실루엣으로 남아 있었던 아버지의 모습과 새가 되었다는 할머니의 이야기가 무참히 깨져 흔적도 없이 사라졌다. 그 빈자리에는 고향 바닷가 해안에서 철썩거리는 파도 소리만 오랫동안 남아 있었다. 그런데 그 빈자리를 채워준 사람이 바로 현우였다.

해경이 대학을 졸업하고 대학 도서관 사서로 근무하던 어느 날이었다. 아우성. 요란한 총성과 쫓고 쫓기는 발자국 소리. 매캐한 최루 냄새. 해경은 일상처럼 벌어지는 그런 상황에 이미 무감각해져 있었다. 서가의 책을 정리하면서 유리창 너머로 보이는 마로니에 우듬지와 눈이 시리도록 푸른 하늘을 간간이 바라보았다. 푸른 하늘에 입사(入絲)된 마로니에 흰 꽃잎은 꿈꾸는 메시지였다.

출입구 쪽에서 인기척을 느꼈다. 조심스러운 걸음걸이였는데 발자국 소리는 천둥처럼 울렸다. 이상스러운 현상이었다. 그는 해 질 무렵의 잔광을 등에 업은 채 다가오고 있었다. 실루엣만 느낄 수 있을 뿐인데도 무척이나 낯익은 사람처럼 느껴졌다.

누구시죠?

저 말입니까?

그래요. 누구신지….

저는 한 마리 샙니다. 저기 마로니에 앉았다가 날아온 새라고나 할까요.

정말로 저 마로니에 새가 앉아 있었나요?

해경은 최면에 걸린 사람처럼 자신을 새라고 소개한 사내의 말을 또박또박 되받았다. 마치 소설이나 영화의 한 장면 속에 갇혀 있는 것 같았다. 그런 대화가 유치하다는 생각이 전혀 들지 않았다. 사내가 한 걸음 다가섰다. 눈동자만이 또렷하게 드러났다. 망원경과 돋보기 기능을 함께 갖추고 있다는 새의 동공이 떠올랐다. 그가 해경의 빈 가슴속으로 걸어 들어오듯 낮은 목소리로 냈다.

그럼요. 정말로 슴새가 앉아 있었다니까요.

슴새라구요? 아, '마오, 마오,' 이렇게 낮게 울고 또 '섬새'라고도 부르는 슴새 말이군요.

슴새를 잘 아시군요. 슴새는 학명으로 칼로네트리스 레우코메라

스라고 하죠. 북에서는 슴새를 어떻게 부르는지 아심메까? 꽉새라고 함메다. 꽉새 말임메다.

사내는 슴새의 날개처럼 팔을 벌리고 제자리에서 한 바퀴 돌았다. 해경은 그의 동작과 북한 말투가 재미있어서 그만 까르르 웃고말았다. 웃음이 길게 이어지지 못했다. 군홧발 소리가 복도를 울리자 사내가 재빨리 서가 뒤로 몸을 숨겼다. 그때서야 사내의 몸에서 매캐한 냄새가 나고 있었다는 것을 느꼈다. 그는 해경의 품으로 날아온 한 마리 새였다. 어쩌면 실루엣으로만 남아 있던 아버지의 빈자리에 그가 운명처럼 내려앉았는지도 모른다.

그의 이름은 박현우. 국문과 4학년이며 복학생. 동갑내기인 두 사람은 숙명처럼 가까워지기 시작했다. 그 후, 현우가 사회로부터 잠시 강제격리되는 사건이 벌어졌을 때 해경이 덴가슴을 부여안고 찾아갔다. 그는 의외로 밝은 얼굴을 하고 있었다. 그건 억지로 짓는 표정이 전혀 아니었다. 걱정했던 마음을 어느 정도 놓으면서 여유를 되찾았다.

고생이 많지? 어쩌면 좋아.

요즘 편안하게 쉬고 있다 보니까 무척 근질근질한 걸, 뭐.

갑갑하겠다, 그지? 창공을 날던 새가 새장 속에 갇혔으니 오죽 갑갑하겠어.

천만에. 내가 갇힌 게 아니라 바깥에 있는 사람들이 갇혀 있는 거라구. 자, 여기를 봐! 내 날갯짓은 너무나도 자유스럽잖아?

바깥에 있는 사람들? 그러면 나도 갇혀 있다는 거야?

그럼! 여기서 보면 바깥에 있는 사람들은 날개가 없다니까.

현우가 두 팔을 벌려 날갯짓을 했다. 그런 모습으로만 보면 갇힌 사람처럼 전혀 느껴지지 않았다. 해경은 자신만만하고 여유만만한 그 모습이 얼마나 믿음직스러웠는지 모른다. 정신적인 궁합이라는 것도 있는 것일까. 해경은 댕돌 같은 그를 물끄러미 바라보면서 아버지가 떠나간 빈자리를 조그만 틈새도 없이 메워 줄 상대로 여겼다.

현우가 졸업을 하자마자 두 사람은 하나가 되었다. 그는 치열한 일선에서 거짓말처럼 뒤로 물러났다. 중소기업에 취직을 했다. 그는 모든 생계를 책임질 테니까 가정만 잘 지키라는 말을 당당하게 뱉어냈다. 그리고 가장의 책무가 뭔지 보여주기라도 하듯 열정적인 샐러리맨으로 변해갔다. 그뿐만 아니라 휴일만 되면 해경을 데리고 산과 바다를 쏘다니며 새를 관찰하거나 촬영하기도 했다. 해경의 인생에서 가장 행복한 시간대였다.

그는 간간이 조류도감을 펼쳐놓고 해박한 지식을 풀어놓았다. 저 새는 휘파람 소리처럼 지저귀는 동박새야. 저길 보라구. 눈 둘레가 하얗지? 그래서 백안작(白眼雀)이라고도 불러. 저건 또 뭔지 알아? 꺼병이야. 만화 주인공 꺼벙이가 아니라 꿩의 새끼를 일컫는 말이지. 그리고 저 슴새는 바다의 방랑자라고도 하거든. 쉬지 않고 무려 150일간을 시속 30마일로 날면서 태평양을 횡단하기 때문이야. 물론 부유 생물을 잡아먹으며 물 위에 떠서 눈을 잠깐 붙이기도 하지만 여러 날 동안 한숨도 자지 않고 대장정을 감행한대. 그래서 슴새의 대장정은 경이로움 그 자체라고 말할 수 있어. 그런데 말이지, 슴새들은 슬픈 사연을 안고 살아간대. 원래 슴새들은 천만 단위에 이르는 집단생활을 하는 새들이었는데 울릉도 개척단들이 굶주림을 면하기 위해 도리깨로 깡그리 때려잡아 먹었다는 거야. 서양에서는 숩새 고기 맛이 양고기 같다고 해서 '양고기 새'라는 별명을 붙였다더군. 그들도 숩새 사냥에 얼마나 열을 올렸던지 지금은 개체수가 줄어들어서 쉽게 찾아보기 힘든 새가 되고 말았어. 하, 숩새는 고달픈 운명에 기구한 팔자를 타고난 새야.

현우는 새 박사라고 해도 과언이 아니었다. 시조새는 파충류처럼 긴 꼬리가 달려 있었다거나 새의 날개들은 완벽한 항공학적으로 만들어졌다는 이야기, 갈매기는 공중을 헤엄치는 것이 아니라 프로펠러 추진을 한다는 이야기, 체중 2킬로그램에 날개 길이가 무려 2미터나 되는 군함조의 뼈 무게가 불과 100그램밖에 되지 않는다는 이야기까지 흥미롭지 않은 게 없었다. 또 새의 지저귐에 관한 이야기는 아주 새로운 사실을 깨닫게 해주었다. 감상적인 사람들은 새들의 지저귐을 환희의 찬가라고 생각하나, 사실은 자기의 세력권을 주장하며 출입을 통제하는 경고의 소리라는 거였다.

해경은 그가 병적일 정도로 새에 집착하고 있다는 것이 간혹 걱정스럽기도 했다. 어떤 때는 자신보다 새에 더 많은 관심이 있는 듯해서 어이없는 질투심이 피어오르기도 했다. 행여 새처럼 날아서 자신의 곁을 떠날지도 모른다는 불안감을 느낀 적도 있었지만 현우와 늘 함께 있다는 행복감이 그런 염려를 덮어주었다. 그런데 너무나 행복하면 왠지 모를 불안감 밀려온다고 했던가.

오늘 직장 그만두었어. 생계는 걱정 마. 글을 쓰기로 했어. 전업 작가로 말이야.

그거 힘들지 않을까?

스스로 알을 깨트리고, 또 하늘 높이 날려면 안이한 생활에 안주해서는 안 될 것 같아. 자진해서 고통 속으로 걸어 들어가야 뭔가 해결책이 나오지 않겠어?

작가의 길은 고난의 길이라던데…….

아, 그렇지! 경철이라고 알잖아, 김경철? 우리 결혼식 사회를 봤고 또 출판업을 하고 있는 친구 말이야. 든든한 동지라서 많은 도움이 되어줄 거야.

3년 만에 직장을 그만두고 전업 작가의 길로 들어섰다. 매사에 열정적인 그는 새를 쫓아다니는 것조차 잊을 정도로 창작에 매달렸다. 그때부터 현우에게 문학은 또 다른 새였다. 현우 역시 새였다. 폭풍우가 몰아쳐 길길이 날뛰는 파도의 물머리 위를 날아가는 습새였다. 그의 열정이 어느 정도 열매를 맺는 듯했다. 책도 몇 권 펴냈고 반응도 제법 좋았다. 그에게 출판물 계약 건이나 원고 청탁이 쇄도했다. 넉넉하지는 않았지만 그런대로 생계를 유지할 수 있었고, 그가 하고 싶은 일을 하고 있다는 것이 행복이라면 행복처럼 보였다. 그런데 호사다마(好事多魔)라고 했던가. 어느 누구도 예견하지 못했던 대 지각변동이 발생했다. 소련의 붕괴와 유럽 공산주의 국가들의 몰락이 시작되면서 이 땅에도 크나큰 변화가 찾아오기 시작했다. 또 컴퓨터와 시각매체들의 활발한 움직임도 변화에 한몫 거들었다. 모든 사람들이 사각(四角)의 틀 속에 갇혀버렸다. 어느 누구도 사각의 틀 앞에서 자유스러울 수 있는 사람은 없었다. 그런 변화와 혼란을 틈타 새로운 흐름들이 고개를 쳐들기 시작했다.

웃기는 자식들! 이젠 끝장이라고? 웃기지 마라, 이거야! 언제는 좋은 때가 있어서 꽃을 피웠나. 우리는 쓰러지지 않는다고. 나는 들러리가 아니란 말이야! 우리는 거친 파도를 꿋꿋이 헤쳐 나온 전사들이었어! 동요하는 너희들이나 꺼져! 꺼지란 말이야!

현우의 절규. 만취된 육신. 세상을 향한 저주와 발악. 해경은 그의 모습에서 서서히 밀려오는 어두운 그림자를 보았다. 예감은 틀리지 않았다. 그를 눈부실 정도로 조명하던 언론의 스포트라이트가 고개를 점점 돌렸다. 그와 비슷한 길을 걸었던 경철 씨의 출판사도 재정난에 허덕이기 시작했다. 그들은 날개 꺾인 새들이었다. 그럴 즈음에 해경은 기억 속에 또렷하게 남아 있는 어떤 장면을 떠올렸다. 동네 아이들이 고무줄로 만든 새총으로 장난삼아 쏜 돌멩이에 참새 한 마리가 추락했다. 어린 참새는 날개를 퍼덕거리며 다시 날아오르려고 안간힘을 썼다. 개구쟁이들은 어느 누구도 동정이나 연민의 눈빛을 보이지 않았다. 추락해서 퍼덕거리는 참새를 신기한 듯 바라보며 환호성을 질러댈 뿐이었다.

현우는 그런 좋지 못한 상황에서도 창작에 대한 열정을 접지 않았다. 예전보다 눈빛을 더욱 반짝거리며 몸부림쳤다. 하지만 그 후로 책을 펴낸 적이 없었다. 그 어느 날인가 경철 씨가 비틀거리며 현우를 찾아왔을 때 술상을 봐주었다.

하 이거, 명퇴다, 졸지에 짤린다고 해서 졸퇴다, 황당하게 짤린다고 해서 황퇴다, 이거 정말 어떻게 되는 판인지 모르겠어. 나도 이제는 출판사 문을 닫아야 할 모양이야. 버틸 만큼 버텨보았는데 이젠 도저히 감당할 수 없을 만큼 버거워.

제기랄! 명퇴는 문학동네가 더 심하다니까, 글쎄. 쓰러지기 싫으면 유행을 따르라는 거야 뭐야. 그러니까 딱 잘라 말해서 전향하라, 이런 이야기인 모양인데, 이거 웃기지 않아? 아, 글쎄 말이지, 우리의 지나온 이야기를 써놓으면 후일담이니 어쩌니 하면서 개똥 취급을 하려고 들더라니까 글쎄. 누가 그러는지 알아? 어제의 동지였다는 자들이 먼저 설레발을 까더라고.

나는 우리가 실상이었다고 생각했어. 그런데 알고 보니까 허상이었던 모양이지. 허수아비보다 못한 허상 말이야. 나도 이젠 지쳤어….

허허, 지쳐서는 안 돼. 우리는 허상이 아니었어. 우리의 실상을 되찾으려면 날개를 달고 훨훨 날아야 한단 말이야. 그래, 보아란 듯이 창공을 훨훨 날아보자고. 자랑스럽게 나는 모습을 꼴통들에게 확실히 보여 주잔 말이야.

그날 두 사람은 술에 흠뻑 젖었다. 그 이후로도 두 사람은 종종 만나곤 했는데 그때마다 술에 흠뻑 젖어 날지 못하는 새들로 변해 있었다. 해경은 그들을 측은한 눈으로 바라볼 수밖에 없었다. 애당초 그들은 날개가 없었고, 다만 두 팔을 날개처럼 벌려 새처럼 날아보려고 안간힘을 썼던 것이리라.

결국 경철 씨는 출판사의 간판을 내리고 무슨 사회단체의 사무국장 자리를 맡았다. 물론 현우에게도 변화가 있었다. 밥이 하늘이라고 했다. 그는 생계를 위해 자신의 문학을 밀쳐놓고 방송국 구성작가로 변신했다. 해경은 고집스러운 그가 그런 결정을 내리기까지 얼마나 괴로워했는지 잘 알고도 남음이 있었다.

절대로 외도가 아니야. 화려한 외출이라고 생각해 봐. 글을 쓰는

데 좋은 경험이 될 수도 있을 거야….

해경이 그를 위로하려다가 그만 입을 다물어버렸다. 고통의 딱지가 덕지덕지 붙어 있는 그의 생채기를 건드리는 꼴이 될지도 모르기 때문이었다. 현우는 아무런 반응을 보이지 않았다. 그런 무반응이 오히려 불안했으며 머지않아 현실로 나타났다. 첫 직장을 돌연히 그만두었듯이 두서너 달 만에 구성작가 자리를 미련 없이 내팽개쳤다. 이미 예견되었던 일이기도 했다. 그때부터 그의 말수는 현저하게 줄어들었다. 아이를 갖는 것도 극구 거부했다. 그는 날지 못할 뿐만 아니라 불임(不姙)의 새가 되어버린 꼴이었다. 해경은 답답함을 이기지 못하고 불면증에 빠져들었다. 존재와 부재라는 의미에 골몰했다. 불면의 밤으로 시달린 날이면 두 사람이 부부가 아닐지도 모른다는 생각으로 속절없이 빠져들곤 했다. 고통을 잠재우고, 지친 육신을 잠재우기 위해 한동안 술에 의존했다. 가까스로 제정신을 차리면서 조그만 장사라도 해야겠다는 계획을 세웠다. 양품점을 시작하면서부터 금세 폭발할 것만 같았던 상황이 소강 국면으로 접어들었다. 해경은 옷을 디스플레이하고, 손님을 맞이하고, 새 상품을 구입하기 위해 동대문과 남대문 상가를 돌아다녀야 하는 일로 분주해서 예전처럼 현우의 처연한 현실에 매달려 있을 여유가 없었다. 이미 예정되었던 것처럼 각방을 자연스럽게 쓰게 되었다. 얼굴을 마주 대하는 시간이 줄어들었다. 며칠 간격으로 용돈을 주기 위해 담배 연기 자욱한 그의 방을 찾는 것이 고작이었다. 현우는 용돈을 거의 쓰지 않고 모아두었다가 해경이 새 상품을 구입할 때쯤이 되면 화장대 위에 슬그머니 올려놓곤 했다.

소강상태가 다시금 활성화된 것은 경철 씨의 돌연한 사망 소식이었을 것이다. 그의 죽음은 곧 현우 자신의 죽음을 의미하는 것이나 다를 바 없었다. 그가 사망하기 전날 두 사람은 술을 진탕 마셨다고 했다. 모르기는 해도 여느 때처럼 세상에 대한 불만을 늘어놓거나 신세를 한탄하는 술자리였을 것이다. 그런 다음 날, 경철 씨는 사회단체 회원들과 산을 등반하던 도중에 갑자기 토사물을 쏟아내면서 쓰러졌다고 했다. 그 토사물은 몸속에 쌓여 있던 고통의 찌꺼기와 분노의 편린들이었을 것이다.

경철이는 우리 사회가 만들어낸 일회용이었어! 그래, 우리는 폐기물이야! 너꺼무! 그렇지만 경철이는 이제 자랑스럽게 날개를 달았어. 훨훨 날 수 있는 날개를 달았단 말이야! 땅 위를 박박 기어 다니는 너희들이 날개를 알아? 너희들은 날지 못하지? 경철이는 이제 자유롭게 하늘 높이 날 수 있단 말이야!

현우는 평생 해야 할 말을 다 토해냈다는 듯 그 이후로 입을 굳게 다문 패각류처럼 변해버렸다. 불면증도 극심해졌다. 가출로 이어졌다. 그는 오랫동안 부재중이다.

태풍이 잠시 숨을 돌린 듯하다. 비도 잠시 그친다. 양품점 유리 진열장을 타고 흘러내리는 물줄기 때문에 바깥 풍경이 흐느적거린다. 행인들이 흐느적거리며 걸어간다. 비가 잠시 그친 틈을 놓치지 않고 어디론가 가야 할 곳이 있는 모양이다. 걷는 게 아니라 아스팔트 위를 기어가고 있다. 그들에게는 날개가 없다.

현우가 일주일 전쯤에 보낸 마지막 문자메시지는 이상의 시 「건

축무한육면각체」에서 발췌한 내용이었다.

〈라지에이터의근방에서승천하는굳바이. 바깥은우중. 발광어류의군
집이동〉

어디선가 트레몰로 주법으로 연주하는 '알함브라 궁전의 추억' 기
타 선율이 쏟아진다. 그건 잠시 멈췄다가 다시금 쏟아지는 작달비 소
리다. 하늘에 구멍이라도 뚫린 모양이다. 날개가 있다면 세상 저쪽
의 또 다른 세상으로 날아갈 수 있을 것이다. 하지만 날개는 없다. 우
리에게는 허망한 날개보다 대지를 밟고 굳건하게 설 수 있는 튼튼한
두 다리가 필요하다. 길거리의 행인들이 쏟아지는 비를 피하려고 거
미 새끼처럼 흩어진다. 비가 다시금 몰아닥칠 줄 알면서 그들은 어디
를 향해 길을 나섰던 것일까. 이제 거리에 사람은 없고 비만 내린다.
전조등을 켠 차량들만이 빗줄기를 타고 하늘로 오른다. 그야말로 '바
깥은 우중'이다. 삼바사슴이 우중을 뚫고 유리 진열장을 들이받는다.
흐느적거리던 바깥 풍경이 옆으로 눕다가 끝내 해체되어서 흔적도
없이 사라진다. 바깥은 온통 빗줄기만 있을 뿐이다. 해경은 흔들의자
에서 일어나 두 다리로 굳건하게 선다. 장딴지에서 전율이 일어 온몸
으로 번져나간다. 작달비가 더욱 거세어진다. 삼바사슴이 자꾸만 몰
강스러워진다. 슴새 박제가 눈빛을 반짝인다. 우중을 뚫고 비상하려
는 깃을 연이어 친다. 빗속을 뚫고 하염없이 걸을 수 없는 걸까. 빗속
저편에는 밝고 해맑은 풍경이 기다리고 있을지도 모른다.

오늘은 허탕일 듯싶다. 태풍과 작달비를 뚫고 찾아올 손님은 아
무도 없을 것이다. 해경은 핸드폰을 무의식적으로 움켜쥐고 번호판
을 또박또박 누른다.

뭉크를 찾습니다

선풍기가 머리통을 좌우로 틀 때마다 심하게 털털거렸다. 진땀이 흐르던 창백하고 견고한 벽면에는 붉은 땀띠들이 오돌토돌하게 돋아나 있었다. 기요틴 칼날 같은 불볕에 학살당했던 창밖의 모든 풍경들이 몇 가닥 아지랑이로 변해 증발되고 있었다. 마을 뒤편의 씨억씨억했던 산도 촛농처럼 흘러내리고 있었다. 모든 사물이 실종된 방범철망의 바깥 공간이 무중력 상태로 변했다. 나방인지 미세한 먼지인지 혹은 혼령인지도 모를 부유(浮遊) 티끌들이 유영하다가 방범철망에 걸려 잠시 낑낑대더니 하늘하늘 사라지곤 했다.

저녁이 가까워져도 한낮의 열기는 수그러들 줄 몰랐다. 서쪽 하늘에서 극지방의 오로라 같은 노을이 넘실거리며 불타오르기 시작했다. 어떤 소년이 그런 풍경을 흠뻑 둘러쓰고 나타났다. 흡사 '생텍쥐페리의 어린 왕자' 같았다. 양쪽 어깨에 별이 달린 망토나 펜싱 칼은 없었지만 우수에 잠긴 얼굴만큼은 흡사했다.

정상곤 순경은 경찰서 정문 안으로 걸어 들어오는 그 소년을 바라보다가 자신도 모르게 중얼거렸다.

"슬플 때는 해가 지는 모습이 보고 싶다고 했지? 어느 날인가는 마흔세 번이나 보았다고 했지? 그렇다면 오늘은 마흔네 번째 해 지는 모습을 보려고…."

그가 벌어진 입을 다물지 못했다. 어처구니없는 환상에 빠졌기 때문이 아니다. 방범철망의 격자무늬를 통해 보였던 소년이 별안간 사라졌다. 무정하게 떠나버린 그녀의 모습이 그 빈 공간에 신기루처럼 나타났다가 이내 사라졌다. 이번에는 그녀에게 버림받았던 자신의 비참한 모습이 투영되었다. 헝클어진 머리칼을 하고 턱에 손을 괸 채 사각의 교도소에 갇혀 있는 꼴이었다. 자리에서 벌떡 일어나려고 했으나 의자 위에 눌어붙은 것처럼 옴짝달싹할 수 없었다. 오로라 같은 노을만 흉흉하게 타오르고 있었다. 왠지 모를 불안과 조급증이 엄습했다. 실내에 가득 찼던 후터분한 기운이 얼마쯤 사라지자, 강렬한 붉은 색조가 깔리면서 현실 공간이 환상 공간으로 바뀌기 시작했다.

정 순경은 책상 위에서 오수를 즐기고 있던 컴퓨터 좌판을 황급히 끌어당겼다. 인터넷 접속을 시도했다. 모니터 하단의 표시 창에서 "사이트에 연결하는 중…", "페이지 여는 중…", "그림 다운로드 중…"이라는 메시지가 굼벵이처럼 이어지고 있었다. 엔터키를 신경질적으로 두드리며 접속 완료를 재촉했다. 소용없었다. 시쳇말로 '세월이 약'인 컴퓨터였다. 늑장부리는 컴퓨터 앞에 앉아 있으면 짜증이나 조급증보다 불안감이 엄습하곤 했다. 돌멩이를 맞은 유리창처럼 모니터가 산산조각으로 깨진다거나, 명령하지 않았던 화면이 펼쳐지면서 엉뚱한 세계로 끌고 갈 것만 같았다.

늦었지만 그래도 다행이었다. 접속 완료였다. 독수리 타법으로 자판을 두드렸다. 검색창에 '뭉크'라는 단어가 조합되었다. 원래 '에드바르트 뭉크'라고 두드려야 했지만 그럴 필요나 여유가 없었다. 에드바르트 뭉크의 사진과 함께 인적사항이 떴다. 그건 익히 알고 있는 내용이라서 아래쪽에 자리 잡고 있는 뉴스를 클릭했다. 오전에는 없었던 최신 뉴스였다.

지난 22일 도난당한 노르웨이 화가 에드바르트 뭉크의 명화 「절규」와 「마돈나」가 훼손됐을 수 있다는 우려가 적혀 있었다.

오슬로 뭉크박물관에서 절도 상황을 본 한 목격자는 25일 절도범들이 작품의 테두리를 떼어내기 위해 작품을 치고 발로 차는 것을 봤다고 말했다. 이 작품들의 테두리는 사건 직후 박물관에서 약 1.6㎞ 떨어진 길에서 발견됐다.

이 목격자는 노르웨이 일간 타블로이드 신문인 〈베르덴스 강〉과 인터뷰에서 "그들은 작품들을 조심스럽게 다루지 않았으며 따라서 작품들이 파손되거나 훼손됐을 위험성이 높은 것 같다"고 밝혔다.

절도범들이 굳이 작품의 테두리를 떼어낸 이유는 박물관에서 테두리에 추적 장치를 설치했을지도 모른다는 우려 때문이었을 터이다. 또 그렇게 함으로써 운반도 용이했을 것이다.

뭉크박물관을 관장하는 오슬로 시의회 미술부의 한 관계자는, 이 작품들이 "갓 태어난 아기들" 같아 아주 훼손되기 쉽다고 말했다. 한편, 절도범들이 범행에 이용한 검은색 아우디 승용차는 당일 발견됐으나 차량 내부에는 감식 팀의 조사를 어렵게 만들기 위해 소화기

분말이 뿌려져 있었다고 했다.

이어서 오전에 읽었던 뉴스를 또 클릭했다. 여러 번 읽어서 내용을 외울 정도였지만 왠지 다시 읽어보지 않곤 못 배겼다. 직업의식이 발동된 탓일 터였다.

영국의 일간지 〈인디펜던트〉 인터넷 판의 보도에 따르면, '발라클라바'라고 하는 눈만 나오는 복면 모자를 눌러쓴 2명의 절도범이 총으로 경비원들을 위협한 뒤, 벽에 걸린 시가 5천만 파운드짜리 명화 2점을 간단히 떼어내 5분 만에 사라졌다고 했다. 5천만 파운드라면 우리 돈으로 1천 58억 원이나 되는 어마어마한 액수였다.

정 순경은 잠자고 있거나 녹슬어 있던 모든 신경이 일제히 곤두서는 것을 느꼈다. 모름지기 경찰이라면 이런 절박하고 큰 사건에 뛰어들어 수사를 해야 폼이 나는 법이었다. 발라클라바를 쓴 절도범들이 명화를 강탈해서 승용차로 도주할 때, 사이렌을 요란하게 울리며 그들의 뒤를 사냥개처럼 추적하는 상상 속으로 그는 빠져들었다. 곡예운전을 거듭하면서 총격전을 벌이는 광경은 상상만으로도 신바람이 났다.

"제기랄, 이 꼴이 뭐람!"

곤두섰던 신경이 허무하게 무너지기 시작했다. 경찰학교를 졸업한 뒤에 부푼 꿈을 안고 찾아왔던 초임 발령지는 기대와 전혀 딴판이었다. 군청 소재지가 있는 읍내라고 하지만 너무나 평범한 산골마을에 지나지 않았다. 읍내 거리는 늘 한산했다. 중심지와 변두리의 구분도 명확하지 않아 몇 걸음만 움직여도 고구마 밭이나 농약 냄새가 코를 찌르는 벼논이 나타났고, 병풍처럼 에워싼 산들이 앞을 가로막았다.

읍내 거리를 어슬렁거리고 다니는 그만그만한 산골 사람들이나 경찰서 동료 직원들 모두 다 무던했다. 농한기에 접어든 사람들이 다방이나 술집을 기웃거리며 도시에서 굴러온 아가씨들의 풍만한 젖가슴이나 엉덩이를 보고 침을 질질 흘리곤 했지만, 쟁탈전을 벌이며 큰 말썽을 피운다거나 드잡이를 치는 경우도 찾아보기 힘들었다. 간혹 말썽의 소지가 생기면 누가 무릎맞춤도 시키기 전에 막걸리나 맥주를 받아놓고 서로 허허 웃어버리는, 그런 사람들이 살아가는 마을이었다.

경찰서 직원들도 그들을 닮아갔다. 아침에 출근해서 행정서류 몇 가지만 처리하면 별다른 업무가 없었다. 신참 경찰들은 인터넷으로 게임을 즐긴다거나 채팅에 열을 올리다가 점심때면 짬뽕이나 짜장면을 시켜 배를 채웠다. 마음씨 좋은 옆집 아저씨를 닮은 선임 경찰들은 업무 핑계 삼아 외근을 나가 술 내기 화투판을 얼쩡거리기도 했다. 그리고 얼굴에 흔적이 잘 나지 않을 만큼 술을 얻어 마시고 회갑잔치 집에라도 다녀오는 듯한 걸음걸이로 돌아오곤 했다. 그들 틈에 낀 정 순경도 투지나 의욕이 무시로 녹슬어 갔다. 그런 현상들은 이 마을의 무던함과 한가로움과 평안을 반증하는 것이기도 했다.

시무룩해진 얼굴로 변한 정 순경이 창밖의 불타오르는 노을을 이드거니 바라보았다. 청운의 꿈을 안고 경찰에 투신했던 지난날이 한 줌의 재로 변해 쌓이고 있었다. 치열한 경쟁을 뚫기 위해 무던히도 애썼다. 흔히 '백골단'이라고 칭하는 '시위진압 사복중대' 일원으로 시위대 해산과 주모자 체포를 위해 최루탄과 돌멩이가 난무하는 현장에서 악바리 근성을 키웠다. 그 결과, 경찰에 특채되었으나 막상 임지에 도착해보니 모든 것이 김빠진 맥주 꼴이었다.

노을은 지옥의 유황불처럼 타올랐다. 도난당했다는 에드바르트 뭉크의 「절규」라는 그림이 서쪽 하늘에 걸려 있었다. 오로라가 불타오르는 북극의 하늘 아래 화폭을 가득 채운 강렬한 색채와 음산하고 뒤틀린 모습은 공포나 죽음에 대한 강박감을 안겨주었다. 평론가들은 두 손을 귀에 댄 채 공포에 벌벌 떨고 있는 그림 속의 주인공을 놓고 "원초적인 절망을 통해 오히려 끊임없는 생명을 추구하려 했다"고 평했다.

정 순경은 에드바르트 뭉크에 빨려 들어갈 때마다 진저리를 치곤 했다. 항상 벗어나야겠다고 발버둥 쳤지만 강렬한 색채와 정상을 벗어난 뒤틀린 형태들이 진공청소기 흡입구처럼 자신을 빨아들이곤 했다. 그가 불타오르는 노을 속으로 자맥질하고 있을 때 형사계의 출입문이 벌컥 열렸다. 노크도 전혀 없었다. 후터분하고 맥 빠지고 무료한 실내 분위기에 강한 충격을 주는 행위였다. 덴겁하거나 얼떨떨한 정신을 추스를 여유도 주지 않고 앳된 목소리가 귓속으로 파고들었다.

"아저씨, 뭉크를 찾아주세요!"

오로라 같은 노을을 흠뻑 둘러쓰고 경찰서 정문 안으로 들어오다가 느닷없이 사라졌던, 생텍쥐페리의 어린 왕자처럼 생긴 소년이 우뚝 서 있었다.

"방금 뭐라고 그랬니? 뭉크?"

"그래요. 뭉크가 집을 나갔어요. 우리 뭉크를 찾아주세요."

"집을 나갔다고? 애야, 그렇다면 가출했다는 이야긴데, 도대체 뭉크가 누구냐?"

조금은 멋쩍고 떨떠름한 분위기였다. 가출 신고를 접수하려고 펜을 찾았다. 책상 위에 놓아두었던 펜이 시야에서 사라졌다. 혹시나 하고 호주머니와 서랍을 허둥지둥 더듬었다. 역시 종적이 묘연했다.

그는 펜이 시야에서 사라지는 현상을 종종 느끼곤 했다. 분명히 책상 위에 놓아두었다거나 호주머니에 꽂아두었는데, 막상 필요해서 찾아보면 종적이 묘연했다. 귀신 곡할 노릇이었다. 펜이란 녀석이 둔갑술이나 은둔술이라도 부리는 모양이었다.

"뭉크는 제가 아끼는 강아지예요."

소년이 울상을 지었다. 닭똥 같은 눈물이 금세 후드득 떨어질 듯했다.

정 순경의 얼굴이 바람 빠진 풍선처럼 변해버렸다. 어른도 아닌 소년이, 그것도 경찰서를 찾아와 집 나간 반려견이나 찾아달라고 칭얼대다니 황당한 노릇이 아닐 수 없었다. 소년의 위아래를 마뜩찮은 눈빛으로 훑어보았다. 고사리 같은 손에 개 목줄이 쥐어져 있었다. 그 목줄 고리에 매달린 채 낑낑거리며 응석을 부렸거나 재롱을 떨었음직한 반려견의 모습이 상상되었다. 이제는 그 목줄 고리에 반려견은 사라지고 소년의 안타까움과 슬픔 같은 것이 매달려 있을 뿐이었다.

"애야, 경찰서는 집 나간 강아지나 찾아주는 한가한 곳이 아니란다. 어서 집으로 돌아가렴."

"안 돼요. 나는 잃어버린 뭉크를 꼭 찾아야 한단 말예요."

"어허, 우리는 그렇게 한가하지 않다니까 그래."

정 순경이 의자에 찹쌀떡처럼 눌어붙어 있던 엉덩이를 떼어내듯 엉거주춤 일어서서 짐짓 정색을 취했다. 소년은 막무가내였다. 경찰서에서 집 나간 강아지를 당연히 찾아주어야 하고, 자신은 그 녀석을 품에 안아야만 집으로 돌아가겠다는 자세였다.

"경찰 아저씨, 도둑놈이 뭉크를 훔쳐갔을 거예요."

"뭐, 도둑놈?"

정 순경이 눈을 크게 떴다. 상황이 단순 가출에서 절도로 격상되는 순간이었다. 그렇다면 민원인이 어린 소년이라고 해도 가볍게 여길 수 없었다. 더군다나 요즘 반려견 한 마리가 기십만 원에서 기백만 원을 호가한다는데, 이름조차 범상치 않은 뭉크라면 고액일 가능성이 높았다.

"그 강아지 비싼 거니?"

"비싼 게 문제가 아니라, 뭉크를 찾지 못하면 나는 밥도 먹지 않을래요. 뭉크를 찾아주지 못하면 아저씨는 엉터리 경찰이에요."

소년의 목소리가 울음과 응석으로 뒤섞였다.

"그래, 뭉크를 꼭 찾아주마!"

정 순경이 다가가서 어깨를 다독거려 주었다. 그때서야 소년이 방긋 웃으며 형사계를 나갔다. 그는 창밖의 노을로 시선을 돌리다가 실종된 강아지 사건이나 접수했던 자신의 처지가 처량하고 어이없어서 실소를 지었다. 더군다나 이런 궁벽한 산골 마을과 고급 반려견이 애당초 어울릴 턱이 없었고, 아무런 단서도 없이 강아지를 찾아준다는 것은 백사장에서 바늘 찾는 것이나 마찬가지였다.

그는 실소를 계속 금치 못하며 시선을 책상 위로 돌리다가 멈칫

했다. 소년의 손에 들려 있었던 개 목줄이 눈을 파고들었다. 왜 놓아두고 갔을까? 정 순경은 개 목줄을 만지작거리며 소년이 소혹성 B612호에서 온 생텍쥐페리의 어린 왕자라고 생각했다. 손에 들린 것은 뭉크의 목줄이 아니라 어린 왕자의 소혹성에 살고 있는 양의 고삐였다. 어린 왕자가 사는 소혹성은 아주 작아서 양을 매어둘 고삐가 필요 없다고 했다. 그래서 미련 없이 버리고 갔을지도 모른다.

전화벨이 몽환적인 분위기를 깨트렸다. 형사계장의 책상 위에 놓인 전화기는 끓어 넘치는 냄비의 뚜껑이었다. 감전된 사람처럼 화들짝 놀라며 전화기를 들었다. 경찰서장 부속실에서 계장을 찾았다.

"지금 계장님은 자리에 안 계십니다."

"어디 가셨나?"

"외근 중입니다."

"간부들 긴급 소집이야. 속히 연락해서 서장실로 모이라고 해. 그리고 정상곤 순경도 함께 들어오라고 해."

"정 순경은 왜요?"

"서장님의 특별 지시야. 이유는 묻지 말고 속히 전하기나 해."

"사실은 제가 정상곤이거든요. 무슨 일이라도…?"

"그렇다면 잘 됐군. 빨리 들어오기나 해."

전화가 끊어졌다. 이것저것 생각할 겨를이 없었다. 재빨리 계장을 호출했다. 서장님이 긴급 소집한다는 내용을 전달했다.

정 순경의 가슴이 걷잡을 수 없이 콩닥거렸다. 무슨 상황이 벌어졌는지 허겁지겁 짚어보았다. 도경 회의에 참석하러 갔던 서장이 돌아온 모양이었다. 상부에서 뭔가 중대한 지시를 받았거나 긴급 상황이 발생했을 것이다. 그런데 아무리 궁리해도 풀어내기 힘든 점은, 간부급이 아닌 신참 순경에게도 집합 명령이 떨어졌다는 거였다. 옷매무시부터 먼저 살폈다. 초조와 불안이 불볕에 녹아버린 아스팔트처럼 끈적끈적하게 달라붙었다.

평온하고 느슨했던 경찰서 분위기가 이렇게 바뀔 줄 예전엔 미처 몰랐다. 부속실 직원들의 부산을 떠는 모습과 긴장된 표정에는 때 이른 찬바람이 일렁거렸다. 그들이 전화기를 붙들고 각 부서의 장들에게 집합을 독촉하느라 야단이었다.

차 한 잔 마실 시간쯤 흘렀다. 정보보안과장과 수사계장이 헐레벌떡 뛰어 들어왔다. 수사계장은 어디에서 술이라도 한잔했는지 냉수로 입을 대충 헹군 다음에 서장실로 들어갔다. 정 순경은 직속상관인 형사계장이 도착할 때까지 웅크린 자세로 부속실에 서 있었다. 잠시 후에 형사계장이 가쁜 숨을 몰아쉬며 뛰어 들어왔다.

"정 순경, 무슨 일이래?"

"잘 모르겠습니다."

"정 순경도 불렀다며? 그럼 너는 뭔가 알고 있을 거 아니야."

"글쎄 말입니다."

"혹시 근무 중에 큰 잘못이라도 저질렀던 건 아니야?"

"그런 일 전혀 없는데요."

"하, 이거 답답하구먼. 죽은 빨치산들이라도 되살아났다는 게야 뭐야?"

형사계장이 짐짓 여유를 부리며, 그렇지 않아도 반짝거리는 구두를 화장지로 슬쩍 닦았다. 뒤이어 생활안전수사과장이 나타났다. 그의 꽁무니를 따라 서장실로 들어가던 계장이 정 순경에게 어서 따라오라고 손짓했다.

실내에는 경찰서장과 경무과장이 머리를 맞대고 뭔가 심각하게 대화를 나누고 있었다. 먼저 들어갔던 간부들은 서장의 눈치만 살피는 중이었다. 생활안전수사과장이 약간은 어색한 동작으로 거수경례를 붙이고 자리를 찾아 앉았다. 형사계장은 과장의 움직임에 덤으로 붙어 자리를 잡았다. 정 순경은 어디에 앉아야 할지 몰라 바장이다가 서장으로부터 가장 멀리 떨어진 의자에 엉거주춤 앉았다. 숨막히는 실내 분위기 때문에 바늘방석이 따로 없었다.

경무과장과 대화를 나누던 경찰서장이 자리에서 벌떡 일어났다. 좌중을 둘러보는 눈빛이 예사롭지 않았다. 내뱉는 첫마디부터 매우 날카로웠다.

"모두 집합했습니까? 우리 관내에서 실종사건이 발생했습니다. 요즘 서울에서 벌어지고 있는 실종사건과 연쇄살인사건 잘 아시죠? 우리 관내의 실종사건이 불행한 사태로 확대되지 않도록 사전에 차단해야 합니다. 그동안 우리 관내는 아무런 변고 없이 조용했어요. 그렇지만 이번 사건으로 상당히 시끄러워질지도 몰라요. 우리는 적극적이고 합리적이고 과학적인 수사로 새 시대에 걸맞은 선진 수사경찰이 되어야 합니다…."

정 순경은 관내 실종사건 발생이라는 뜻밖의 이야기에 다소 놀랐다. 하지만, 그것보다 왜 자신이 간부급의 긴급 소집에 참석하게 되었는지 영문을 알 수 없어 눈동자를 데굴데굴 굴렸다. 서장은 자신을 부른 적이 전혀 없다는 듯 눈길 한 번 주지 않고 실종사건에만 열을 올렸다. 긴장감이 감도는 분위기 속에서, 어처구니없게도 '실종'이라는 단어가 정 순경의 가슴팍에 불안과 죽음으로 변해 빗물처럼 스며들기 시작했다. 추레한 흑백사진처럼 오래된 기억들이 먼지를 풀풀 날리며 일어섰다.

사춘기 무렵이었다. 소년의 아버지는 어느 소도시에서 개인병원을 운영하는 의사였다. 그런데 어느 날인가 행방이 묘연했다. 아버지의 실종 사건은 입방아 찧기 좋아하는 주위 참새들에게 심심풀이 땅콩이나 다를 바 없었다. 구구한 억측이 나돌았다. 백여우 같은 계집년의 치마폭에 홀려 꼼짝 못하고 끌려갔다느니, 사이비 종교에 빠져 집을 나갔다느니, 좌익에 연루되어 생을 억울하게 마감했던 할아버지 혼백에게 끌려갔다느니, 심지어는 월북(越北)했을 거라는 이야기까지 나돌았다.

아버지의 실종사건은 시야에서 사라진 부재 현상만으로 끝나지 않았다. 몇 달 후에 실종된 아버지가 돌아왔다. 그런데 목을 맨 싸늘한 시신이었다. 남은 가족들이 행복하게 살아가기를 바란다는 아주 간단한 유서 한 장만 달랑 매달고 있었다. 아버지의 실종사건은 사망으로 이어졌고, 또 다른 실종을 연이어 낳기 시작했다.

어머니는 아버지의 실종사건과 사망 이후, 종교에 광적으로 매달리기 시작했다. 아버지의 빈 공간을 신앙으로 메꾸어 보려는 발악이었을까. 아버지의 실종에 이어 어머니의 실종 아닌 실종 현상이 나타나기 시작했다. 소년은 차츰 외톨이가 되어갔다. 예전처럼 나란히 앉아 그림책을 함께 본다거나 손발을 씻겨주던 자상한 어머니가 더이상 아니었다. 특히 어머니가 하루 종일 방 안을 오가며 자갈 위를 걷는 듯한 소리로 뭔가를 중얼거리다가, 소년에게 신경질적으로 체벌을 가했다. 소년은 그런 일을 당할 때마다 다리 밑에서 주워온 자식이 틀림없을 거라는 생각에 빠져들곤 했다.

실종에 이은 실종은 소년의 가슴에 큰 상처를 냈다. 소년은 상처를 치유하기 위해 다락방으로 숨기 시작했다. 조그만 동굴이나 다를 바 없는 그곳에서 할 수 있는 일은 별로 없었다. 크레용으로 그림을 그리다가 지쳐서 잠이 드는 게 고작이었다. 잠에서 깨어날 때면, 소년은 온데간데없이 실종되고 창으로 스며든 희미한 빛살이나 밤하늘의 별들만이 다락방을 차지하고 있었다. 소년은 차라리 그게 좋았다.

"선진 수사경찰이 되려면 매너리즘에 빠져 있는 정신 상태를 확 뜯어고쳐야 합니다. 지금까지 우리 관내에서 사건다운 사건이 발생하지 않아서 모두 다 불감증에 빠져 있어요. 무사안일주의로 지냈다, 이겁니다. 도대체 이게 뭡니까. 이런 상황에서 우리가 선진 경찰이라고 어떻게 말할 수 있단 말입니까?"

경찰서장의 목청이 높아졌다. 엄청난 긴급사태라도 발생한 줄 알고 허둥지둥 집합했던 간부들은 실종사건이 거론되자 외려 긴장감이 풀리기 시작했다. 하품을 터트린 수사계장의 눈이 게슴츠레해졌고, 형사계장은 반짝거리는 구두를 습관처럼 슬그머니 닦았다. 서장이 형사계장의 반짝이는 구두를 걸고넘어지며 목청을 높였다.

"저 구두 좀 봐! 광이 번쩍번쩍 나지 않아? 부끄럽지도 않느냐,

이거야. 큰 도시에 나가 봐. 그곳 형사들은 일 년 내내 때와 땀에 찌든 운동화만 신고 다녀. 아니, 걸어 다니지도 못하고 줄곧 뛰어다닌다, 이거야. 회의 끝나면 운동화로 갈아 신고, 발로 뛰는 경찰이 되어야 해. 곧장 특별수사본부를 설치하겠어. 모든 간부들은 수사가 종료될 때까지 퇴근하지 말고 정위치 해. 비상 대기하란 말이야, 알겠어!"

평소에는 과묵했던 서장이 불호령을 치자 무덤 속에 누워 있던 시신도 벌떡 일어설 지경이었다. 흐느적거리던 간부들도 풀 먹인 모시처럼 빳빳해졌다.

정 순경은 그때까지도 자신이 불려온 이유를 알지 못했다. 사실은 불려왔다는 것을 까마득히 잊어버리고 긴장 상태에 돌입한 간부들의 동태를 흥미롭게 바라보고 있었다. 경찰서장의 계획대로 특별수사본부가 편성되기 시작했다. 본부장은 당연히 서장이었다. 각 부서의 장에게 적당한 역할이 주어졌다. 조직 편성이 거의 끝날 무렵, 수사계장이 손을 번쩍 들며 서장에게 질문했다.

"서장님! 그런데 관내에서 발생했다는 실종사건이란 게 어떤 겁니까?"

정 순경도 무척이나 궁금했던 점이었다. 바짝 긴장하느라 실종사건이 발생했다는 것을 잠시 잊었거나, 상황 파악도 제대로 하지 못하고 있다는 질책을 받을까 봐 입을 다물고 있었던 간부들이 일제히 서장을 바라보았다.

"이래서 탈이란 이야기야. 수사계장이 관내에서 발생한 실종사건을 아직도 파악하지 못하고 있다니 말이나 돼? 정신 바짝 차려! 그렇게 무사안일로 나가다가 목이라도 뎅겅 잘리면 동정해줄 사람 하나도 없어. 알겠어!"

경찰서장이 호통을 치더니 뚜벅뚜벅 걷기 시작했다. 간부들의 긴장된 시선이 그의 걸음걸이를 또박또박 뒤따랐다. 서장의 구두 발자국 소리가 긴장감을 증폭시켰다. 누군가 침을 꿀꺽 삼키는 소리를 냈다. 서장이 말석에 앉아 있던 정 순경 앞에 섰다.

"정 순경, 실종사건을 발표해 봐!"

아닌 밤중에 홍두깨였다. 정 순경이 어정쩡한 자세로 자리에서 일어났다.

"서장님, 뭘 말입니까?"

"정 순경이 실종사건 접수를 했잖아."

"제가요? 그런 적이 없습니다. 아, 그리고 보니까 뭉크란 놈 말입니까?"

정 순경은 조금 전에 집 나간 강아지를 찾던 생텍쥐페리의 어린 왕자 같은 소년이 떠올라 황급히 되물었다.

"뭉크라니? 뜬금없이 뭔 소리야? 그리고 손에 들고 있는 건 뭐지?"

"뭉크는 집 나간 강아진데요. 아, 이건⋯."

정 순경이 자신의 손을 바라보았다. 소년이 책상 위에 놓아두고 갔던 개 목줄이 여태껏 손에 들려 있었다. 간부들의 시선이 정 순경의 손으로 일제히 쏠렸다. 폭소가 터졌다. 그 바람에 긴장된 분위기가 다소 누그러지기는 했다.

"이런! 이런! 그거 개 목걸이 아닌가. 어허, 삼복더위를 먹은 거야, 아니면 황구보신탕이 그립단 이야기야. 정 순경! 경찰학교를 우수한 성적으로 졸업했다는 사람이 왜 이래. 정신 똑바로 차려! 지금 특별수사본부까지 설치하는 중대한 상황이 벌어졌잖아."

"잘 알겠습니다!"

"그러면 실종사건 접수 상황을 발표해 봐! 가정주부가 우리 관내에서 사라졌다면서?"

정 순경이 재빠르게 기억을 정리해보았다. 어떤 주부? 그때서야 자신이 접수했던 어떤 민원이 떠올랐다. 머리통이라도 치고 싶을 지경이었다. 그렇지만 그건 실종사건이 아니라 단순 가출로 추정되는 민원이었다.

오늘 아침이었다. 출근하고 1시간쯤 지났을 때 어떤 아가씨로부터 전화가 걸려왔다. 식당 허드레 일자리라도 찾아보겠다고 집을 나갔던 어머니가 며칠째 전화불통이라는 거였다. 정 순경이 사건의 전말을 들어보았다. 아가씨의 부모는 약간의 가정불화를 겪는 중이었고, 어머니가 그런 것을 핑계 삼아 집을 나갔다.

"아가씨, 그러니까 단순가출사건으로 보면 되겠군요?"

"그럴지도 모르겠는데, 벌써 삼 일째 엄마 전화가 불통이라서 아무래도 걱정이거든요. 뭔가 이상해요. 아빠 전화라면 몰라도 저의 전화는 받으실 분이거든요."

"아, 그러면 예전에도 엄마의 가출이 종종 있었나요."

"예, 서너 번쯤."

"가정불화 이유가 주로 무엇이었나요?"

"돈이겠죠 뭐. 요즘 먹고살기 팍팍하잖아요?"

"거참, 돈이 원수네요. 아무튼 잘 알았으니 너무 걱정 마세요. 곧 연락이 될지도 모르잖아요?"

"요즘 실종사건이 매스컴을 시끄럽게 만들고, 인신매매도 자행된다고 하던데 엄마가 무척 염려되거든요. 꼭 찾을 수 있도록 부탁드려요."

정 순경은 민원인의 연락처와 가출인의 신상명세를 꼼꼼히 기록한 다음 전화를 끊었다. 민원인의 이야기를 종합해보면 단순가출로 추정되는 사건이었다. 요즘 경제가 어려워지면서 걸핏하면 가정불화로 가출하는 사태가 급증하는 추세라서, 민원 접수대장에 기록하고 상부에 보고하기는 했지만 마음에 크게 둔 것은 아니었다. 그런데 그 일이 느닷없이 불거져서 말썽을 일으킬 줄 꿈에도 몰랐다.

"서장님, 그 건은 단순가출로 보이니까 크게 신경 쓰지 않아도 될 것 같은데요."

"그게 무슨 소리야. 연락이 두절되었다는 것은 실종이야. 그런 실종이 엄청난 사건으로 번지는 경우가 허다하단 말이야. 그리고 세간을 떠들썩하게 만들었던 사건들이, 내가 큰 물건이요, 이렇게 처음부터 떠들어대는 거 봤어? 속단하지 말고 민원 접수 상황을 브리핑해 봐!"

경찰서장이라는 직책이나 강렬한 목소리도 한몫을 했지만, 실종이 엄청난 사건으로 번질 수도 있다는 말에 정 순경은 더 이상 반론을 펴지 못했다. 아버지도 단순가출이 사망으로 귀결되지 않았던가. 그는 민원인으로부터 전화가 걸려왔던 시각과 조사 내용뿐만 아니라 민원 접수대장에 기록하지 않았던 실종인의 인상착의까지 낱낱이 보고했다.

"가정불화로 가출했으니까 가족들 속 좀 태우려고 어디에선가 웅크리고 있는 건 아닐까요?"

형사계장이 말을 끝내자 서장이 화를 벌컥 냈다.

"어허, 왜 그렇게 무사태평이야! 이건 숨바꼭질 놀이가 아니라 실종사건이고, 엄청난 사건으로 비화될 수도 있단 말이야!"

"서장님, 제 생각인데요, 실종인이 40대 초반이지만 미인형 얼굴이라니까 인신매매 사건으로 번졌을 가능성도 있겠는데요? 요즘 얼굴 반반한 여자 몇 명만 노래방에 굴리면 돈벌이가 제법이랍니다."

수사계장이 눈을 반짝거리며 서장의 눈치를 살폈다.

"인신매매? 요즘 그런 건 별로 없잖아."

"험악한 세상이라서 살인사건이 아니면 사건으로 취급도 하지 않는 경향이 있습니다만, 요즘도 인신매매 사건은 종종 발생합니다."

"좋아. 그러면 일단 인신매매에 가능성을 두고 역과 버스터미널을 찾아가서 탐문수사를 벌이도록 해."

형사계장도 가만있을 수 없다는 듯 손을 번쩍 들었다.

"서장님, 실종인의 휴대폰 위치 추적과 통화내역 조사가 우선이라고 생각됩니다."

"곧장 조사하도록 지시해. 그리고 다른 의견은 없나?"

경찰서장이 좌중을 둘러보았다. 정 순경이 자리에서 벌떡 일어났다.

"서장님, 실종인의 휴대폰 전원이 꺼져 있었다고 했습니다. 그래서 실종 이후의 통화내역이나 위치 추적은 힘들 것 같습니다."

정 순경의 이야기가 끝나자 교통계장이 나섰다.

"요즘은 인명재천이 아니라 '인명재차'라고 합니다. 그러니까 사람의 목숨이 자동차에 달려 있다는 이야깁니다. 휴대폰 전원이 꺼졌다면 혹시 교통사고라도 당한 게 아닐까요? 현재까지 관내에서 교통사고가 발생했다는 보고가 없습니다만, 혹시 뺑소니차에 치어 휴대폰이 부서지고 사체마저 유기 당했을 수도 있거든요."

"지금 당장 공조수사를 요청해. 그리고 외부로 빠져나가는 각 초소에 연락해서 검문검색을 철저히 하도록 지시해. 또 다른 의견은 없나?"

경찰서장이 간부들을 일일이 둘러보며 눈빛을 마주쳤다. 간부들이 고개를 차례로 떨어뜨릴 뿐 더 이상 의견을 내지 못했다. 서장이 손바닥으로 책상을 쳤다.

"지금 서울에서 연쇄살인사건이 벌어지고 있다는 거 잘 알지? 실종인들이 연이어 피살당하는 사태가 벌어지고 있다는 이야기야. 그런데 우리 관내라고 해서 실종인이 피살되지 말라는 법은 없잖아! 어때? 내 이야기가 틀리면 반론을 제기해 봐!"

경찰서장의 이야기에 반론을 제기할 간부가 있을 턱이 없었다. 정 순경이 한마디 하려다가 그만 입을 다물고 말았다. 경찰서장이 계속 외쳤다.

"바로 그거야! 이번 실종사건을 서울의 연쇄살인사건과 연관지어 수사할 필요성이 있어! 수사계장은 지금까지 드러난 연쇄살인사건 수사 결과를 모두 종합해서 이번 실종사건과 연관성이 있는지 따져 봐."

정 순경은 또다시 입을 열려다가 참았다. 그는 민원접수 상황을 브리핑하기 위해 불려온 사람이었을 뿐이지 간부회의에 낄 처지가 못 되었다. 또 서장의 기세가 워낙 호랑이 같아서 입을 감히 열 수 없었다. 그는 이목(耳目)을 간부회의에 연결해놓았을 뿐 생각은 지난날로 스리슬쩍 기어 들어갔다.

그는 장래에 화가가 되고 싶었으나 그림 공부를 계속할 수 있는 처지가 아니었다. 실종 아닌 실종 현상을 보였던 어머니가 마침내 어느 수도원으로 훌쩍 떠났다. 그는 확실한 외톨이가 되었다. 지긋지긋한 체벌이나 어머니의 광기에서 벗어났지만 그 대신에 직접 생계를 해결해야 하는 짐을 짊어졌다. 입대는 일시적인 생계 해결책이었다. 의무전투경찰에 지원했다. 사기 진작이나 이발비 등의 명목으로 기본급만큼 월급을 더 받았다. 열심히 노력하면 경찰로 특채될 수 있다는 이야기가 솔깃했다.

남들이 꺼려하는 시위진압 사복중대를 자원했다. 은회색의 헬멧에 청재킷과 운동화를 신고, 조작버튼을 누르기만 하면 로봇처럼 움직였다. 일단 사냥감을 정하면 끝까지 추적해서 포획하고 만다는 사자처럼 시위 주동자를 절대로 놓친 적이 없었다. 사냥에서 성공했을 때 그 희열감은 필설로 이루 형용할 수 없을 만큼 기뻤다. 포로를 끌고 귀대하는 장수처럼 의기양양하게 돌아오면 동료들의 부러운 눈초리가 한몸에 쏟아졌다. 그런 쾌감과 성취욕에 한없이 빨려 들어가면서 그는 점점 성능이 우수한 슈퍼로봇으로 변해갔다.

포상으로 주어지는 외박이나 며칠 동안의 휴가가 별로 달갑지 않았다. 시위 현장에서 명령에 따라 눈코 뜰 새 없이 움직일 때는 잡념이 없었는데, 민간인 신분으로 길거리를 돌아다닐 때면 참을 수 없는 외로움이 쏟아지곤 했다. 그럴 즈음, 한 여인이 자신의 옆구리로 봄바람처럼 다가왔다.

"실례지만, 예술회관이 어디에 있죠?"

"예술회관요? 뭐 때문에 그러시죠?"

그녀는 어느 그림 전시회에 가는 중이었다. 청춘남녀였고, 취미가 비슷하다는 동질감이 두 사람을 가깝게 만들어주었다. 외출 외박과 휴가 때마다 그녀를 만나는 것은 자신의 존재를 확인하는 행위나 다를 바 없었다. 주변의 모든 것이 실종되었고, 자신마저 실종된 채 명령에 좇아 움직이는 생활을 하다 그녀가 곁에 있음을 아는 순간부터 어디론가 사라졌던 자신의 존재가 다시 나타나기 시작했던 것이다. 그런데 그녀가 어느 날 가을바람처럼 자신의 곁을 훌쩍 떠나버렸다.

경찰서는 불야성이었다. 특별수사본부가 숨 가쁘게 움직였다. 역과 터미널의 탐문수사가 펼쳐졌다. 외부와 연결되는 각 초소마다 철통같은 검문검색이 실시되었다. 형사계와 수사계 간부들이 의경을 직접 데리고 음식점이나 향락업소를 수색했다. 한가했던 산골마을이 발칵 뒤집혔다.

밤이 지나고 아침이 되었다. 물안개가 자욱하게 끼어 있었다. 아침 안개 끼는 날은 중머리 벗어진다더니 오늘도 불볕더위가 기승을 부릴 모양이었다. 수사는 아무런 소득이 없었다. 경찰서장의 안달은

극에 달했다. 모든 수사력과 과학적인 장비를 총동원해서라도 필히 찾아내야 한다며 입에 게거품을 물었다.

정 순경은 혹시나 하는 마음에서 민원인에게 전화를 걸었다.

"혹시 가출했던 엄마와 전화 통화가 되었나요?"

"너무나 걱정이에요. 아직까지 전화가 불통이거든요."

전화가 연결되어서 특별수사본부가 해체되기를 바랐던 기대감이 일시에 무너졌다. 이번에는 정 순경이 직접 실종인에게 전화를 걸어 보았다.

"전화기가 꺼져 있어 소리샘으로 연결 중입니다….."

부재를 알리는 메시지만 끝없이 반복되었다. 경찰서장의 주장처럼 연쇄살인사건과 연관성이 있을지도 모른다는 불안감이 피어올랐다. 죽어 있던 세포가 꿈틀거리는 느낌이 들었다. 드디어 사건다운 사건이 터진 모양이었다. 외근을 나가고 싶어 안달뱅이가 났다. 형사계 사무실을 지키는 임무가 짜증났다.

"아저씨, 뭉크는 찾았어요?"

짜증을 뚫고, 생텍쥐페리의 어린 왕자 같은 소년이 나타났다. 팥으로 된 얼음과자를 손에 들고 벌써부터 기승을 부리는 더위를 쫓고 있었다.

"뭉크는 아직도 안 돌아왔니? 지금 엄청나게 중요한 사건이 발생했거든. 그 사건이 해결된 후에 뭉크를 꼭 찾아주마."

집 나간 반려견을 걱정할 상황이 아니었다. 전화기에 매달려서 외근 나간 형사계장과 동료들에게 무슨 단서라도 발견되었는지 알아보았다. 실종인은 오리무중이었다. 수사계와 교통계 그리고 초소까지 전화를 계속 연결해서 상황을 알아보았으나 마찬가지였다. 초조하고 답답했다. 담배 한 개비를 피워 물기 위해 일회용 라이터를 찾았다. 그것 역시 종적이 묘연했다.

"어, 너 아직도 안 갔니?"

고개를 들어 출입구 쪽을 바라보자 소년이 그대로 서 있었다. 얼음과자가 흔적도 없이 사라진 나무막대만 손에 들고 있었다. 정 순경은 뭉크를 꼭 찾아주겠다고 다독거려 소년을 간신히 돌려보냈다.

오후가 지나고 저녁이 왔다. 그때까지 실종사건 수사는 아무런 소득이 없었다. 어제처럼 오로라 같은 노을이 불타오르기 시작했다. 정 순경이 뭉크의 그림 「절규」를 떠올리며 황급히 인터넷을 검색해 보았다. 명화 절도범이 검거되었다는 뉴스는 보이지 않았다. 노을에 물든 서쪽 하늘로 눈길을 돌렸다. 그녀가 자신을 떠난 그날도 노을이 붉게 물들어 있었다.

"상곤 씨, 사람이 어쩌면 그럴 수 있어요."

"우리는 명령에 따를 뿐이거든요."

"나는 당신의 무자비한 폭력을 증오해요."

그가 시위 주동자를 체포해서 연행하는 광경을 그녀가 우연히 목격했던 모양이었다. 그녀가 비웃음만을 남겨놓고 등을 영영 돌리고 말았다.

"정 순경, 비상근무 때문에 힘들었지? 이젠 상황 종료야!"

느닷없는 목소리가 이마를 쳤다. 형사계장과 동료들이 출입문 안으로 우르르 몰려들었다.

"실종인은 찾았습니까?"

"뉴스 못 봤어? 서울에서 연쇄살인범이 검거되었대. 그래서 서장님이 우리 관내 특별수사본부도 상황을 종료시켰어."

"옛! 상황 끝이라고요! 그러면 관내 가출사건과 연관 지었던 인신매매나 살인사건은…."

"그건 서장님이 과대망상에 빠져서 오버했던 것일 거야. 그러니까 일종의 해프닝에 지나지 않았던 거라고 봐야겠지."

"그래도 이렇게 끝낸다는 게…."

"가출인은 조만간 연락이 닿겠지, 뭐."

정 순경의 벌어진 입이 다물어지지 않았다. 바람 빠진 풍선처럼 맥이 빠졌다. 느닷없이 시장기를 느끼기 시작했다. 아침은 굶었고, 점심때 먹었던 짜장면 한 그릇이 전부였다. 빼빼 말라비틀어진 짜장면 가닥들이 광란의 춤을 추듯 위장을 괴롭혔다.

형사계장이 운동화를 벗어 던지고, 책상 아래 고이 모셔두었던 구두로 갈아 신고 있었다.

"어허! 벌써 먼지가 내려앉았구먼. 자, 수고들 많았어. 어서 퇴근해."

계장이 구두에 내려앉은 먼지를 습관적으로 닦았다. 정 순경은 퇴근 준비를 바쁘게 서두르는 동료들을 멍하니 바라보았다. 어느새 동료들이 퇴근하여 실내가 조용해졌다. 방범철망 격자무늬를 통해 노을빛이 뭉텅뭉텅 쏟아져 들어왔다. 그는 어린 시절, 희미한 빛과 밤하늘의 별빛만 가득 들어찼던 다락방을 생각하며 밖으로 나왔다.

산골 마을은 노을의 색조에 뒤덮여 몽환적인 분위기를 연출했다. 경찰서 정문 앞의 로터리를 돌아 마을 입구 쪽으로 걸었다. 건넛마을로 통하는 조그만 시멘트 다리가 뭉크의 그림 속 다리처럼 느껴졌고, 그 위로 오로라 같은 노을이 펼쳐져 있었다. 그 다리를 건너는 어떤 행인이 두 손으로 머리를 감싸고 공포에 질린 표정을 지을 것 같은 분위기였다. 누군가가 거짓말처럼 샛길에서 튀어나와 그 다리를 건너기 시작했다. 정 순경이 숨을 죽였다.

"뭉크! 뭉크! 빨리 와!"

생텍쥐페리의 어린 왕자를 닮은 바로 그 소년이었다. 그가 달음박질로 앞장서고 토종개 새끼 한 마리가 쫄랑쫄랑 뒤따라갔다. 정 순경이 제자리에 우뚝 멈춰 서서 바라보다가 황급히 뒤따랐으나 그 아이와 뭉크는 노을빛 속으로 어느새 사라지고 말았다.

정 순경이 다리 위에서 강물을 내려다보았다. 노을에 물든 강물이 요란하게 반짝일 뿐 자신의 모습은 그 어디에도 보이지 않았다. '도대체 나는 어디에 있단 말인가?' 정 순경이 안절부절못했다. 언제부터 사라져버렸던 것인지 모르지만, 자신은 그 어디에도 존재하지 않았다. 실종되어버린 자신을 찾아내려고 두리번거리고 있을 때였다. 형사계장의 목소리가 어깨를 토닥거렸다.

"정 순경, 하숙집에 아직 안 들어갔구먼. 그럼 잘 됐네 뭐. 함께 가자고. 저 집 보신탕 끝내주거든. 크크크, 밤일하는 데 최고라니까."

형사계장이 다리 옆의 음식점을 가리켰다. 그의 입술에는 기름기로 범벅된 웃음이 벌써부터 피어 있었다. 그의 손가락 끝에 '황구보신탕'이라고 써놓은 간판이 가슴팍을 떡 벌리고 있었다.

미완未完의 탑塔

형은 방 안에 없었다. 수많은 돌무더기들만이 콩켸팥켸 쌓여 있었다. 책상이나 옷장 위는 말할 것도 없고 방 가장자리도 온통 돌무더기였다. 주먹만 한 돌들이 서너 개씩 혹은 예닐곱 개씩 쌓여 있었다. 어림짐작으로 보아 가히 칠팔십 무더기가 넘을 듯했다.

그 소재는 고운 빛을 발하는 차돌이나 화강암 조각도 있었지만 대부분 산하 어느 곳에서나 흔히 볼 수 있는 잡석에 지나지 않았다. 그런 돌멩이들뿐만 아니라 깨진 보도블록이나 벽돌 부스러기도 있었다. 언제부터 형이 그런 허섭스레기 같은 돌멩이들을 주워 모았고, 무슨 의미로 그런 조형물을 만들었는지 궁금했다. 아무튼 대단한 정성을 쏟았음에 틀림없는 그런 작업들이었다. 그런데 이해할 수 없는 것은 책상 위에 쌓여 있던 돌무더기들이 제멋대로 헝클어져 있다는 점이었다. 실수로 그랬을 턱이 없었다. 한때 쌓았다가 어떤 심경의 변화가 일어나자 부셔버린 것 같았다. 왜 그랬을까? 오랫동안 생각에 잠겨 있을 틈이 없었다. 우선 그런 의문점을 푸는 것보다 형을 찾는 일이 급선무였다.

이 도시에서 거대한 폭력이 휩쓸고 지나간 이후, 형은 방문을 걸어 잠갔다. 그는 어느 누구도 접근하는 것을 좋아하지 않았다. 외부의 침입을 받은 패각류가 자신의 껍질 속에서 한동안 옹송그리고 있듯, 형은 그렇게 외부와의 차단을 고집했다. 그런데 어느 날부터인가 형은 바람이나 안개처럼 사라졌다가 홀연히 나타나곤 하는 비밀스런 외출을 시작했다. 급기야 외출이 가출로 발전되었다. 이번 가출은 형이 우리 곁에서 영영 종적을 감출지도 모른다는 불안감까지 안겨주었다.

형의 부재를 제일 먼저 눈치챈 사람은 어머니였다. 지난 저녁이었다. 언제나 끼니때만 되면 형의 방문 앞에 밥상을 준비해놓던 어머니가 방문에 매달린 자물쇠를 발견했던 것이다. 방문에 설치된 원래의 잠금장치 외에 뜬금없이 매달려 있는 달걀만 한 자물쇠. 대롱대롱 매달린 그 자물쇠는 입을 굳게 다물고 있었다. 외출이 아닌 장기 가출임을 무언으로 설명하는 장치였다. 게다가 실종으로까지 발전될지도 모른다는 예감을 받기에 충분했다. 어머니의 떨리는 목소리에서 그 예감은 더욱 짙어졌다.

"애야, 어서어서 문을 따보아라."

"열지 못하도록 단단히 자물쇠를 채웠는데요."

"열기 위해 만든 자물쇠고 문이다."

"그래도 말예요."

"네 형이 자취를 감췄는데 그냥 멀거니 보고만 있을 수 없다. 그날 그때 이후로 정신까지 오락가락해버린 네 형이 짠하지도 않단 말이냐."

어머니의 성화뿐만 아니라 한때 투병생활까지 했던 형의 해쓱한 얼굴을 떠올리며 장도리와 펜치를 찾았다. 방문에 붙어 있는 장석은 생각보다 쉽게 떨어져나갔다. 입을 굳게 악문 채 장석과 함께 뭉텅 떨어져 덜렁대는 자물쇠를 보며 잠시 멈칫거렸다. 장석을 억지로 떼어내긴 했지만 자물쇠는 끝내 열리기를 거부하듯 차갑고 견고한 빛을 내쏘고 있었다.

형의 비밀스런 내면세계를 훔쳐본다는 생각 때문인지 가슴이 콩닥거렸다. 도어 손잡이를 조심스럽게 돌렸다. 출입문이나 모든 창문이 검은 휘장으로 덮여 있었다. 칠흑의 휘장이 밤바다의 검은 파도처럼 출렁거리다가 눈앞에서 포말을 일으켰다. 스위치를 찾기 위해서 벽을 더듬었다. 발에 차이는 딱딱한 물체를 느낌과 동시에 뭔가 무너지는 소리가 났다. 깜박거리는 형광등 점등관 불빛 속에서도 괴이한 풍경은 쉽게 드러났다.

"아니! 저게 무슨 돌멩이들이죠?"

"돌멩이라니!"

"저기 좀 보세요."

방 구석구석에는 돌멩이들 천지였다. 모든 책들은 가로로 눕혀진 채 차곡차곡 쌓여 있었다. 문학을 좋아했던 형이 가장 아꼈던 책들이었다. 언제 장만한 것인지 책상의 한쪽에 구식 컴퓨터 한 대가 놓여 있었다. 486이라는 아라비아 숫자가 붙어 있는 컴퓨터와 도트 프린터기. 형 대신에 그 컴퓨터가 할 말을 머금은 괴물처럼 똬리를 틀고 있었다. 방 안 구석구석에 새카만 더께가 앉았지만 컴퓨터는 최근까지 사용했다는 것을 말해주듯 깔끔했다. 의외였다.

내가 컴퓨터에 눈길을 주는 동안 어머니는 우두망찰하여 돌무더기에 시선을 박고 있다가 합장을 몇 번인가 했다. 모성과 여자 특유의 예감이라는 것이 있다더니 그게 적중했을까. 불교 신자인 어머니가 형의 그 괴이한 조형물을 불탑으로 여기고 합장을 끝냈을 때 다른 의미를 찾기 위해 골몰했던 나도 생각을 접어버렸다.

"그동안 남몰래 불탑을 세웠구나."

"…."

"혹시 그 절집에 갔을지도 모른다."

"뜬금없이 그 절집이라니요?"

"고향 땅 근동의 천불동에 허름한 절집이 하나 있지 않더냐."

"아! 운주사 말이지요."

나는 될 수 있으면 회사 출근에 지장이 없도록 새벽 일찍 길을 나섰다. 형을 찾기 위해서 운주사 행을 택한 것은 어머니의 뜻이었지만, 컴퓨터에 보관되어 있던 형의 글이 일말의 가능성을 지니고 있었기 때문이다.

그날 새벽, 우리는 폭력이 난무하는 도시를 빠져나왔다. 한때나마 대동 세상을 펼쳤던 그 도시를 뒤로하고 도망자가 되어 쫓기는 우리는 모두 다 허탈과 슬픔에 젖어 있었다. 백두대간에 매달려 있는 무등산 자락을 타고 남쪽으로 잠행 길을 재촉했다. 나는 총성이 빗발치는 도시를 자꾸만 뒤돌아보면서 눈물 짓곤 했다. 도시가 산자락에 가려 보이지 않았을 때도 그 총성은 요란했다.

앞으로 어떻게 될 것이며 또 어디로 가야 할 것인가? 마치 우리들의 심정을 적나라하게 표현해 놓은 것처럼 농밀한 안개에 뒤덮인 어떤 산야를 만났다. 미망의 안개 속에는 오로지 우리들뿐이었다. 그 안개는 우리의 불투명한 내일을 예고하고 있었지만 끝까지 싸우겠노라고 절규하던 여인의 가두방송도 비릿한 피 냄새도 현란한 조명탄 불빛도 육신과 영혼을 옥죄던 음산한 살기도 없는 백지 그대로였다. 그 산하는 안개바다요 안개천지였다. 망각의 늪이요 무념무상의 극치였다. 우리들은 그곳에서 조금이나마 안정과 위로를 찾아보려고 했는지도 모른다. 안정과 위로란 죽음 같은 숙면이었다. 그것은 숙면이었다기보다 십여 일 동안 누적된 잠과 피로가 일시에 몰려들면서 현실상황으로부터 잠시 일탈되었던 일종의 휴면상태였을 것이다.

눈을 떴을 때는 미망의 안개가 어느덧 자취를 감췄으며 붉게 타오르는 태양이 어느 산에 걸려 있었다. 주위를 휘둘러보았다. 몇 시간 잠을 잤는지 몇 날 몇 밤을 쓰러져 있었는지 도통 알 수 없었다. 일행들은 아무도 보이지 않았다. 견고한 침묵을 지키고 있는 수많은 불상과 불탑들만이 야트막한 육산으로 둘러싸인 골짜기 중앙과 산록 주변 여기저기에 무리 지어 서 있을 뿐이었다. 운주사였다.

나는 그 절집에 얽혀 있는 전설을 떠올리며 이 시대뿐만 아니라 오랜 역사를 거슬러 오르는 영원하고 가장 오래된 화두가 저 돌멩이들일지도 모른다는 상념에 빠져들었다. 뭇 돌멩이들의 조화. 나의 상념은 거기에서 멈추지 않았다. 매캐한 최루가스를 뚫고 비상하던 분노의 돌멩이들. 그것 역시 천불천탑과 동일한 화두였다. 수렵과 사냥에 쓰였을 돌팔매질 그리고 석전놀이와 오늘의 투석전. 우리들은 오랜 세월 동안 그 돌멩이들에게 애써 민주의 혼을 불어넣었고 의미를 새겼다. 돌멩이가 바로 화두였다.

형이 남긴 글의 서두는 어머니의 예감처럼 그 돌무더기들이 불탑이었음을 그리고 형이 그곳에 갔을지도 모른다는 모종의 확신을 풍겨주기에 충분했다.

"안개예요. 자꾸만 자욱해지기 시작하는데요."

"그렇구나. 지석강, 드들강, 영산강이 가까이 있어서 예전부터 안개가 많이 끼곤 했던 지역이란다."

승용차가 시 외곽을 벗어날 즈음이었다. 안개가 차창 주변에 서리기 시작했다. 남평 드들강이 가까워지자 안개는 더욱 농밀해졌다. 새벽길을 나선 차량들이 비상등을 깜박거리거나 안개등을 켠 채 조심스럽게 운행하고 있었다. 드들강변의 길로 접어든 승용차는 야거리 돛단배였다. 고여 있는 듯하면서 물결처럼 흐르는 안개바다를 헤치면서 나의 야거리는 미망의 세계를 향해 출항하고 있었다.

"더 이상 갈 수 없을지도 모르겠는데요."

"멈추면 안 된다. 네 형을 꼭 찾아야 한다."

"안개 때문에 위험해요."

"그래도 갈 수 있는 곳까지 가보자. 곧 안개가 걷힐지도 모른다."

모성애 앞에서 안개 따위는 아무런 장벽도 아니었다. 차창 전면에 미세한 물방울이 달라붙어 시야를 더욱 방해했다. 윈도우 브러시가 비질을 했지만 별로 소용이 없었다. 어머니만 아니었으면 일찌감치 포기했을 길이었다. 몇 번인가 그냥 뒤돌아설까 했지만, 차창에 눈을 바투 대고 전방을 뚫어지게 톺아보면서 여긴 무내미골이니까 좌측으로 도로가 꺾인다, 이제부터는 똑바로 가면 된다, 등의 어머니 안내를 받으며 억지 운행을 이십여 분이나 감행했다.

"더 이상은 안 되겠어요."

"원, 지랄 같은 안개로구나."

"잠시 쉬었다가 안개가 걷히면 다시 가도록 하죠."

"애야, 차를 두고 운주사까지 걸어가면 안 되겠니?"

"뭐라구요! 걸어서 말예요!"

목적지까지 족히 삼십여 리가 넘을 듯한 이수(里數)였지만, 되돌아가자는 이야기를 감히 꺼낼 수 없었다. 어머니의 표정은 그날 그때와 거의 다를 바 없었다. 밤새 잠 못 이루고 뒤척였는지 머리칼이 어지럽게 흐트러져 있었다. 어머니의 충혈된 눈동자와 약간의 광기마저 띠고 있는 눈씨에서 그날의 기억들이 온새미로 되살아났다.

그해에 나는 중학교에 갓 입학했고, 형은 대학생이었다. 사월 초 파일이었다. 어머니는 내 손을 잡고 연등을 달기 위해 절집을 찾았다. 도심지 일대가 무척이나 소란스럽다고 했지만, 어머니의 불심이나 세상물정을 모르는 나에게는 별로 대수롭지 않은 일처럼 느껴졌을 따름이었다. 그때까지만 해도 어머니의 눈빛은 매우 차분하고 자애로웠다. 어머니는 한 손에 연등을 들고 다른 손으로 내 손을 붙잡고 있었다. 연등 불빛의 자비가 어머니 손끝을 타고 내 손으로 흘러들어 무척이나 포근했다. 절집에서 돌아왔을 때 어머니의 눈빛은 서서히 변화하기 시작했다. 밤늦도록 형이 집으로 돌아오지 않았기 때문이다. 다음 날 아침이었다. 당시 광천공단의 야학에서 강학으로 있었던 형이 파김치 같은 모습을 하고 나타났다. 어머니의 표정이 언제 그랬냐는 듯 원상태로 돌아갔다.

다음 날 형이 또 외출하여 귀가하지 않았다. 어머니의 표정이 다시금 급변하기 시작했다. 안절부절못하며 초점이 흔들리던 눈빛이 출입문과 바람벽 여기저기에 대못처럼 박혔다. 얼룩무늬 병사들의 군홧발이 도시를 마구 짓밟기 시작했을 때 어머니의 눈빛은 더욱 어지럽게 변했다. 대문에도 마을 담에도 외곽도로의 신호등에도 어머니의 눈빛이 시퍼런 문신처럼 박혔다. 덩달아서 머리칼도 심하게 헝클어졌다.

탱크가 진입했다는 소문이 나돌았다. 나는 또래들과 함께 그림으로만 보았던 탱크를 구경하기 위해서 외곽도로를 따라 잿등 부근까지 가보곤 했다. 햇빛에 반짝이는 모래알처럼, 도로에는 깨진 유리창이 널려 있었다. 승용차와 버스들이 길가에 널브러져 있었다. 우리들은 심각한 상황을 별로 느끼지 못한 채 구경거리에만 매달렸다. 캐터필러의 지축을 울리는 굉음을 들었다. 금방이라도 포탄을 쏘아댈 것 같은 우람한 포신을 보았다. 우리는 전혀 두려워하지 않았다. 오히려 신기한 광경을 접할 때마다 우리의 눈동자는 반짝거렸다.

해거름 녘이 되기 전에 집으로 돌아왔다. 구경도 충분히 했지만 주위의 분위기가 자꾸만 험악해진다는 것을 느끼고 누군가가 먼저 뒷걸음을 치기 시작했기 때문이다. 마을 골목길로 접어들면서 어머니의 거미줄 같은 눈빛을 발견했다. 흉흉한 눈빛으로 길목을 쏘아보는 모습에서 형이 아직도 귀가하지 않았음을 어렵지 않게 느낄 수 있었다. 어머니는 바람난 강아지처럼 쏘다니던 나를 잡아챘다. 뒷덜미를 잡아챈 손길은 유독 앙칼졌으며 드셌다. 그날부터 나의 바깥출입은 단호하게 통제되었다. 방구석에 갇힌 채 총소리 숫자를 일삼아 헤아리다가 잠에 곯아떨어지곤 했다. 굉음에 놀라 문득 잠에서 깨어났을 때마다 어머니는 곁에 거의 없었다. 그렇지만 밥상은 끼니때를 맞춰 늘 준비되어 있었다.

조명탄이 밤하늘을 유난히 아름답게 수놓던 그날 밤에 나는 잠을 이루지 못했다. 깊은 밤, 가두방송차량 스피커를 통해 여인의 처절한 목소리가 울려 퍼지다가 사라지곤 해서 왠지 모르게 가슴이 뒤숭숭했기 때문이다. 하지만 그것보다 더 큰 이유는 어머니와 형이 집으로 돌아오지 않은 점이었다. 새벽녘께의 총소리는 워낙 빗발치듯 해서 수를 헤아릴 수 없을 지경이었다. 그날 아침, 집으로 돌아온 어머니의 눈빛은 핏빛이었다. 섬뜩한 광기마저 내뿜고 있었다. 어머니는 그런 눈빛으로 며칠간을 더 쏘다녔다.

어머니는 며칠 후에 형이 집으로 돌아오자 부둥켜안고 엉엉 울었다. 어머니의 그 눈빛은 꽤 오랫동안 불안감에 젖어 있더니 어느 날부터인가 평온함을 되찾았다. 그러나 형은 무언가에 골똘하고 초조한 빛을 끝내 지워내지 못했다.

"걸어가는 도중에 안개가 걷히면 어쩌려고 그래요. 승용차 안에서 안개가 걷히기를 기다리는 것이 좋지 않겠어요?"

"그건 그렇구나."

그날 그때보다 어머니가 평온함을 잃지 않아서 다행이었다. 어머니는 운주사 쪽을 향해 연신 합장을 했다.

승용차의 시동을 끄자 사위는 죽음 같은 적막이었다. 다만 비상등만이 불빛을 어렵사리 게워내면서 발악하듯 깜박였다. 도로변의 논에는 배동이 선 나락들이 더러 고개를 숙이거나 하늘로 고개를 치켜든 채 안개에 젖어가고 있었다. 안개에 흠뻑 젖은 가로수 잎들이 축 늘어져 있었다.

나는 형의 컴퓨터에서 출력했던 글을 펼쳤다. 한 편의 소설을 쓰기 위한 창작메모인지 아니면 일종의 보고서인지 알 수 없는 글이었다.

방문을 굳게 닫았다. 우리 시대의 화두. 나는 그 화두를 짊어지고 면벽수도라도 하듯 오랫동안 칩거했다. 그러나 악마디로 엉켜 있는 실마리를 도무지 찾아낼 수 없었다. 뫼비우스의 띠처럼 연속적으로 맞물려 있는 그 실 꾸러미는 어디가 시작이고 끝인지 구별조차 할 수 없었다. 또한 그 실 꾸러미는 건드릴수록 자꾸만 악마디로 엉켜갈 뿐이었다.

악마디로 엉켜 있는 그 실 꾸러미 속에는 그날의 부끄러운 잠행 길이 원죄처럼 똬리를 틀고 있었다. 그날 새벽, 도시를 지키려고 얼마나 많은 사람들이 희생당했던가. 그날 부끄럽게도 도망치고 말았던 나는 비록 육신이 살아 숨 쉬고 있을지 모르지만 영혼만은 그때 그들과 함께 죽음을 당하고 말았다. 나는 죽은 사람들을 위해 방문과 창문에 검은 휘장을 둘렀다. 내 방은 거대한 사각의 관이요 산 죽음의 검은 입이었다. 질식할 것만 같은 실내 공기. 어둑한 실내조명.

그 속에서 참회의 나날을 보내며 죽은 내 영혼이 되살아나기를 묵묵히 기다려왔다. 그날의 원죄는 내가 짊어지기에 너무나 버거운 것인지 모른다. 그것은 우리 시대 이 땅의 원죄였고, 해원상생 해야 할 과제였다.

산 죽음의 검은 입 속에서 첫 외출을 시도했다. 운주사를 다시 찾아갔다. 미완의 불탑과 불상들이 있는 그곳. 나는 '미완'이라는 단어에 깊이 골몰했다. 국어대사전을 펼쳐보면 미완(未完)이란 완성되지 못함이라고 적혀 있었다. 나는 그 해설의 행간 속에서 '덜 완성시킨 채 끝났다'라는 종결 의미보다 '앞으로 완성시켜야 할 것이 남았다'는 연속성과 진행 의미를 애써 찾아냈다. 운주사 미완의 불탑이나 불상들과 그날 미완의 혁명이 생각날 때면 그 의미가 더욱 강하게 도드라지곤 했다.

산 죽음의 검은 입 속에 돌무더기를 쌓기 시작했다. 하찮은 돌멩이 세 개를 쌓건 다섯 개를 쌓건 일곱 개를 쌓건 그것도 엄연한 탑이었다. 농로를 지나다가 발에 걷어차이는 돌멩이도, 공단지대의 후미진 뒷골목의 기름 묻은 채 버려진 돌멩이도, 시위 현장에서 투석으로 나뒹구는 보도블록이나 벽돌 부스러기도 검은 입 속에서는 탑으로 변했다. 검은 입 속에 동물의 이빨처럼 돋아나는 탑들이 하나둘 늘어갈 때마다 조금씩이나마 원죄의 고삐에서 벗어나는 듯했다. 나는 원기를 회복하면서 운주사에 관한 모든 기록들과 구전되어 온 이야기들을 낱낱이 수집하기 시작했다.

운주사의 천불천탑은 다른 사찰에 비해서 조성시기에 관한 문헌상 기록이 거의 없다는 점, 특정 시대의 미술 양식을 보여주지 않는다거나 전통적 불상 조각의 형상에서 크게 벗어났다는 점, 천불천탑을 옥외에 배치했는데 그 위치가 대웅전 앞쪽이 아니라 뒤편 골짜기와 산록이라는 점, 과연 설화처럼 천 개의 불상과 불탑들이 있었을까 하는 점, 사찰이 아니라 도교의 도관이나 밀교의 사원이나 민간신앙의 기복처가 아닐까 하는 점 등등 거의 모든 것들이 신비의 베일에 싸여 있었다. 그런 모든 의문점을 종합해보면, 언제 누가 무엇 때문에 이런 대역사를 펼쳤는가 하는 점으로 귀결되었다. 여기서 언제라는 의문은 역사적인 정확한 사료가 발굴되지 않았지만, 운주사 경내에서 해무리굽 청자 파편이나 금동여래입상 등이 출토된 것으로 미루어보아 고려 초기나 중기쯤으로 추정되었다.

문제는 누가 무엇 때문에 천불천탑을 세웠을까 하는 의문점을 어떤 시각으로 바라보고 판단할 것이냐 하는 게 중요했다. 이런 문제를 해결하기 위해 옛날부터 구전되어 왔거나 가까운 시대에 번안되었을 법한 전설에 의지할 수밖에 없다는 점이 무척이나 안타까웠다.

가장 널리 회자되는 설화는 도선 국사의 '산천비보사찰설'이었다. 그건 사람들이 병들었을 때 혈맥을 찾아 침을 놓고 뜸을 뜨는 것처럼 지리적 조건이 쇠약한 산천에 탑이나 절을 세워 결함을 보충한다는 이론이다. 도선 국사 실록에 기재된 운주사의 유래를 살펴보면, 한반도의 지형은 태백산과 금강산이 이물이요, 월출산과 영주산(한라산)이 고물이다. 부안의 변산반도는 배의 돛대이고 지리산은 삿대 그리고 능주의 운주는 뱃구레에 해당되며, 태평양을 향해 항해를 펼치는 행주형국(行舟形局)이라고 되어 있다. 그리고 배가 물에 잘 뜨고 난파되지 않으려면 뱃구레를 눌러주어야 하기 때문에 운주사를 짓고 탑과 불상을 세우게 되었다고 한다. 그밖에 마고할미나 운주도 사가 억조창생을 위해, 한반도에 흘러 들어온 이방인 집단의 조형물 이거나, 혁명을 꿈꾸는 천민 집단들이 공동체를 유지하면서 운주사 를 세웠다는 등등의 설화가 전해왔다.

운주사가 간직한 모든 이야기는 나에게 샘솟는 힘을 안겨주었다. 그날 이후 원죄에 시달려 왔던 나에게 와불님의 설화는 새로운 희망 이었다. 아아, 그 얼마나 찬란한 혁명의 메시지였던가.

천불동 산록에 비스듬히 누워 있는 와불님 이체(二體)는 경외의 대상이었다. 천불동은 비산비야(非山非野)라서 평범한 육산에 지나 지 않지만, 한반도의 지형처럼 행주형국이었고 골짜기를 에워싼 산 세는 태극의 힘찬 회두리를 닮은 명당자리였다. 다시 말해서, 와불 님이 누워 있는 산은 음의 회두리였고 건너편 산이 양의 회두리인 셈이었다. 음의 회두리에 누워서 민중의 한을 온몸으로 보듬고 있는 와불님은 자애로운 눈빛으로 북극성을 바라본 채 '그날'을 염원하고 있었다.

그날이 오면 만경창파에 민중의 배가 뜨고 이 땅에 용화세상이 펼쳐진다는 이야기. 그 언젠가 와불님을 일으켜 세우려다가 그만 닭 이 울고 해가 떠서 그 뜻이 좌절되고 말았다는 미완의 혁명 이야기. 그 모든 것들이 그저 허무맹랑한 이야깃거리만은 아닐 듯싶었다. 와 불님을 바로 일으켜 세우기 위한 노력의 흔적으로 너럭바위 밑동에 불상을 떼어내려던 흔적이 또렷하게 남아 있기 때문이다.

그런데 그런 흥분의 물결이 내 가슴팍만을 적셨던 것이 아니었던 모양이다. 독일의 요헨 힐트만 교수는 『미륵』이라는 책을 펴내어 운주사의 천불천탑에 관한 의미를 극찬했고, 누구는 문학적으로 또 누구는 미술적으로 미완의 천불천탑을 완성시키겠다거나 와불님을 일으켜 세우겠노라는 의지를 표명했다.

그러나 나는 보았다. 세계사적인 대변화의 물결이 한반도를 휘몰아칠 때 굳건한 대오가 서서히 동요되고 허물어지는 광경을. 힘찬 몸짓으로 내일을 향해 달리던 상당수의 현장 활동가나 조직 운동가들이 대치전선에서 회군하고 새로운 변신을 일삼을 때 우리의 희망은 와불님을 일으켜 세우지 못한 채 날이 새고 만 꼴이 되었다. 그뿐만 아니라 죽음으로 이 도시를 지켰던 수많은 영령들이 통한의 황토빛 머리를 절레절레 흔들며 망월동에 또 다른 혁명의 탑들을 세웠지만, 살아남은 자들은 그 탑을 짓밟고 서서 명예와 권력과 부를 탐하느라 아수라장이었다. 아아, 그날은 역사 속으로 자꾸만 파묻히고 통한의 깃발만 나부끼는 이 도시.

그들이 역사적 허무주의에 빠져 동요와 변신을 거듭할수록 나는 절망의 늪 속으로 자꾸만 가라앉았다. 그들은 무척이나 버거운 내 원죄의 보따리 위에 태연히 올라앉아서 냉소를 날리곤 했다. 내 영혼의 고목에 어렵사리 피어나던 한 줄기의 싹은 자꾸만 시들어갔다. 그들의 말처럼 우리들이 온몸으로 싸웠던 지난 세월의 모든 것들이 일종의 시행착오였단 말인가. 만일 그렇다면 무엇 때문이란 말인가. 나는 끝없는 되뇜을 거듭하다가 우리의 지난날들을 돌아보게 되었다. 굳건한 대오를 형성한 채 수많은 역경과 난관을 박차 헤치며 내일을 약속했던 우리의 몸부림은 허상을 좇아 헤맨 것이 결코 아니었다. 그러나 문제점이 없었던 것도 아닐 터였다.

혹시 우리의 운동 선상에 비과학적이고 신비적이며 낭만적인 잔재들이 혼재되어 있지는 않았을까?

수많은 자문자답을 해보다가 나의 영원한 화두였던 운주사의 천불천탑이 서서히 무너지는 징후를 발견했다. 누군가가 탑이란 무너지기 위해서 존재한다고 했던가. 아니면 세웠다가 부수고, 허물었다가 다시 세우는 것이 인생이라고 했던가. 무너져 내리는 화두가 하나의 깨달음을 던져주었다.

운주사의 천불천탑에는 신비적이고 낭만적인 혁명사상이 다분했다. 우선 가장 회자되는 도선 국사의 산천비보사찰설에 따라 천불천탑이 세워졌다는 설화는 허무맹랑한 것에 지나지 않았다. 도선 국사는 통일신라 말기인 서기 898년에 입적(入寂)한 동리산계 선종 승려였다. 그런데 그가 후세인 고려 초기나 중기에 환생(還生)해서 천불천탑을 건립했다는 것은 그야말로 억지일 뿐이다. 물론 도력(道力)을 빌려 하루 만에 천불천탑을 건립했다는 설화까지 거론하지 않더라도 억지라는 이런 주장을 감히 반박할 사람은 없을 것이다.

다음으로 와불님이 일어서면 민중의 배가 뜬다는 낭만적이고 신비적인 혁명사상에 일침을 가하지 않을 수 없다. 내가 꾸준히 답사를 하면서 느꼈던 부분인데 그 와불님은 원래부터 일으켜 세우기 위해서 만들어진 것이 아님에 분명했다. 상식적으로 생각해볼 때 바위를 절단하는 기술이 부족할 수밖에 없었던 그 시절에, 불상을 먼저 조각하고 다음에 떼어내어 세우려고 계획했다는 것은 도저히 납득하기 힘들다. 그 거대한 불상 이체를 조각하기 위해 수년의 세월과 수많은 공력을 쏟았을 텐데 만일 절단 과정에서 잘못되기라도 한다면 시쳇말로 '도로아미타불'이 될 수밖에 없다. 그런데 누가 그런 어리석은 짓을 택했겠는가.

그렇다면 이 설화는 어떻게 생겨난 것일까?

나는 수세기에 걸친 역사적 혁명운동의 허와 실을 점검하는 과정에서 한 가닥 실마리를 찾아낼 수 있었다. 고려 초기의 자주국가 확립을 위한 묘청의 난과 천민집단의 계급투쟁이었던 망이 망소이의 난에서부터 갑오농민전쟁에 이은 오늘의 수많은 운동까지 신비적 작태와 비합리적 요소들이 개입해 있었다는 점은 누구도 부인하지 못할 것이다. 그래서 나는 다음과 같은 결론에 도달했다. 와불님이 일어서고 민중의 배가 뜬다는 혁명설화는 후세에 누군가가 번안했거나 새로 지어낸 신비적 혁명사상에 지나지 않을 것이다. 와불님의 밑동에 나 있는 떼어내려던 흔적은 누군가가 신비적 혁명사상에 현혹되어 헛된 시도를 했던 것일 수도 있다.

지난날 우리의 운동도 그런 신비적 사고에 물든 채 허상을 좇았던 것이 아닐까?

마침내 나의 화두는 풀어진 것이 아니라 무너졌다. 자칫 역사 속에 함몰될 뻔했던 나는 과거와 오늘을 한 가닥의 끈으로 엮으면서 희망찬 내일을 설계하는 전기를 마련했다. 이제 더 이상 신비는 없다. 나는 오랫동안 갇혀 있을 수밖에 없었던 검은 입 속으로부터 탈출을 모색하려고 한다. 신비적 사고와 허상(虛像)이 난무하는 내 방에서 벗어나 실상(實像)을 찾아 떠나고 싶다. 그러나 훌훌 떨치고 뛰쳐나갈 수만은 없다. 내일을 위해서 신비의 탑이 허물어진 빈 공간에 합리적이고 과학적인 새 탑을 쌓아야 하기 때문이다. 그러다가 오랜 숙고 끝에 설화 한 편을 새롭게 번안해내기에 이르렀다.

　"미륵님, 미륵님, 정말 불쌍하고 가련한 애입니다. 부디 아무런 탈이 없도록 보살펴주십시오. 그날 총을 들었다는 잠꼬대를 들은 적이 있습니다만 정말 그 애는 함부로 총질을 할 만큼 사악하지 않답니다. 미륵님, 불쌍하고 착한 내 새끼를….."

　어머니의 울부짖는 듯한 소리가 다음 글로 넘어가려던 내 눈길을 멈추게 만들었다. 어머니는 눈을 꼭 감은 채 비손을 하는 중이었다. 어느 틈인지 차창 밖의 안개가 서서히 말려가고 있었다.

　"바람이 일면서 안개가 서서히 걷히고 있어요."

　가련한 어머니에게 희망을 주고 싶어서 서둘러 했던 말이었다. 어머니의 눈빛이 햇귀처럼 빛났다. 어디에서 그런 희망적인 눈빛이 갈무리되어 있었는지 알 수 없을 정도였다.

　"미륵님의 가호로구나. 어서 네 형을 찾아가 보자."

　"형이 거기에 없을지도 몰라요."

　나는 형이 남긴 글을 읽는 동안 운주사에 있지 않을 거라는 느낌이 들었다. 형은 이미 천불천탑의 화두를 넘어선 경지에 도달했다고 느꼈기 때문이다.

　"네 형을 꼭 찾아야만 한다. 어서 가보자."

　어머니의 눈빛이 다시금 변해갔다. 내친걸음이었다. 승용차가 안개를 가르며 앞으로 나갔다. 내 승용차는 잔잔한 물결 위를 미끄러지듯 나아가는 조그만 배였다. 사공은 내가 아니라 어머니의 의지였다. 도로 양쪽에 서 있는 미루나무 우듬지가 잘게 떨고 있었다. 안개를 쓸어내는 바람이었다. 그래도 안개는 쉬이 걷히지 않았다. 안개들이 여기저기에 솜털처럼 걸려 있었다.

한참 후, 운주사에 당도했다. 대웅전과 요사채가 있는 곳까지 가려면 걸어야만 했다. 야트막한 산록 아래에 골안개가 깔려 있었다. 나지막한 육산은 만경창파에 떠 있는 배였다. 골짜기 안에 서 있는 석탑들은 돛대였다. 안개가 흐르기 시작했다. 배가 서서히 움직이며 항해를 시작했다. 골짜기 여기저기에 뱃사공처럼 서 있던 불상들이 상앗대를 저었다. 어떤 사공은 한 손을 이마에 대고 먼 수평선을 바라보았다. 뱃전에 물보라가 일었다. 사공들의 뱃노래가 해조음에 섞여 비릿하게 분해되었다.

에야디야 에야디야 배를 띄우세 배를 띄우세 만경창파에 배를 띄우세. 에야디야 에야디야 천불을 짓세 천탑을 짓세 천불천탑을 지어보세. 에야디야 에야디야 배를 띄우세 배를 띄우세 우리네 배를 띄워보세.

안개가 햇귀 속으로 빨려 들어갔다. 항해하던 배는 어디에도 없었다. 불탑은 불탑일 뿐이고 불상은 불상일 뿐이었다. 천년의 세월을 거슬러 올라 천불동으로 스쳐 지나가는 계곡풍이 뱃노래 대신 솔바람 소리를 냈다. 형이 남긴 글처럼 신비는 더 이상 없었다.

가는 길에 수많은 불상들을 만났다. 머리통이 길쭉한 메주불상, 코가 문드러진 들창코불상, 메기입에 좁쌀과녁 얼굴을 하고 있는 못난이불상, 농주에 취한 채 고샅길 돌담에 기대어 육자배기를 불러대는 농부불상, 모여서 이야기를 도란도란 나누는 가족불상들. 그 모든 것들은 신비의 불상이 아니라 바로 우리의 모습 사실 그대로였다. 불탑들도 만났다. 원구형으로 축조된 물동이탑, 원반 두 개를 올려놓다 만 실패탑, 만개한 연꽃 모양의 연화탑, 양초를 꽂기 위한 촛대탑 등등.

때마침 예불을 끝낸 스님이 대웅전에서 걸어 나오고 있었다. 어머니가 손잰 걸음으로 다가가서 합장을 했다. 용모파기를 허둥지둥 설명하면서 형을 찾았다.

"아, 그 시주님 말씀이지요. 불심이 대단한 분이었습지요. 저 산록에 있는 와불님 곁에서 온밤을 지새운 적도 있었습지요."

"제 아들을 잘 알고 계시는군요. 언제 찾아왔던가요?"

"한동안 뜸하더니 어제 저녁에 불쑥 나타나서 작별인사를 하더군요. 불가에 색즉시공 공즉시색이란 가르침이 있는데, 아마 그 진리를 깨닫고 진공(眞空)에 도달한 듯했습니다. 그동안 지켜본 바에 따르면 허무주의자 분위기가 물씬 풍겨나기도 했습지요. 그러더니 어제는 실상을 찾아 떠나겠다는 말을 하더군요. 혹시 귀의를 생각했는지도 모르겠습니다."

"귀의라니요! 스님, 어느 사찰로 들어간다는 말은 없었습니까?"

"알 수 없습지요. 불가에서 보보시도량(步步是道場)이란 말이 있는데 그 뜻은 옮기는 걸음마다 수행을 하는 장소라는 것입지요."

"내 아들이 머리를 깎다니……."

어머니가 와불이 있는 산록 쪽을 우두망찰 바라보았다. 시나브로 부는 바람이 어머니의 귀밑 하얀 머리칼을 매만졌다. 스님이 가볍게 합장을 한 뒤 요사채 쪽으로 사라졌다. 어머니가 대웅전 돌계단 위에 청처짐하게 주저앉았다. 시선은 여전히 와불이 있는 산록 쪽이었다. 나도 와불이 있는 산록 쪽으로 눈길을 돌렸다. 고요한 풍경 위로 햇귀가 쏟아지고 있었다.

"어머니, 형이 귀의했을 리 없을 거예요."

"그럼 어디에 있단 말이냐? 네 형을 꼭 찾아야만 한다."

나는 형이 남긴 글에서 '실상을 찾아서'라는 말을 떠올렸다. 그건 귀의를 의미하는 게 아닐 가능성이 농후했다. 그러나 그 실상이란 게 무엇을 의미하는지 알아내지는 못했다. 오랜 숙고 끝에 새롭게 번안한 설화란 무엇일까? 문득 형의 남긴 글의 나머지 부분이 궁금했다.

아주 오랜 옛날부터 이 땅에는 천불동(千佛洞)에 관한 이야기가 밤에 흐르는 강처럼 은밀하게 전해왔다. 그런데 천하가 태평성시일 때면 언제 그런 이야기가 있었냐는 듯 흐름을 멈췄다가 세상사가 어지럽게 변하기만 하면 어느 틈인지 되살아나서 꿈틀거렸다.

그 은밀한 이야기는 백두대간과 정맥을 경계로 하는 지방마다 조금씩 차이가 있긴 했지만 주된 골자를 대충 짚어보면, "천불동은 용화정토(龍華淨土)이다, 천불동이 배로 변해서 천하를 둥실둥실 떠다니면 새 세상이 도래한다"는 거였다. 정작 그런 소문이 떠돌았지만 어느 누구도 천불동이 어디에 있으며 어떻게 해야 천불동이 배로 변해서 뜨는지 아는 사람이 없었다.

세월은 강물이었다. 한때는 곧은 물길을 따라 유유히 흐르기도 하다가 어떤 때는 굽이굽이 휘돌거나 가풀막을 내리치며 소쿠라지기도 했다. 그런 세월이 셀 수 없이 반복되다가 태조 왕건이 두 나라를 흡수 통합하여 고려를 세웠을 때부터 한동안 잠잠했던 천불동 이야기가 다시금 머리를 치켜들고 은밀히 번졌다.

그건 오랜 전쟁과 사회적 혼란 때문에 민심이 흉흉해졌으며 농경지의 황폐화로 말미암아 백성들이 애옥살이에 허덕였기 때문이다. 그뿐만 아니라 각 지방에서 성주와 장군을 자처하는 호족들이 백성들을 착취하고 압박하자, 누구는 고통을 이기지 못하고 노비가 되거나 또 누구는 유민이 되어 정처 없이 떠돌다가 산으로 숨어들어 초적(草賊)이 되었다. 수많은 사람들은 그런 현실 속에서 용화정토를 그리며 서로 마주칠 때마다 천불동에 관한 소식을 탐문하기 위해 귓엣말을 나누곤 했다.

"혹시 천불동이 어디에 있는지 아시오?"

"정말로 그 배라는 것이 뜨기는 뜨는 거요?"

"언제 그런 때가 올까요?"

그러나 서로 묻기만 했을 뿐 어느 누구도 명쾌한 답을 내놓지 못했다. 그러다가 얼마간의 세월이 흐르던 중에 누구의 입에서 먼저 나온 소문인지 모르지만 천불동이 전라도 천태산 아래에 있다는 거였다. 하루하루를 어렵게 지탱해오던 사람들에게 귀가 번쩍 뜨이고 가슴이 콩닥콩닥 뛰는 사건이 아닐 수 없었다. 그 소문이 천리마처럼 빠르게 달렸다.

천태산하천불동(千台山下千佛洞).

사람들은 그곳을 꿈에도 잊지 못했다. 그러나 대다수의 사람들은 자신들의 발이 묶여 있기 때문에 이내 한숨을 토해낼 수밖에 없었다. 천불동이 어디에 있는지 모를 때가 오히려 마음이 편했는지 모를 일이었다. 하지만 용기 있는 사람들은 묶인 발을 과감히 풀어 던지고 잠행 길에 올랐다. 북계의 안북 땅에서, 동계의 안변 땅에서, 서해도 황주 땅에서, 교주도 금강산 비탈에서, 양광도 충주 땅에서, 경상도 상주 땅에서, 전라도 섬마을에서.

그들은 추노꾼의 추적을 피하기 위해 백두대간과 정맥들을 타고 산에서 산으로 이어지는 험로를 택했다. 그들은 백두대간의 경계를 넘을 때마다 생소한 삶과 풍습을 접하면서 또 다른 세상을 맛보기도 했다. 그리고 굶어죽거나 호환(虎患)을 만나기도 했으나 용화정토를 찾아간다는 일념으로 끝없이 걷고 또 걸었다. 누군가가 이웃과 함께 떠나지 못한 서러운 심정을 노래로 불렀는데 그 가락이 산천을 흠뻑 물들였다.

어디어디 땅인가 전라전라 땅일세, 어디어디 산인가 천태천불산 일세, 이내 몸은 떠난다네. 천불천탑 찾아서, 산을 넘고 물을 건너 용화정토 찾아서.

마침내 천태산하 천불동으로 모여든 사람들은 백정농민, 향·소·부곡의 천민들, 갖가지 난에 연루되어 이마에 노비라는 글자를 먹물로 뜸질 당했던 도망자들, 실세에 밀려 소외받는 승려들까지 실로 다양했다. 그들은 천불동에 발을 들여놓자마자 저마다 실망스런 표정으로 퉁퉁 불어터진 목소리를 한마디씩 토해냈다.

"애개개, 눈을 씻고 찾아봐도 이 천불동에 불상이라곤 코빼기도 뵈지 않는구먼."

"웃기는 일일세. 왜 이 골짜기가 용화정토란 말이여?"

"지미랄, 이 골짜기가 어떻게 뜬다는 거야."

"씨펄, 속았어, 속은 거라구! 애당초 우리 같은 무지렁뱅이들에게 용화정토가 기다리고 있을 턱이 없지."

기대가 큰 만큼 실망도 크다고 했던가. 용화정토라고 소문났던 골짜기가 그저 평범한 육산으로 둘러싸였으니 황당하기조차 했다. 사람들의 한숨 소리가 천불동의 골바람이 되어 푸나무서리들을 휩쓸고 지나갔다. 누군가는 덜퍼덕 주저앉아서 손바닥으로 땅을 두드리며 통곡을 터뜨리기도 했다. 황토 먼지가 피보라처럼 번져나갔다.

그때, 일행 중에서 삿갓을 쓴 사내가 앞으로 나서며 입을 열었다.

"용화정토는 그저 찾아오는 것이 아니라 만드는 것입지요. 이 천불동에 천불천탑을 세우게 되면 골짜기가 배로 변해서 뜰 것이외다. 예전부터 이 천불동을 배로 띄워보려던 사람들이 있었습지요. 하지만 그들은 안타깝게도 실패하고 말았답니다."

물에 빠진 사람은 지푸라기라도 잡으려 한다든가. 삿갓사내의 이야기에 모든 사람들이 몰려들었다. 그중에서 봉충다리 장인(匠人) 한 사람이 나서서 물었다.

"정말 그렇게만 하면 배가 뜨는 거요? 그리고 배를 띄워보려던 사람들이 실패를 했다니 무슨 사달이라도 났던 게요?"

"예전에 이 천불동에 흘러들어왔던 사람들이 토포꾼들의 기습을 받았습지요. 한바탕 거센 피바람이 몰아쳤답니다. 무자비한 토포였습지요. 묘청의 난에 연루되어 '서경역적'이란 먹물 뜸질을 당했던 사람들이나 공주 명학소에서 봉기했다가 쫓겨 온 수많은 우리 이웃들이 엄청나게 몰살당했습지요. 그때 최후의 전투가 벌어졌던 곳이 바로 이 산 너머의 고개이올시다. 그 고개를 검단치(劍斷峙)라고 불렀지요. 칼이 부러지고 활이 두 동강나는 처절한 싸움이 벌어졌기 때문입지요."

삿갓사내의 이야기가 끝나자 얼간망둥이 재인(才人)이 나섰다.

"또 그놈의 토포꾼들이 밀려올까 봐 걱정이 태산이외다."

"여기는 세인의 눈에 잘 뜨이지 않는 협곡으로 천연 요새입니다. 유사시에는 우리들이 타고 왔던 산길을 되짚어 심산유곡으로 도주하기에 적당한 곳이기도 합지요. 또한 이곳은 나주목과 능주목의 경계지점에 위치하고 있어서 관권이 잘 미치지 않는 곳입지요. 그러니까 우리들이 대웅전 뒤편의 골짜기에 천불천탑을 세우게 되면 매우 은밀할 뿐더러 토포꾼들을 걱정할 필요도 없을 것입니다. 우리는 예전처럼 상전의 수탈이나 등쌀에 시달리지 않고 살아갈 수 있습지요. 여기가 바로 용화정토가 아니고 뭐겠습니까. 이제 우리들이 힘을 모아 천불천탑을 세우기만 한다면 그토록 고대하던 용화세상이 눈앞에 펼쳐지고야 말 것입니다."

"천불천탑을 세우면 정말로 새 세상이 오기는 오는 거요?"

"아무렴요. 그렇지만 우선 산목숨이 죽어나지 않도록 이 골짜기 안에 초막이라도 짓고 따비밭이라도 갈아엎어야 할 것이외다. 그리고 틈나는 대로 천불천탑을 세우도록 합시다."

"우리가 무슨 재주로 천 개나 되는 불탑을 세울 수 있겠소이까?"

"그 문제는 백제부흥을 꾀하는 나주와 능주목의 호족들이 은밀히 지원하기로 약조되어 있으니 염려하지 않아도 됩니다. 그리고 멋들어진 천불천탑이 아니어도 상관없습니다. 돌멩이 세 개만 정성스럽게 쌓아도 훌륭한 불탑이 될 수 있거든요."

삿갓사내의 이야기에 모든 사람들이 고개를 끄덕거렸다. 그들은 떠나고 싶어도 떠날 곳이 없고, 더 이상 숨고 싶어도 숨을 곳이 없는 자들이었다. 그들 중에서 농민과 천민들이 좌측의 깊은 골짜기 안에 초막을 치고 기거하기 시작했는데 그곳을 농골[農谷], 승려들이 초막을 친 우측의 좁은 골짜기는 승골[僧谷]이라 불렀다.

천불천탑을 세우기 위한 대책회의가 열렸다. 가장 논란이 된 부분은 미륵불을 어떻게 만들어야 하느냐는 점이었다. 그들은 장차 이 땅으로 내려와 용화세상을 펼친다는 미륵님의 얼굴이 어떻게 생겼는지 아무도 몰랐다. 그러자 기존의 미륵불을 보았던 사람들이 저마다 자랑스럽게 한마디씩 늘어놓았다. 먼저 양광도에서 온 노비가 앞으로 나섰다.

"내 고장의 미륵님은 반야산에서 나물을 캐던 어떤 아낙이 아기울음소리를 듣고 찾아가서 발견한 바위로 만들었다고 하더이다. 하글쎄, 엄청나게 큰 바위가 땅속에서 솟았는데 그놈한테 백여 명의 석공들이 달라붙을 지경이었다지요. 그런데 말이외다. 막상 다 만들고 나니 워낙 무거워서 상체를 하체 위에다 올릴 수 없었다더군입쇼. 그럴 즈음 미륵님을 만들었던 스님 한 분이 사제촌 강변을 거닐다가 모래 장난하는 아이들을 보고 퍼뜩 용한 생각이 떠올라서 불상하체 꼭대기까지 모래를 쌓은 뒤 상체를 밀어 올렸다고 하더이다."

그 이야기에 모든 사람들의 눈이 휘둥그레져 있을 때 백정 농민한 사람이 용화산 미륵사에 있는 거대한 미륵사탑을 입에 침이 마르도록 소개했다. 또 다른 백정 농민이 질세라 벌떡 일어서면서 숯으로 연못을 메우고 그곳에 살던 용을 쫓아낸 뒤 큰 가마솥 위에 미륵불상을 세웠다는 금산사 미륵불 이야기를 늘어놓았다. 그들은 만드는 것을 직접 목격이라도 했던 것처럼 입에 게거품을 머금으면서 손짓 발짓까지 동원했다.

그런 이야기들이 계속되었으나 이곳에 세울 미륵불을 어떻게 만들어야 할 것인가에 대해서 묘안을 내는 사람이 하나도 없었다. 모든 사람들은 어마어마한 미륵불 이야기를 꺼내자 오히려 주눅든 모습이었다.

"어휴, 우리 능력으로 그런 미륵불을 만든다는 것은 바지랑대로 하늘을 재기나 마찬가지외다."

"암, 우리는 그런 미륵불을 만들 솜씨가 전혀 없는 무지렁뱅이라니까."

"그려, 난 가진 것이라곤 사타구니에 달랑 매달린 불알 두 쪽하고 염치없이 먹어치우는 입주뎅이뿐이거든."

그럴 즈음 승려 한 사람이 앞으로 나섰다.

"소승은 방방곡곡의 명산대찰을 떠돌며 불법을 구한 뒤 백련사로 가던 중 우연히 들렸소이다. 마침 시주님들의 이야기를 듣고 드릴 말이 있어서 앞으로 나섰습지요. 방금 거론되었던 미륵불은 호족 세력을 제압하고 왕권을 강화하기 위한 수단으로 만들어졌기 때문에 시주님들의 미륵불이 될 수 없는 노릇입지요. 만일 이 천불산 골짜기에 미륵님을 만들어 세우고 새 세상을 열려면 바로 시주님들 모습처럼 만들어야 합니다."

목이 열 개라도 남아나지 못할 성싶은 천둥벼락 같은 소리를 하자 여기저기 벌집을 쑤신 듯 야단법석이었다. 더구나 미륵님을 자신들처럼 만들면 된다는 이야기를 어떻게 받아들일지 갈피 잡지 못하다가 이윽고 입이 헤벌쩍해지며 웃음을 지었다. 어차피 어떻게 생겼는지 모르는 미륵님 얼굴이었는데 그 모습이 자신들을 닮았다고 하니까 기분이 좋지 않을 수 없었다. 그 승려의 말마따나 미륵님의 얼굴이 자신들과 같다면 그분은 진정 자신들의 편일 것도 같았다. 모인 사람들은 마침내 신바람을 이기지 못하고 춤을 덩실덩실 추었다. 뱃구레가 홀쭉하고 앞니가 빠진 할아버지도, 배가 고파서 나무 밑동에 쪼그리고 앉아 있던 손자도, 허리춤을 움켜쥐고 쌀 것도 없는 억지 똥을 누던 아낙도 모두 모여들어 춤판을 벌렸다. 그야말로 살판이요 맘판이었다.

"여러분 잠깐만!"

한 판의 춤이 끝날 즈음 삿갓사내가 사람들에게 외쳤다. 모든 시선이 그쪽으로 쏠렸다.

"우리의 얼굴처럼 만들면 된다는 스님의 이야기는 정말 대단했습니다. 그렇지만 그냥 의미 없이 만들지 말고 이렇게 하는 것이 어떻겠소이까? 저번에도 말씀드렸던 것처럼, 이 골짜기에 먼저 찾아왔던 사람들이 처참한 죽음을 당했습니다. 그때의 가슴 아픈 상황을 그대로 재현해 봅시다. 그날 그분들의 뜻을 기려보는 것도 좋지 않겠소이까?"

삿갓사내의 제안을 반대하는 사람은 별로 없었다. 어떻게 만들 것이며 무슨 내용을 담을 것인가가 제안되자 금방이라도 천불천탑이 완성될 것 같은 분위기였다.

"과히 나쁘지 않은 이야기외다. 그럼 그때의 정황을 자세히 이야기해보슈."

농민 한 사람이 나섰다.

"이 골짜기 중앙에 스님들의 초막이 있었습지요. 워낙 여러 종파의 승려들이 모였던지라 등을 돌린 채 자신의 주장만을 내세우기도 했습니다만 천불천탑을 세우겠다는 뜻만은 일치되었습지요. 어느 날인가 토포꾼들이 밀려왔지만 그 스님들은 끝끝내 항복하지 않았답니다. 그러다가 토포꾼들이 쏜 불살에 천막이 불타면서 고스란히 눈을 감고 말았습지요. 그러니까 이 골짜기 중앙에는 천막 같은 돌집을 짓고 그 속에 서로 등을 맞댄 불상을 만드는 것이 어쩌겠소이까? 그때 불살에 맞아 불에 타서 죽은 사람들이 부지기수였습지요. 그런 분들을 위해서 불상 뒤에 화염문을 넣는 것도 의미가 있을 겝니다. 산록의 여기저기의 바위 밑에는 토포꾼들의 공세를 피하던 일가족들이 떼죽음을 당하기도 했습지요. 그들의 처참한 모습도 만들어봅시다. 또 하나 기막힌 사연이 있습지요. 좌측 산록의 등성이에 커다란 너럭바위가 있는데, 이 골짜기의 목대잡이였던 부부가 그 바위 위에서 장렬하게 죽었습지요. 끝까지 싸울 것을 다짐했던 그 사내가 너럭바위 위에서 자신의 처를 죽인 뒤 한동안 용감하게 싸우다가 화살을 맞게 되자 그 너럭바위까지 기어가서 나란히 누운 채 숨을 거두었답니다. 그러니까 그 너럭바위에 그 부부가 나란히 누워 있는 모습을 새겨봅시다."

삿갓사내의 이야기에 모두 다 숙연해졌다. 그것은 남의 이야기가 아닌 바로 자신들의 이야기나 다를 바 없었다.

달이 가고 해가 가자 천불동이 서서히 변해가기 시작했다. 좌측 산록의 너럭바위에 누워 있는 부부불을 새겼고, 큰 바위 아래는 가족불이 들어섰다. 골짜기 중앙에는 등을 맞댄 채 가부좌를 틀고 있는 두 불상이 돌집 속에 안치되었다. 돛대처럼 곳곳에 탑이 들어섰다. 밀교 계통의 스님들은 그 탑에 마름모꼴이나 교차선 등의 기하학적인 문양을 새기기도 했다. 여인네들과 아이들은 그럴싸한 돌멩이들을 운반해서 조그만 돌탑을 쌓기도 했다. 마침내 천불천탑이 거의 완성되어갔다. 천불동 골짜기 안에 있는 돌멩이는 어느 것 하나 불탑과 불상이 아닌 것이 없었다. 천불동 사람들은 머지않아 만경창파에 배가 둥둥 뜰 것을 기대하고 있었다.

그럴 즈음 조정에서 천불동의 대역사가 불순한 의도에서 진행되고 있음을 간파하고 대규모의 토포꾼들을 급파했다. 민심의 동요를 막기 위해서 은밀하게 자행된 토포였다. 엄청난 사람들이 희생되었다. 나라님은 천불동의 천불천탑에 관한 기록을 역사에 한 줄도 기록하지 못하도록 엄명을 내렸다. 그뿐만 아니라 천불동의 토포에 관한 내막이 입에서 입으로 전해지지 않도록 하기 위해서 허구적인 이야기를 꾸며냈다. 당대의 인물이 아닌 도선 국사가 운주사의 천불천탑을 세운 것처럼 꾸몄다거나, 마고할미나 운주도사 같은 가공의 인물을 내세워 혹세무민을 자행했던 것이다.

그러나 풀을 베어버렸을망정 그 뿌리는 완전히 뽑을 수 없었다. 토포를 당했을 당시 가까스로 도망친 사람들이 있었다. 그들은 미완의 천불천탑으로 인해 배를 띄우지 못했지만 자신의 몸뚱이를 조그만 배로 여기며 망망대해의 일엽편주처럼 흘러 다니다가 전주, 순주, 경주, 운문, 초전, 밀성, 상주, 의주, 탐라, 태백산 등지에 닻을 내리고 그곳에서 일어난 농민봉기의 씨앗불이 되기도 했다. 그 불씨가 계속 꺼지지 않고 갑오농민전쟁까지 이어졌다는 것은 두말할 나위도 없을 것이며, 절대로 사그라지지 않은 채 때만 되면 언제라도 다시 타오를 것이다.

형은 이 한 편의 설화만 남긴 채 종적이 묘연했다. 오늘 이 땅에 실상은 무엇이며 또 허상은 무엇인가? 실상을 찾아 떠난 형은 지금 어디쯤 가고 있을까?

품바우전傳

팥알 같은 붉은 두통이 게릴라처럼 엄습했다. 상준은 자리에 누운 채 불안한 목을 추스르며 창문 쪽으로 고개를 틀었다. 아침녘이 분명했다. 하지만 상준이 맞이한 아침은 미망과 혼돈의 연속일 뿐이었다. 숙취 때문일까. 그것만은 아닐 터였다.

우윳빛 유리창에 흐릿하게 투영된 마름모꼴의 방범 철책. 끈적끈적한 땀을 연신 흘리고 있는 바람벽. 실내를 감도는 후터분한 열기. 햇살을 타고 부유하는 미세한 먼지들. 소리 없이 흔들리는 시계추.

허우적거리듯 팔을 뻗쳐 머리맡을 더듬었다. 습관성 행동이었다. 주전자의 몸통이 손끝에 느껴졌다. 그의 기나긴 숙취의 밤을 말없이 지켜온 물주전자였다. 아내는 없다. 출근했을 것이다. 일어서야지.

물주전자 주둥이를 나팔처럼 입에 댔다. 늦은 기상이나마 나팔 소리를 울려서 아침이라는 것을 확인해보고 싶었다. 하지만 그 나팔은 소리가 나지 않았다. 상준은 물을 들이켜 칼칼한 입과 위장 속에 똬리를 튼 채 위벽을 콕콕 쑤시는 알코올의 진국을 희석시키기 시작했다. 역시 습관성 행동이었다.

위장 속에서 소쿠라지는 냉수가 명치를 쓰라리게 만들다가 불안하게 꿀렁거리기 시작했다. 그 꿀렁거리는 틈 사이로, "고향에 있는 땅을 처분해버리세요"라는 아내의 목소리가 삐죽삐죽 기어 나왔다. 고향 땅의 처분? 우두망찰하여 눈씨를 허공에 박았다. 지난밤에 들었을 법한 소리 같았다. 그렇다면 꿈속이었을까 취중에 들었던 소리였을까. 아내의 목소리가 점점 증폭되기 시작했다.

지난밤, 상준은 출판사 직원들을 이끌고 먹자골목에서 식사 겸 일차 술을 마셨다. 그들과 헤어진 뒤 대학 동창인 P출판사 대표, 동호를 만나 이차. 귀갓길에 삼차를 했을 때는 몇 시쯤 누구와 어느 술집에서 얼마만큼 술을 마셨는지 필름 자체가 망실되어 있었다. 만취 상태라서 초인종을 누르지 않고 출입문을 쾅쾅 두드렸고, 거실로 들어간 이후의 필름은 또다시 끊겨 있었다. 상준은 지난밤의 필름을 황급히 편집하다가 거실 안락의자에서 아내와 마주 보고 앉아 이야기를 나눴던 장면을 찾아냈다. 소중한 필름이었다. 그런데 되찾았던 그 장면은 안타깝게도 무성영화의 필름일 뿐이었다. 보슬비가 내리듯 빗금이 새겨진 흐릿한 사진만 나타날 뿐 무슨 대화가 오갔는지 되살려 놓을 수 없었다.

출판사 운영 자금 문제가 심각하다는 주정이라도 했던 걸까. 땅을 처분하겠다는 이야기를 먼저 꺼내기라도 했던 걸까. 그렇지 않았다면 아내로부터 땅을 처분하자는 소리가 나왔을 턱이 없을 것 같았다.

상준은 지난밤의 필름을 재편집해 보았다. 몇 안 되는 직원들이지만 월급조차 제때에 주지 못하다가 어렵게 변통한 돈으로 급한 불을 끄고, 눈덩이처럼 부풀었을 그들의 불만을 무마시킬 겸 회식 자리를 만들었다. 그 자리에서 그들도 뻔히 알고 있는 속사정을 헤프게 주절거렸다. 요즘은 사회과학 서적이 잘 팔리지 않는다, 활로 개척을 위해서 대중성 있는 책을 몇 권 출판했지만 제작비와 광고비만 거들 나고 말았다, 그건 사회과학 서적을 주로 펴냈던 출판사에 대한 고정관념이 독자들에게 작용되었을지도 모른다, 등등의 이야기였다. 동호와 마주한 이차 술좌석에서의 대화도 그 범주를 크게 벗어나지 않았던 것 같았다.

"상준아 고정관념이란 것이 대단히 무섭더라. 색깔론과 지역감정의 희생물로 정계를 은퇴한 그 정치인도 말이야…. 지랄, 세계사적인 대변화니 뭐니 하는 것도 문제였어…. 어렵다나. 그래서 이젠 변할 때가 되었다면서 앞다투어 떠나더군. 그렇지만 언제는 어렵지 않았냐?"

동호의 푸념이 그의 머릿속에서 낱개 구슬처럼 굴러다녔다. 구태여 구슬을 꿰지 않더라도 모든 내용이 짐작되었다. 하지만 아내와 주고받았던 모든 대화는 도무지 되살릴 수 없었다. 다만 고향에 있는 땅을 처분하자는 소리만 이명처럼 울리고 있을 뿐이었다.

상준이 답답한 마음을 가눌 길이 없어서 창밖으로 시선을 돌릴 즈음 전화벨 소리가 들려왔다. 수화기를 들자마자 아내의 목소리가 득달같이 밀려왔다. 지난밤에 엘리베이터를 이용하지 않고 계단을 오르면서 각층의 출입문을 두드리는 바람에 한바탕 소동이 벌어졌다는 거였다. 굳게 닫힌 문에 대한 어떤 욕구불만 때문이었을까. 아내는 복잡한 심사도 가라앉힐 겸 고향에 내려가 며칠 쉬면서 당신의 뜻대로 땅을 처분하라면서 전화를 끊었다. 그 이야기를 듣자마자 소스라치게 놀랐다. 땅을 처분하라는 이야기가 꿈속에서 들었던 것이 아님은 분명했고, 땅을 처분하자는 이야기도 자신이 먼저 꺼냈던 모양이었다.

선친은 고향에 남겨둔 그 땅을 관리인인 품바우가 죽기 전에 함부로 처분하지 못하도록 유언을 남겼다. 이해하기 힘들었고 뭔가 풀기 힘든 수수께끼를 간직한 유언이었다. 상준은 선친의 근엄한 얼굴과 품바우의 수더분한 얼굴을 번갈아 떠올렸다. 두 얼굴이 마침내 두 개의 원으로 변하더니 하나의 고리로 연결되어 철렁거리는 소리를 냈다.

고향 땅을 처분하겠다는 심사로 내려가는 것은 아니었다. 출판사에 죽치고 앉아 있어 보았자 골머리만 깨지는 터라 고향에 내려가서 심적인 위로나 받아볼까 하는 어설픈 기대심리로 승용차의 핸들을 남쪽으로 꺾었다. 도시를 빠져나와 남으로 향하는 고속도로를 달렸다. 시원하게 뚫린 길이 가슴을 후련하게 만들어 주었다. 어느덧 숙취마저 말끔히 사라지면서 가속 페달을 밟는 발에 힘이 넘쳤다. 탈출이었다. 어쩌면 현실도피인지도 몰랐다.

달리는 차창에 선친의 얼굴이 투영되었다. 팔을 턱에 괸 채 허탈감이 가득한 표정이었다. 한숨을 간간이 내쉬기도 했다. 한에 찌든 일생을 구천에서도 어쩌지 못하고 있는 것일까.

당신의 일평생 꿈은 국회의원이었다. 그 꿈을 이루기 위해서 세 번이나 출마했다. 두 번은 고향에서 출마했다. 그때 여론은 선친의 지지기반이 탄탄하기 때문에 떼어 놓은 당상이라고 했다. 그런데 느닷없는 변수가 발생했다. 이른바 요즘 말하는 색깔론이 바로 그것이었다. 고향은 좌익과 우익이 첨예하게 대립했던 곳이라서 색깔론만큼 치명적인 것이 없었다.

천석꾼은 아니지만 오륙백 석을 너끈히 거둬들였다던 선친이 인공 때 반동분자로 찍혀서 산으로 끌려갔다가 다행히 아무런 상해도 입지 않고 되돌아왔던 적이 있었다. 그런데 어떻게 해서 살아 돌아올 수 있었냐는 점이 불거지기 시작했다. 그게 정치에 입문하려던 한 선량의 아킬레스건이었다. 상대 후보는 그 점을 불도그처럼 끈질기게 물고 늘어졌다. 그래도 여론은 크게 나쁘지 않았다. 하지만 막상 투표함을 개봉했을 때 어처구니없이 패배라는 단어가 튀어나왔던 것이다.

인공 때 산에 끌려갔다가 무사히 내려온 사람은 선친 외에 박 교장도 있었다. 그는 정년퇴직 때까지 어떤 시비에도 휘말린 적이 없이 공무원을 지냈고, 지금은 고향에서 여생을 편안하게 보내고 있었다. 그렇지만 정계로 나가려던 선친은 색깔론의 그물을 피할 수 없었다.

세 번째는 출마구역을 도시로 바꿨다. 색깔론이라는 악착같은 그물을 피해보겠다는 전략이었을 것이다. 그때도 해볼 만한 게임이라는 평이 나돌았다. 그런데 상대는 재력가였고 엄청난 실탄으로 융단폭격을 했다. 선친은 마지막 기회라고 여겼던지 고향에 있는 옛집과 몇 마지기의 고래실논을 제외한 모든 부동산을 처분하면서 끝까지 맞섰다. 결과는 패배였다. 결정적인 요인은 실탄 부족이라기보다 그림자처럼 따라붙은 색깔론이었다. 그 바람에 선친은 빨갱이 아닌 빨갱이가 되어버린 셈이었다. 어쩌면 당신은 임종 순간에도 자신이 빨갱이였을지 모른다는 착각 속에서 눈을 감았을지 모른다.

상준은 선친의 과거사를 뒤적거리다가 또 하나 그림자처럼 따라다니는 품바우를 떠올렸다. 두 사람 사이에는 아무리 애써 궁리해도 풀기 힘든 어떤 비밀이 숨어 있었다. 도대체 무슨 이유였단 말인가.

"상준아, 그의 생전에는 맡겨둔 부동산을 절대로 거둬들이지 마라."

밑도 끝도 없는 유언이었다. 선친은 그 이유에 대해서 뭔가 설명을 덧붙일 듯하더니 입술을 오물짝거리기만 하다가 유명을 달리했다.

선친은 가족들이 서울로 이사할 때 품바우를 관리인으로 임명했다. 고향집을 지켜주는 대신에 여덟 마지기의 고래실논과 몇 뙈기의 밭을 무상으로 경작하는 조건이었다. 그런데 품바우에게 그런 대우를 해주었다는 것은 이해하기 힘든 일이었다. 그뿐만 아니라 선친은 세 번째 출마 때 실탄이 부족하여 고향의 부동산을 깡그리 처분하는 고전을 면치 못하면서도 품바우에게 맡겼던 땅만큼은 전혀 손대지 않았다. 그 이후 가세가 급속히 기울었을 때도 어쩌면 그 땅을 까마득히 잊어버리기나 한 것처럼 일체 언급하지 않았다. 그런 것 때문에 가족들은 품바우에게 맡겨놓은 부동산이 없는 것으로 착각할 정도였다. 그런데 임종 때도 불쑥 그런 유언을 남기다니…….

일개 관리인에 지나지 않은 품바우에게 그처럼 깊은 배려를 했다는 것은 도무지 풀 수 없는 수수께끼요 베일에 휩싸인 비밀에 다름 아니었다. 상준은 선친과 품바우 사이에 모종의 관계가 얽혀 있지 않나 뒷조사를 은밀하게 한 적이 있었다. 하지만 아무런 관계도 밝혀진 것이 없었다.

고향에 가까이 다가갈수록 의혹이 부풀었다. 상준은 고향마을의 동구를 들어서면서 고개를 끄덕거렸다. 이번 기회에 품바우를 만나 그 비밀을 풀어볼 요량이었다. 그렇지 않으면 영영 기회가 없을지도 모른다는 생각이었다.

둥ㅡ, 둥ㅡ, 둥ㅡ, 둥ㅡ.

안채로부터 품바우의 북소리가 흘러나왔다. 붙박이창으로 흘러 들어오던 저녁노을 꺼풀들이 적황빛 날개를 퍼덕이며 한 뼘쯤 치솟다가 바람벽에 사부자기 달라붙었다. 또렷하긴 했지만 전혀 힘이 실려 있지 않은 그 북소리는 저녁노을에 시나브로 뒤섞인 채 사랑채 지붕의 군새나 겉고삭을 흠뻑 적시고도 미련이 남았는지 문설주를 휘감거나 천장의 서까래에 끙끙거리며 매달렸다. 마침내 그 북소리는 까치발에 얹혀 있는 더께 앉은 선반 위에 털벅 떨어지더니 또그르 구르다가 먼지 속에 파묻히고 말았다.

"아이고, 아부지요! 아이고, 옥조 아부지! 옥기가 찾아올 때까정 눈을 감으면 안 된당께라우! 원통해서 어쩔까이!"

품바우의 아내와 큰아들 내외의 통곡에 문풍지가 바르르 떨었다. 그건 품바우의 임종뿐만 아니라 잠행(潛行) 중인 옥기가 임종을 지켜보지 못하는 것에 대한 한스러움이나 안타까움까지 뒤섞여 있을 것이다.

마당에 옹송크리고 있던 황구 녀석이 통곡과 때를 같이하여 제자리에서 벌떡 일어나더니 마을 안쪽의 백운산을 바라보며 병든 이리처럼 컹컹거렸다. 고즈넉한 고향마을이라서 개 짖는 소리가 유독 크게 메아리쳤다.

품바우는 자신의 심장 고동을 북소리로 알려주기라도 하듯 끊어질 듯 이어지곤 하는 외마치장단을 두드리다가 혼미 상태로 빠져들면 북을 멈췄다. 그러면 임종을 안타깝게 지켜보던 가족들이 외마치장단보다 한 단계 높은 통곡을 일시에 토해냈고, 덩달아서 황구 녀석도 컹컹거리곤 했다. 그러다가 품바우가 정신을 되찾으면서 다시금 북채를 들고 외마치장단을 치곤했다. 오후부터 해거름까지 그런 상황이 다람쥐 쳇바퀴 돌 듯했다.

상준은 안채의 소란스러움에도 불구하고 사랑채 아랫목에 구들더께처럼 벌러덩 드러누워 팔깍지로 뒤통수를 받쳤다. 심적인 위로라도 받아보려고 모처럼 찾아온 고향이었다. 하지만 고향에는 침울한 색조만이 가득했다. 게다가 안채에는 죽음의 그림자마저 짙게 드리워져 있었다. 귀향길이 휴지조각처럼 구겨진 셈이라서 내처 돌아갈까 하는 생각도 해봤지만, 품바우의 임종을 앞두고 무정하게 발길을 돌릴 수 없었다.

상준은 무료함을 달래기 위해서 천장 구석에 거미줄을 치고 날것을 포획하는 거미란 놈을 조금 전부터 계속 주시하는 중이었다. 토종벌 한 마리가 거미줄 한복판에 걸려들었다. 거미란 놈은 가장자리에서 서성대며 포획물을 덮칠까 좀 더 두고 볼까 망설이는 중이었다. 토종벌은 꽁지를 앙당거리면서 자기방어에 주력하는 한편 세찬 날갯짓으로 그물을 벗어나기 위해 몸부림치곤 했다. 그러다가 마침내 기력을 잃고 말았는지 날개를 늘어뜨리며 죽은 듯이 움직임을 멈췄다.

호시탐탐 지켜보고 있던 거미란 놈이 의젓하면서도 조심스러운 행보로 토종벌에게 다가갔다. 한 번 그물에 걸려든 이상 빠져나갈 도리가 없을 터이니 하등에 허둥댈 필요가 없다는 여유와 자신감을 보여주는 것일까. 바투 다가설 때까지 토종벌은 죽은 듯이 걸려 있었다.

토종벌이 거미에게 먹힐 상황이었다. 거미가 토종벌에게 다가서서 협각으로 물어뜯으려는 순간, 거미줄에서 요란한 빛살이 번졌다. 토종벌의 악착같은 최후의 발악이었다. 거미란 놈이 불에 덴 듯 가장자리로 황급히 뒷걸음쳤다. 안심했다가 꽤나 놀랐던 모양이었다. 하지만 거미란 놈은 포획물을 느긋하게 바라보다가 엉덩이에서 줄을 뽑아내며 아래로 미끄러지는 낙하놀이를 즐겼다. 그 바람에 팽팽했던 긴장감이 일시에 허물어지고 말았다.

상준은 상황이 맥 빠지게 변하자 그만 흥미를 잃고 눈길을 돌리려다가 자리에서 벌떡 일어났다. 선친의 얼굴이 또다시 떠올랐기 때문이었다. 까치발을 하고 거미줄에 걸린 토종벌의 한쪽 날개를 붙잡았다. 세찬 파닥거림이 느껴졌다. 가라, 이젠 그물에 벗어나서 마음껏 날아라. 창문을 열었다. 맑은 공기가 밀려왔다.

창밖에는 적황빛 노을이 검붉은 핏빛으로 변해가고 있었다. 품바우의 북소리가 다시금 울리기 시작했다. 이상스런 생명력이나 흡인력이 내포된 소리였다. 상준은 폼바우의 회생을 기원했다. 여태까지 그의 임종을 무감각하게 여기다가 갑작스레 변화된 심정이었다. 한 인간, 한 생명의 최후를 사랑채에 드러누운 채 무감각하게 지켜보고 있었다는 게 죄스러웠을까. 아니면 베일에 싸인 비밀을 풀고 싶다는 욕망 때문이었을까. 아무튼 폼바우가 숨을 거두기만 한다면 지난밤에 내뱉었던 말처럼 고향 땅을 처분해서 자금난에 허덕이는 출판사를 회생시킬 수도 있을 터였다. 그렇다면 상준 자신은 폼바우의 영혼을 거둬들이기 위해서 때맞춰 찾아온 저승사자일지도 모를 일이었다.

둥-, 둥-, 둥-, 둥-.

끈질기게 이어지는 북소리가 이상스럽게도 마음을 뒤흔들었다. 임종을 앞둔 폼바우가 북을 두드리고 있다는 게 이상했다. 이처럼 악착같이 북을 두드리는 이유가 무엇일까.

상준은 담배 한 개비를 급히 꺼내 꼬나물었다. 시간과 공간을 초월해 오가며 기억의 포충망을 휘두르기 시작했다. 폼바우에 관한 이야깃거리라면 닥치는 대로 포획해서 되새김질을 해보았다.

원래 서판돌이라는 호적상 이름이 버젓이 있던 인간 폼바우. 이 마을에서 그런 사실을 알고 있는 사람이 드물 터였다. 또한 그의 원 이름을 알고 있다 해도 까마득히 잊어버린 자가 많을 듯했다. 모든 사람들은 원 이름을 무시한 채 폼바우를 '폰바우'라고 불렀다. 그렇게 불렀던 이유는 수십 년의 세월이 흐르는 동안 '삯을 받고 하는 일'이라는 순우리말의 '품'자가 아주 애매모호하게 '폰'자로 변이되었기 때문일 것이다. 대부분 사람들은 고향이나 성씨를 따서 '순천 양반',

'벌교 양반'이니 '김 씨', '이 씨' 등으로 호칭되곤 했지만 그는 그 흔해 빠진 무슨 양반이니 씨의 존칭조차 주워 달지 못한 채 한평생 품바 우라고 불리었다.

서판돌이 품바우로 불리게 된 것은 유년 시절부터였다고 한다. 마을의 또래들이 코흘리개를 면치 못하고 있을 때 서판돌은 남달리 떡대가 그럴 듯해서 새경을 받는 새끼 깔담살이가 될 수 있었다. 비록 한 해에 한 섬 정도의 품삯이었을망정 어엿한 깔담살이 축에 끼어들어 그때부터 제 밥을 손수 챙기기 시작하자 누군가가 그런 기특함을 가상히 여겨서 품바우라는 애칭을 붙여주었다. 그때부터 품바우는 '품'에서 '품'으로 이어지는 '품꾼 인생'으로 오늘날까지 살아왔다.

전하는 이야기에 따르면, 품바우가 품삯이 아닌 당당한 수입(?)을 챙긴 때가 서너 번 있었다고 한다. 그러니까 그 당당한 수입이란 품바우의 떠꺼머리총각 시절에 백중날 읍내 장터에서 열렸던 씨름판에서 따낸 황소를 두고 말하는 거였다. 총각 품바우는 씨름판에서 항우장사가 혀를 내두를 만한 뚝심으로 맞붙은 상대마다 모래판에 메어꽂아 황소를 상품으로 받았다. 어쩌면 고무풍선처럼 부풀려 내려온 이야기에 지나지 않을지도 모르지만, 그는 결승에 올라온 상대를 눈 깜짝할 새에 메어꽂고 아무 일도 없었다는 듯 몸에 달라붙은 모래를 툭툭 털었다. 그리고 화장걸음으로 씨름판을 벗어나 주인을 기다리던 황소 곁으로 다가가서 엉덩이를 툭툭 두드렸다. 그리고 잠시 후에 시상식이 거행된다는 것을 아는지 모르는지 황소의 고삐를 거머쥐고 씨름판을 유유히 빠져나갔다.

무슨 참봉이니, 군수니, 서장이니, 금융조합장이니 하는 읍내 유지들은 품바우의 그런 당돌한 행동에 눈이 휘둥그레질 뿐이었다. 그들은 품바우의 너럭바위 같은 뒷모습과 간간이 꼬리를 찰랑대거나 엉덩짝을 뒤뚱대는 황소를 지켜보다가 시야에서 사라지자 불쾌한 기색을 드러냈다고 한다.

그 씨름판 이야기는 상준이 태어나기 이전, 그러니까 6·25전쟁이 터지기 이전에 벌어졌던 일이라서 믿어야 좋을지 의심이 가긴 했지만, 품바우가 힘이 장사였다는 사실만큼은 상준도 직접 목격한 바가 있어서 의심의 여지가 없었다.

언젠가 품바우가 풋장거리를 지게에 짊어지고 뒷산을 내려오던 광경은 영원히 잊을 수 없었다. 품바우는 다른 장정들보다 두 배나 됨직한 풋장거리를 지게에 짊어졌음에도 반비알진 고샅길을 전혀 주춤대지 않고 성큼성큼 내려왔다. 상준이 어린 눈으로 보았기 때문인지, 품바우의 등 뒤에 깔려 있는 노을빛이 착시현상을 유발시켰던 것인지, 품바우의 큰 발이 지축을 쿵쿵 울렸다고 생각했던 때문인지 모르지만 아무튼 그 광경은 자그마한 뒷동산이 움직이는 것 같았다.

품바우는 굴때장군처럼 키가 컸고 앞뒤 꼭지뿐만 아니라 눈알까지 툭 튀어나왔으며 도톰한 입술에다가 손마저 솥뚜껑 같아서 상씨름꾼이거나 왈패를 연상시켰다. 그런데 그가 유년 시절부터 지켜보았던 품바우는 소문대로 힘이 장사였던 것만은 사실이었으나, 씨름판 이야기처럼 당당한 모습은 전혀 찾아볼 수 없었다. 품바우는 허우대가 아깝다고 할 정도로 어깨를 움츠린 채 골목이나 동구 쪽을 흘낏거리면서 불안한 걸음으로 돌아다녔고, 품삯을 받을 수만 있다면 어떤 일이라도 덤벼드는 마을 사람들의 종 아닌 종이었다.

물론 상준은 품바우의 그런 면만으로 허우대 값을 못한다고 비난하거나 쓸모없는 인간으로 평가 절하하고 싶은 생각은 조금치도 없었다. 또한 씨름판 이야기 속의 당당한 품바우와 전혀 다르다고 해서 실망했다거나 터무니없이 폄하하자는 것도 아니었다. 다만 그가 불쾌하게 느꼈던 것은 품바우가 권력자에게 한없이 굽실대거나 종노릇까지 자청했다는 점이었다. 다시 말하자면, 품바우는 권력 앞에서 굽실거리는 줏대 없는 인간이었다.

　예를 들자면, 품바우는 인근 기관장들이나 권력자들의 뒷일이라면 품삯에 상관없이 굽실거리며 끌려다녔다. 아니, 끌려다녔다기보다 자원해서 일을 도맡았다는 것이 옳을 것이다. 그런 모습은 읍내 유지들을 거들떠보지도 않고 당당하게 황소를 끌고 나갔다는 옛날 씨름판 이야기와 너무나 정반대였다. 물론 상준은 옛날 씨름판 이야기를 믿지 않는 축에 속했지만, 품바우의 비굴한 모습을 볼 때면 뭔가 속았다는 느낌이 치솟곤 했다.

　또 하나의 예는, 품바우가 항상 집권여당에 자원 입당하여 끈질기게도 마을 책임자를 도맡곤 했다는 점이었다. 그러니까 그의 속셈은 비천한 일꾼에서 '정치품꾼'으로 변신하여 자신의 위상을 한 단계 높여 보려는 것이었을까. 만일 그 추측이 옳다면 그는 계산 착오를 했을 것이다. 품바우가 그토록 몸부림을 쳤지만 마을 사람들은 그를 한 단계 높이 평가해준 적이 없었다. 또한 그를 부를 때 "폰바우!"라고 부르지 않고 "서 씨!"라고 바꿔 불러준 적도 없었으며, 오히려 경멸의 눈빛으로 바라보곤 했다. 그런데도 품바우가 끈질기게 집권여당의 '정치품꾼'을 고집했던 이유는 무엇이었을까.

품바우는 풀 수 없는 수수께끼 덩어리 그 자체였다. 들리는 이야기에 따르면, 품바우는 씨름판을 주름잡았던 것 외에 북 치는 솜씨도 매우 뛰어났다고 했다. 하지만 상준은 예전에 품바우가 북 치는 소리를 한 번도 들어보지 못했다가 오늘 비로소 듣게 되었다. 상준은 안채에서 들려오는 북소리에 빠져들면서 선친과 품바우의 관계를 다시금 파헤쳐 보고 싶은 충동에 빠졌다. 선친은 왜 품바우의 뒷배를 봐주었던 것일까. 풀 수 없는 비밀은 굴리면 굴릴수록 커져 가는 눈덩이처럼 자꾸만 부풀어 올라 그의 머리통을 짓눌러왔다.

"아이고, 아이고, 아이고."

북소리가 끊김과 동시에 또다시 통곡이 이어지더니 안채의 방문이 벌컥 열리는 소리가 들려왔다. 상준은 품바우가 임종한 모양이라고 생각하며 서둘러 사랑방 문을 열고 내다보았다. 품바우의 아내가 맨발로 섬돌을 밟고 내려서더니 마당을 가로질러 허겁지겁 다가왔다.

"애 말이오, 상준이 서방님, 사람 좀 살려주랑께요!"

품바우의 아내가 상준의 손목을 붙들고 울음 반 애원 반인 목소리를 토해냈다. 마구 헝클어진 머리칼에다가 눈물로 범벅된 얼굴이었다.

"왜 그러세요? 뭐가 잘못되기라도 했나요?"

상준의 눈동자가 휘둥그레졌다. 영문을 알 수 없는 하소연 때문이었다.

"그것이 아니라, 긍께 말인디요….."

"말씀해보세요."

"거, 머시기, 우리 옥조 아부지가 숨이 깔딱깔딱함시롱 뜬금없이 막내 옥기 얼굴이 보고 잡다고 허지 않소."

"옥기? 옥기가 보고 싶다고요?"

"그렇당께라."

품바우의 아내가 그의 손목을 흔들며 발을 동동 굴렸다.

상준은 품바우의 막내아들인 옥기를 떠올렸다. 서울인가 인천인가 무슨 공장에 다닌다는 옥기가 작년 가을 무렵 자신의 출판사로 찾아온 적이 있었다. 반가워서 술이라도 한잔 사주겠다며 붙잡았지만 자신의 출판사에서 펴냈던 책만 서너 권 얻고 훌쩍 가버렸다. 그후, 매스컴을 통해서 안 사실이지만, 놀랍게도 옥기는 어떤 노동운동 사건에 연루되어 수배를 받고 있었다.

"미안시러븐 일이제만, 상준이 서방님이 우리 옥기 행세를 쪼까 해주시면 쓰것소. 그 양반이 눈을 곱게 감고 갔으면 해서 말이요."

"허허, 내가 어떻게 그런 일을…."

"옥기 아부지가 시방 정신이 오락가락헌께로 손을 잡아줌시롱 아부지, 허고 불러만줌사 끝나는 일이랑께요. 이거 영판 미한허제만 어쩔 것이요잉. 죽어 가는 사람 소원 한번 들어 주랑께요."

품바우의 아내가 상준의 손목을 잡아끌었다.

대역을 해달라는 부탁이 썩 내키는 일은 아니었다. 상준은 어찌할 바를 모르고 멈칫거리다가 엉거주춤 끌려 나왔다.

안채의 방문을 열고 안으로 들어가자 품바우가 아랫목에 죽은 듯이 드러누워 있었다. 그의 곁에 낡은 북과 손때 묻은 북채가 덩그러니 놓여 있었다. 그의 몸피는 몰라볼 정도로 말라붙어서 예전의 굴때장군 같은 모습은 어디서도 찾아볼 수 없었다. 이불 밖으로 힘없이 늘어져 있는 손은 예전의 솥뚜껑 같지 않고 허름한 갈퀴처럼 변해 있었으며, 툭 불거져서 부리부리하던 눈도 움푹 들어가서 어웅하게 변해 있었다. 주름살로 도배된 얼굴에는 온통 검버섯이 피어 있었다.

"어이 상준이, 아니 황 사장, 폼바우 손이나 한번 잡아주시게나."

나지막한 목소리의 주인공을 찾아보니 선친의 막역지우였던 박 교장이 초췌한 얼굴을 한 채 구석에 앉아 있었다. 박 교장이 천박하게만 살아왔던 폼바우의 임종을 지켜보려고 앉아 있다는 것은 놀라운 사건이었다.

"교장 선생님, 어떻게 여길….."

"어서 손이나 잡아주시게."

박 교장이 다가와서 상준의 손목을 붙들더니 폼바우 쪽으로 끌어당겼다. 상준은 이런저런 생각을 할 겨를이 없이 폼바우의 손을 붙잡았다. 인간의 손이 아니라 동물의 발바닥 같은 까칠한 감촉이었다. 온기도 거의 없었다.

"옥기 아부지, 옥기가 왔서라우. 막내둥이 옥기가….."

폼바우의 아내가 폼바우의 몸을 흔들었다. 그러자 그가 정신을 차리면서 눈을 슬며시 떴다. 뜨물에 빠진 눈처럼 정기가 없었지만 아직 생을 마감하지 않은 것만은 틀림없었다. 폼바우는 한참 동안 상준의 얼굴을 지켜보더니 손을 슬며시 빼냈다. 그리고 뭔가 말을 할 듯하더니 북채를 찾으려고 손을 더듬거렸다. 큰아들 옥조가 얼른 눈치를 채고 북채를 손에 쥐여주었다. 폼바우가 북채를 쥔 채 한동안 움직임을 멈췄다. 빼빼 마른 손등에 검푸른 핏줄만이 돋아 있었다. 다시금 북소리가 둥둥거리며 울리기 시작했다.

방 안에 북처럼 동그란 대여섯 개의 원들이 뽀얀 안개 사이로 흔들거렸다. 그 원들이 겹쳐졌다가 따로따로 떨어지기도 하고 또그르 구르기도 했다. 품바우는 자신의 눈에 비친 그 원들을 한참이나 바라보다가 팔에 힘을 주었다. 그리고 원들의 숫자를 세기라도 하겠다는 듯 북을 두드리기 시작했다.

북을 한 번 두드리면서 아내를 응시했다. 흐릿하게 보이지만 한평생 고생을 같이했던 아내임에 틀림없었다. 또 한 번 북을 두드리면서 다른 원들을 바라보았다.

'혹시 막내둥이가 왔을까? 내 새끼 옥기가?'

아니었다. 앞에 앉아 있는 원은 옥기가 아님에 틀림없었다. 옥기는 젊은 시절의 자신을 그대로 꼭 닮았기 때문이다.

'그러면 누구일까? 혹시 날 잡아가려고 찾아온 사람이란 말이여! 어이쿠, 그러면 순사여, 염라대왕이 보낸 저승사자여?'

품바우는 하마터면 손에 들린 북채를 놓칠 뻔했다. 앞에 있는 원이 누구인지 알아볼 도리가 없지만 가슴이 식혜 먹은 고양이 속으로 변해갔다. 품바우는 끝이 없는 나락으로 하염없이 추락하는 느낌에 사로잡히면서 지난날을 되새김질하기 시작했다.

꿩 구워 묵은 자리처럼, 넘들이 코딱지만큼도 눈치채지 못 허게 이때까정 요로코롬 숨기고 살아왔는디, 잘 묻어뿐 불이 다시 일어나기라도 했단 말이여. 안 되아, 안 되고 말고. 내 눈깔에 흙이 들어갈 때까정 주뎅이를 꽉 앙다물어야 헝께 말이여. 거, 머시냐? 그건 내 땜시만 그러는 것이 아니랑께. 나는 지금 땅내가 고소헌 참이고, 삼수갑산에 가서 산전을 일궈 묵어도 암시랑토 않지만, 그래도 주뎅이에 천근만근 자물통을 채워야 된당께. 눈 감으면 코 베어 가는 시상이 되아부렀는디, 그런 이야그를 어찌 발설헐 수 있단 말이여. 누가 머시라고 꼬셔도, 멕살을 붙잡아도, 내 주뎅이에서는 암말도 안 나갈 것잉께 말이여. 글치만 이 북을 멈출 수가 없당께. 맴이 요로코롬 씨원허고 인자사 사람 사는 것 맹킨디 어찌 북을 멈출 수 있을 것이여. 그려, 그려, 그때도 맴이 씨원허고 인자 우리 같은 놈덜도 살기 좋은 시상을 만났는갑다 해서 신바람 나게 북을 쳐부렀제. 허참, 땅내가 고소허다 봉께 별의별 생각을 다 허는구만. 서른세 해만에 꿈이야그 헌다등만, 호랭이 담배 묵던 이야그가 어쩐다고 다시 생각날까잉. 그려, 머시라고 글더라…… 거시기, 머시냐? 그렇제, 땅뎅이는 농사짓는 사람들헌티 돌아가야 된다고 그랬제. 쉽사리 믿어지지 않는 말이었어. 말만 들어뿌러도 속이 씨원하고 궁뎅이랑 어깨쭉지가 들썩거림시롱 춤이 절로 나오등만. 아무도 모르게 산에 올라가서 하루 밤낮을 견뎌뿌렀제. 고삐 풀린 짐승맹키로 뛰어댕김시롱 산사람들허고 밥도 항꾸네 묵고 잠도 잤응께 말이여. 대장도 동무고 나도 동무인 공평헌 시상이었응께 기분 한번 오지게 좋았어. 북을 침시롱 산사람들을 따라댕김시롱 쪼까 있음사 좋은 날이 오겠제 허고 산아래 널린 논밭들을 오지게 바라보곤 해부렀제. 근디…… 근디 말이여, 그 산에서 어쩔 수 없이 내려오게 되아부렀구먼. 뭔 일이었는가 다시 생각허고 싶지도 않당게. 그날 그때부텀 이 폼바우가 징상시 러븐 금사망을 둘러쓰고 머리가 모시 바구니 될 때까정 손톱 여물을 썰고 살아야사 했응게 말이여. 행여 산사람들이 쫓아올까 싶어 멀크 락도 안 보이게 꽁꽁 숨어부렀제. 글고 난리가 끝났을 때는 누가 내 북소리를 듣고 입산헌 것을 눈치챌까 봐 방귀 한번 제대로 뀐 적이 없당게. 언챙이 아가리에 콩고물이더라고, 깐딱허다가 들통이라도 나불믄 이 폼바우는 빨갱이라고 해서 골로 갈지도 모를 판이었응게 말이여. 사람이 하루아침에 그렇게 변헐 수 있다는 것도 묘허더구 먼. 좋아허던 북을 벽장 속에 꽁꽁 감쳐불고 말았제. 사람들이 북을 어따가 뒀냐고 물어싸믄 난리 통에 잊아부렀는 모양이요, 하고 메기 잔등에 배암장어란 놈이 넘어가듯 얼버무렸제만, 아따메, 봄 꿩이 제 바람에 놀랜다드끼 어찌나 가슴이 철렁 내려앉든지 말이여. 당당 허게 주름잡던 그 씨름판조차 코빼기도 안 내비쳐부렀제. 저러코롬 심 좋고 당돌한 놈인디 영락없이 산에 올라갔다 왔을 것이라고 생각 혀 불믄 단불에 나비 죽데끼 뻗어불 판인디 어치케 씨름판에 코빼 기를 비칠 수 있것어. 글안해도 언젠가 순사 양반이 나헌티, 폼바우 는 산에 안 올라갔다 왔겄제, 하고 물었을 때 오줌이 찔끔거려서 바 짓가랭이가 축축해불등만. 물론 그 순사 양반은 옛날 씨름판에서 내 가 건방지게 굴었던 것이 괘씸해서 겁이나 줄라고 했던 소리였것제 만 혹시나 붙잡아가서 미주알고주알 밑두리콧두리 캐믄 우짤까 허 고 간이 콩당콩당 해부렀당게. 한번 그런 일이 생겨분게로 용을 못 쓰겄등만. 바보맹키로 허리를 꾸불치고 죽은데끼 숨도 크게 안 쉬고 사는 것이 상책이었제. 몰긴 몰라도 내가 산에 올라간 것을 아는 양반은 딱 두 사람뿐이었응께, 그 양반들만 입을 다물고 있음사 암시랑토 않을 일이제만 그래도 혹시 모를 일잉께 벼락 안 떨어지게 늘 조심헐 수밖에 없었단 말이여. 아무도 내 심정을 모를 것이여. 지금 꺼정 모진 목심을 살아옴시롱 간도 쓸개도 다 녹아부렀응께 말이여. 간간이 간첩이니 빨갱이니 허는 방송이나 소문이 터져 나올 때마다 얼매나 찔끔찔끔했는지 몰라. 아따, 그런 일이 어디 한두어 번이간디. 무신 선거 때만 되믄 빨갱이가 여그저그서 잽히고, 무신 일만 있다고 허믄 또 빨갱이가 잽히는 것이 보리밥 묵고 풋방귀 뀌는 것맹키로 허다해뿌럿제. 그럴 때마다 간이 콩알만 해져서 미치고 환장하고 폴짝뛰것등만. 금방이라도 어떤 귀신이 뒷덜미를 탁 채불믄서 폰 바우 니가 산에 올라갔다 왔제, 니가 빨갱이제, 이럼시롱 끌고 가는 것 같았당께. 당해보지 않은 사람은 모를 것이여. 아믄, 모르고 말고제. 어치케 혀서라도 안 잽혀갈라고 허다 봉게 사람 참 더러워지등만. 어차피 간도 쓸개도 다 녹아분 판에 이판사판이다 하고 살믄 되것제만 그것이 엿장시 맴대로 되는 일이간디. 더럽고 뇌꼴시러버도 가보쪽 같은 양반들 뒤치닥거리라도 해서 목심을 붙이고 살아야 할 수밖에 없었제. 처음에는 빨갱이들이 예배당을 싫어한다고 해서 거글 댕겨볼까 허고 생각도 했제만 확실헌 것은 힘 있는 놈덜 밑이라도 빨아주는 것이 최고라고 생각되더랑께. 마을 사람헌티 욕을 숱하게 얻어묵었제. 농촌 말아묵을라고 허는 놈들 밑에서 간도 쓸개도 없어 더러븐 선거운동이나 헌다고 말이여. 그런디 어쩔 것이여, 날고 긴다는 양반들도 빨갱이 소릴 한번 들어불믄 움치고 뛸래야 뛸 수도 없는 시상인디 말이여. 국회의원에 출마했던 황 영감님뿐만 아니라 이 시상에 그런 양반들이 어디 한둘이었냐 말이여. 얼매 전 선거에서도 그런 일이 벌어졌지 않았냐 말이여. 살아오는 동안에 원체 속이 야지러진께로 늦은 밤에 넘 모르게 황구 녀석만 데꼬 산에 올라가서 북을 쳤던 적이 있었제. 수십 년 맥히고 엉친 지가닥 같은 것이 씨원허게 내려가불등만. 이 폰바우가 씨름판을 휘젓고 댕길 때처럼 심이 폴폴 솟아나뿔고, 산사람들이 말허데끼 좋은 시상이 금방 올 것 같기도 허더랑께. 근다고 어쩔 것이여. 대낮에 돌아댕김시롱 마을 사람들허고 항꾼에 어울려서 그 북을 쳐야 쓸것인디 그런 시상이 안직 안 왔응께 가심만 더 애릴 뿐이었제. 아이고, 젠장 눈물이 꼴짝나뿔것등만.

품바우는 젖 먹던 힘까지 끌어모아 느릿느릿하게 울리던 북을 힘차게 두드렸다. 그렇지만 온몸에 힘이 빠져 있었기 때문에 북소리는 생각했던 것만큼 크게 울리지 않았다. 속이 답답하기만 했다. 하지만 서두르거나 안달하지는 않았다. 저승 문턱을 넘기 전까지는 북을 두드리고 싶기 때문이었다.

북소리가 퍼져나갈 때마다 방 안에 있는 원들이 흔들거렸다. 품바우는 그 원들을 자꾸만 톺아보았다. 아까부터 자신의 손을 잡아주었던 사람이 누군지 알고 싶어서 신경을 썼으나 시야가 흐릿해서 쉽게 파악할 수 없었다. 막내아들 옥기가 왔다고 했지만 아닌 것은 틀림없었다. 품바우는 그 원이 막내아들 옥기였으면 하는 바람이었다. 하지만 부질없는 생각이었다. 지금쯤 막내둥이는 끈 떨어진 뒤웅박 신세가 되어서 밤이슬을 맞으며 정처 없이 떠돌아다니고 있을 것임에 틀림없었다.

어느 날인가 낯선 사람들이 품바우를 찾아왔다. 눈씨가 매섭고 싸늘한 분위기가 왜낫처럼 번지는 사내들이었다. 품바우는 더위 먹은 소가 달만 봐도 헐떡거리는 것처럼 간이 덜컹했다. 혹시 까마득한 옛날 산에 올라갔던 것을 추궁하기 위해서 찾아온 것이 아닌가 생각되어 달팽이 눈이 된 채 온몸을 사시나무처럼 떨기도 했다.

"서옥기 아버님 되시죠?"

그들은 뜻밖에도 자신을 찾아온 것이 아니라 막내둥이 옥기를 찾았다. 날카로운 목소리였다. 영문을 알 수 없는 일이었다.

"뭐 땜시 우리 옥기를 찾는다요?"

"서옥기가 집에 있어요, 없어요! 빨리 내놓으시오!"

그들은 대문 앞에 서 있던 품바우의 가슴팍을 밀치며 안으로 들어섰다. 뚝심만으로 하자면 아무리 늙었을지라도 그들을 가로막을 수 있었지만 한쪽으로 힘없이 물러서고 말았다. 그들은 흙발로 뛰어들면서 안채를 이 잡듯이 뒤졌다. 굳게 채워진 사랑채의 자물쇠조차 비틀어서 샅샅이 뒤졌다. 코를 씩씩 불며 눈알을 부라리는 모습은 흡사 성난 황소였다. 그들은 옥기를 찾아내지 못하자 자수를 권유하는 말을 남기고 바람처럼 떠나갔다.

품바우는 섬돌에 털썩 주저앉아 한숨을 지었다. 미련한 송아지가 백정을 모른다더니, 막내둥이가 세상 무서운 줄 모르고 일을 저질렀던 것이다. 대대 곱사둥이라더니 닮을 것이 그렇게 없어서 애비처럼 빨갱이 소리를 듣다니, 미치고 환장할 노릇이 아닐 수 없었다. 만일 옥기가 눈에 띄기라도 하면 다리를 분질러서 방구석에 처박아 놓고 싶은 심정이었다.

　그러던 며칠 후에 막내둥이가 집으로 찾아들었다. 품바우는 너 같은 자식을 둔 적도 없고 나 같은 애비도 없는 것으로 생각하라는 불호령을 치면서 내쫓았다. 물론 가슴이야 아팠지만 치밀어 오르는 분을 어쩔 수 없었기 때문이다. 품바우는 막내가 뒷산을 타고 멀리 사라져 가는 모습을 보면서 눈물을 떨구었다. 어쩌면 막내둥이 얼굴을 마지막으로 보는 것인지도 모른다는 불길한 예감이 들기도 했으며, 자신처럼 살아가야 할 자식의 신세가 처량하고 불쌍했기 때문이었다.

　품바우의 손에 힘이 오르기 시작했다. 신통한 일이었다. 땅내가 자꾸만 고소해지고 정신이 흐릿하게 변해 가는데 손에 힘이 오르고 있다는 것은 믿기 어려운 현상이었다.

　혹시 막내둥이가 가까운 곳에 왔을지 모른다는 기대감이 생겨났다. 그렇다면 뒷산 숲정이 부근에 몸을 감추고 여기를 애타게 바라보고 있을지도 모를 일이었다. 애비가 무서워서 차마 집에 들어오지도 못하고 먼발치서 눈물만 뚝뚝 흘리고 있을지도 몰랐다. 아니, 막내둥이는 고향 근처에도 오지 못하고 먼 곳에서 바라보기만 하며 눈물 짓고 있을지도 모를 일이었다. 품바우는 막내둥이 옥기를 너무나 매정스럽게 내쫓았던 것이 후회되었다.

　둥-, 둥-, 둥-, 둥-.

　품바우가 북채를 더욱 세게 휘둘렀다. 막내둥이가 이 장단을 듣고 정말 미워서 매몰차게 내쫓았던 것이 아님을 알아주었으면 했다. 눈을 감기 전에 한 번만이라도 막내둥이 얼굴을 보고 싶었다. 자꾸만 목이 메이기 시작했다. 뭔가 말을 하고 싶었지만 입술이 딸싹거리기만 할 뿐 말이 튀어나오지 않았다.

'이눔아야, 워쩐다고 그런 일을 저질러부렀단 말이냐. 두 봉사가 한 막대기 짚고 걷는다등만 니랑 내랑 팔자가 똑같애졌는디 이 일을 어쩌면 좋단 말이냐. 글치만 나는 니를 잘 안다. 니는 죄인이 아녀, 이 애비도 죄인이 아니랑께. 이눔아야, 어쩌등간에 몸 조심혀야 헌다잉. 도망댕김시롱도 세 끼니 밥 꼭꼭 찾아 묵고 말이여.'

사랑채 아궁이 속의 장작들이 타닥거리는 소리를 내면서 타올랐다. 장작들이 서로 엇걸려 쌓인 채 불꽃을 서로 아울러가며 불티를 날렸다. 혀를 널름대는 불꽃은 뒷산 너머에서 자꾸만 밀려드는 어둠을 삼키기에 바빴다.

산야를 뒤덮던 어둠이 마침내 고옥을 칭칭 동여맸다. 질식할 것만 같은 어둠이었다. 달도 별도 뜨지 않은 어두커니 밤에 멀리서 들려오는 배고픈 부엉이 울음만이 끊어질 듯 이어졌다. 안채에서 들려오는 북소리는 어둠 속에서 허우적거리며 마당을 휘이 돌고 있었다. 그 북소리가 돌담에 부딪치고, 사랑채 기스락에 이마를 찧고 비틀거리며 대문을 나서려다가 그만 엉덩방아를 찧고 말았다.

상준은 함실아궁이 앞에 쪼그리고 앉은 채 북 장단에 맞추어 타닥거리며 타오르는 장작불을 바라보았다. 타오르던 불이 혀를 널름거리며 아궁이 밖으로 삐져나오다가 다시금 방고래 속으로 빨려 들어갔다. 아궁이 속에서 모든 것이 타서 재가 되고 있었다. 뒷산을 넘어 밀려오는 어둠뿐만 아니라 그가 풀지 못했던 수수께끼도 무시로 타올라 원점으로 돌아가고 있었다.

안채 방에 들어갔을 때 기회를 엿봐 품바우에게 지금까지 풀지 못했던 비밀을 캐묻고 싶었다. 하지만 이미 사경을 헤매고 있는 품바우에게 그런 질문을 할 틈이 전혀 없었다. 그런 수수께끼들은 사랑채 아궁이 속의 장작불에 활활 타서 재로 변해버리면 그만인 것인지도 몰랐다.

상준은 불길에서 눈을 떼고 울 너머 어둠에 쌓여 있는 고향마을을 우두커니 바라보았다. 어둠이 아니라 죽음 속에 빠져버린 마을이었다.

"여기 있었던 모양이구먼, 밤공기가 아직도 찬데 안으로 들어가세."

등 뒤에서 박 교장의 목소리가 들려왔다. 상준은 엉거주춤하다가 사랑채 안으로 들어갔다. 박 교장은 자리에 앉자마자 긴 한숨을 내쉬고 입을 열었다.

"정말 애달픈 일이네. 너무나 가슴 아프게 살아온 폰바우였거든. 오죽하면 죽음 직전에 저렇게 북을 치겠는가… 쯧쯧, 북소리가 너무나 힘차구먼. 회광반조라더니, 아마 임종 직전에 도달한 모양일세. 틀림없이 오늘밤을 넘기지 못할 걸세."

상준은 박 교장의 이야기를 무심코 흘려들으면서 거미줄을 바라보고 있었다.

"이건 비극일세. 그렇지만 폰바우에게만 해당되는 비극이 아니지. 이 땅에 사는 사람이라면 누구도 이 분단의 아픔에서 자유스러울 자가 없으니 말이네."

거미란 놈이 거미줄 중앙에 옹송크리고 있었다. 깊은 생각에 빠져 있는 듯했다. 포획물이 돌연히 자취를 감추자 하리망당했을 것이다.

"언제나 쫓기다시피 살아온 폰바우는 정신적으로 많은 고통을 받았을 걸세. 불쌍한 사람이야, 정말 불쌍해."

박 교장이 연신 혀를 찼다.

"어인 일로 예까지 오셨습니까?"

거미줄을 바라보고 있던 그가 시선을 돌리며 물었다.

"내가 폰바우 임종을 지켜보기 위해선 온 것이 이상스럽단 말이겠지?"

"그렇습니다."

"자네 부친께서 돌아가시기 전에 아무 말씀도 안 하셨나?"

박 교장이 밑도 끝도 없이 그의 선친을 거론했다.

"예! 무슨 말씀을 말입니까?"

"입을 꼬옥 다물고 가셨던 모양이군."

"무얼 말입니까?"

"허허, 그랬을 걸세, 그럴 만도 하지."

"궁금합니다. 알려주십시오."

"폰바우는 나와 자네 부친을 구해준 생명의 은인이었네. 우리가 반동으로 몰려 끌려가다가 폰바우 때문에 살아났으니까 말일세."

"예옛!"

"산으로 끌려가던 중이었지. 이미 입산해 있던 폰바우가 백운산 어귀에서 우릴 구해주었고, 함께 산을 내려오게 되었던 것일세. 그 바람에 퐁바우는 산사람들에게 쫓김을 당했고, 인공이 끝난 후에는 입산했던 것이 들통날까 봐 이닐 이때까지 숨도 제대로 못 쉬고 살아왔던 것일세. 난 퐁바우의 심정을 누구보다도 잘 알고 있네. 너무나도 가슴 아픈 일이네."

상준은 박 교장의 이야기를 들으면서 다시금 거미줄을 바라보고 있었다. 거미줄이 흔들리고 있었다. 거미란 놈이 통통거리며 가장자리로 물러나고 있었다. 엉덩이에서 줄을 뽑으며 새로운 그물을 치기 시작했다. 그물이 부실해서 포획물을 놓쳤다고 생각했던 모양일까. 새롭게 치는 그물이 새하얀 빛살을 뿌려댔다. 그 그물이 점점 넓어지고 있었다. 그럴 즈음 북소리가 끊어지면서 대성통곡이 이어졌다. 황구도 거칠게 울부짖었다.

"쯧쯧, 문턱 밑이 황천이라더니, 결국 눈을 감은 모양일세."

박 교장이 입술을 바르르 떨며 자리에서 일어났다. 상준도 뒤따라 자리에서 일어섰다. 그 순간 귓속에서 "고향에 남아 있는 땅을 처분해버리세요."라는 아내의 목소리가 이명처럼 울렸다.

파랑새

낯선 사내와 동행할 용기가 어떻게 생겨났던 것일까?

　트럭이 도시를 빠져나간다. 무엇에 홀린 것처럼 장돌뱅이의 트럭에 훌쩍 올라탔던 숙진은 연일 매스컴을 소란스럽게 만드는 실종사건과 연쇄살인사건을 떠올린다. 경솔했을지도 모른다는 생각이 언뜻 스친다. 사내의 눈에 잘 드러나지 않게 몸을 도사리며 차창 밖으로 시선을 돌린다. 목에 끝매기법으로 맨 파스텔 톤의 청색 실크스카프가 열린 차창 밖으로 빨려나가 세차게 휘날린다. 파랑새처럼 하늘을 날고 있다는 느낌이 들어서 불안감이 어느 정도 가신다.

　"야간운행은 돛단배를 타고 망망대해로 나가는 것 같거든."

　장돌뱅이 이야기는 혼잣말인지 숙진에게 건네는 것인지 종잡기 힘들다. 숙진은 입을 꼬옥 다문 채 차창 밖을 응시한다. 어둠이 내려앉은 대지 위에 별처럼 박혀 있던 마을의 불빛들이 연신 나타났다가 사라지곤 한다. 사내가 카세트테이프를 연다. 아주 예전에 유행했던 뽕짝들이 두서없이 흘러나온다. 그가 손가락으로 운전대를 토닥거리며 장단을 맞춘다. 숙진은 뽕짝 분위기에 전혀 반응을 보이지 않는다. 그가 테이프를 갈아 끼운다. '영일만 친구'라는 노래가 흘러나온다.

"처음 봤을 때 무척이나 울적해 보였수다. 홀몸이우?"

"아뇨."

"이 밤에 바다를 찾아가야 할 이유라도 있수?"

"예."

장돌뱅이는 숙진의 대답이 너무나 짧고 퉁명스러워 말을 이어가기 힘들었던지 한참 후에 다시금 조잘대기 시작한다. 그는 어떤 스님에게 들었던 이야기라면서, 세상만사가 인연으로 맺어졌다는 '인연론'을 펼친다. 또 속세에서 한 가닥의 인연을 끊는 것은 한 가닥의 고통을 끊는 것이나 마찬가지라고 말한다. 장돌뱅이에게 어울리지 않는 이야기다. 숙진은 여전히 입을 다물고 있다. 그가 숙진을 힐끗 쳐다보면서 서방님이 무얼 하시는 분인지 궁금하다, 외항선이라도 타고 멀리 갔느냐, 돈도 좋지만 사내는 마누라 곁에 있어주어야 한다, 곁에 있기만 해도 힘이 되는 게 바로 사내가 아니겠느냐, 등등의 '사내론'을 늘어놓는다.

숙진은 그의 이야기에 더 이상 귀를 기울이지 않고 자신만의 생각 속으로 날아간다. 밤하늘을 수놓고 있던 별들이 빛을 잃기 시작하더니 칠흑의 어둠 속으로 숨기 시작한다. 비가 쏟아질 듯하다. 트럭은 털털거리면서도 쉬지 않고 달린다. 장돌뱅이의 주절거리는 이야기도 끝없이 이어진다.

휴게소 팻말이 보인다. 그가 속도를 늦추면서 커피라도 한잔하겠냐고 묻는다. 숙진은 불면증 때문에 커피를 마시지 않는다고 대답한다. 장돌뱅이가 트럭에서 훌쩍 뛰어내려 불빛이 있는 곳으로 충충거리며 걸어간다.

이슬비가 내린다. 숙진은 빈 장바구니를 품에 껴안은 채 불빛 속으로 빨려가는 장돌뱅이의 뒷모습을 물끄러미 바라보다가 관후를 떠올린다. 지금쯤이면 제사를 모시기 위해 집으로 찾아와 숙진의 돌연한 부재 사실을 알아차렸을 것이다. 그렇지 않아도 왜소한 그의 어깨가 어떻게 변했을까. 서너 해 전쯤에 우연히 목격했던 장면이 차창에 투영된다.

그날 농촌에 있는 관후의 작업실을 찾아갔다. 사립을 들어서자마자 들창문 안에서 흐느끼는 소리가 들려왔다. 도대체 무슨 연유일까? 숙진은 비밀스런 모습을 몰래 훔쳐보는 것 같아 그 자리에 서 있지 못하고 뒷동산으로 올라가서 한참이나 바장이며 시간을 보냈다. 방문 열리는 소리가 났다. 관후가 원고 뭉치를 한아름 안은 채 텃밭으로 걸어갔다. 종이 뭉치에 불길이 일어났다. 숙진은 덴가슴이 된 채 굳어버렸다. 엉뚱하게도 그 불길에서 동료 여학생의 분신자살이 연상되었다. 관후는 한아름의 종이 뭉치를 다 태운 뒤 시커멓게 변해버린 재를 허공에 뿌렸다. 죽음 같은 검은 나비가 나불나불 날았다. 더 이상 그런 생각에 머물고 싶지 않았다. 혼돈의 출발점이었던 오늘 정오의 꿈을 되새긴다.

하늘이 적황색에서 자줏빛으로 그리고 잿빛으로 서서히 변해가기 시작했다. 그런 색조 위로 기억의 문을 조심스럽게 두드리듯 는

개가 흩날렸다. 잿빛에 침윤되었던 사물들이 경련중추를 자극받고 찰나적으로 전율하더니 하나둘 자신의 형태와 빛을 되찾기 시작하며 부슬부슬 일어섰다.

갓난아기 울음소리가 문풍지 떨리는 소리처럼 귀청을 파고들었다. 울음소리를 머금은 두 줄기의 청백색 빛살이 점점 또렷해지며 다가왔다. 도둑고양이, 발정기에 접어든 도둑고양이가 틀림없었다.

숙진이 몸을 도사리며 뒷걸음질 치다가 우두망찰하여 움직임을 멈췄다. 여기가 어딜까? 사방을 둘러보아도 출구는 보이지 않았다. 미로? 갑갑증이 치밀어 올랐다. 폐쇄공포증? 꼭 그것만은 아니었다. 갑갑증은 출구를 쉽사리 찾기 힘들 것이라는 불안한 예감 때문이기도 했지만 그것보다 주변을 에워싸고 있는 잿빛 어스름이 육신을 옥죄기 때문이었다. 두 손으로 가슴을 감쌌다. 허사였다. 다시금 뒷걸음질 치다가 딱딱하고 차가운 벽에 부딪혔다. 이걸 어떻게 해? 더 이상 물러설 공간도 없잖아. 어디로 가야 출구를 찾을 수 있을까?

얼마나 뛰었을까. 온몸이 축축하게 젖어 있었다. 멈춰 서서 사방을 둘러보았다. 이젠 미로를 무사히 벗어난 것일까. 칠흑 같은 어둠이 시야를 가렸다. 어둠 속이 차라리 편안했다. 이 어둠 속에 누워서 죽음처럼 깊은 잠에 빠질 수만 있다면…. 땅바닥에 주저앉아서 두 팔로 무릎을 껴안은 채 거친 날숨을 진정시키다가 어디선가 들려오는 희미한 소리를 들었다. 파도 소리였다.

바다. 그 얼마나 동경했던 곳인가. 숙진은 바다를 무척이나 좋아했지만 생활에 묶여 꿈으로만 그려왔다. 그래서 불면의 밤을 지새울 때마다 철썩거리는 파도 소리 환청과 포말을 일으키며 하얗게 부서지는 환각을 느끼곤 했다. 아, 그 바다. 미움도 사랑도 모두 씻어줄 듯한 수평선 위의 고운 까치놀, 엇길에 빠진 자식처럼 홀로 떠도는 외염들을 자애롭게 보듬고 있는 수평선, 세상의 모든 찌꺼기들을 말 없이 끌어안는 개펄들, 그 장엄한 화엄의 바다! 뱃길을 따라 수평선 을 넘어가면 어디가 나올까. 피안의 땅?

숙진은 파도 소리에 이끌려 걷다가 하마터면 끝없는 벼랑 아래로 추락할 뻔했다. 식은땀이 흘렀다. 혼신의 힘을 다해 빠져나왔던 미 로의 끝이 벼랑이었다니. 발아래에 칠흑 같은 어둠이 고여 있고, 파 도 소리가 용솟음치고 있었다. 푸른 물결이 넘실거려야 할 바다가 왜 저토록 검은 것일까? 푸름이 극에 달하면 저렇게 변하는 것일까? 칠흑의 바다는 죽음을 유혹하는 악마처럼 입을 벌리고 있었다. 이상 하게도 무섭지 않고 그 속으로 뛰어들고 싶은 생각이 밀려왔다. 아, 내가 파랑새라면 얼마나 좋을까.

전화벨이 보채어 꿈에서 깨어났다. 흐트러진 머리칼을 재빠르게 쓸어 넘기며 전화통을 응시했다. 누구의 전화일까. 수화기를 들었 다. 상대방의 목소리가 득달같이 밀려왔다.

"숙진이지? 나야, 혜연이라니까!"

"혜연이라고?"

"그래 이 가시내야, 너 목소리가 퉁퉁 불어 있는 스파게티 같은 데, 아마 낮잠을 자다가 방금 깨어난 모양이지? 이 시간에 늘어지게 낮잠을 자다니 네 팔자도 되게 끝내주는구나. 나 있잖니, 서울에서 방금 내려온 길이거든. 여행길에 나섰어. 네 얼굴을 빨리 보고 싶어

미치겠다, 애. 어때, 오늘 시간은 모두 다 나한테 맡기는 거지? 오늘은 밤이 하얗게 새도록 지난 이야기를 하는 거야, 알았지 가시내야."

혜연은 일방적으로 약속을 정했다. 처음에는 옛 추억을 되새기자면서 분위기 좋은 커피숍을 아느냐고 묻더니 아예 찾아오겠다며 사는 곳이 어디냐, 어떻게 찾아가야 하느냐, 하고 안달뱅이를 쳤다. 숙진은 집 안을 재빠르게 휘둘러보다가 손님 맞을 자신이 없어서 마침 외출할 일도 있으니 곧바로 나가겠다며 위치를 물었다.

"여기, 여기 말이니? 넌 내가 어디에서 전화를 했을 것 같니?"

"도대체 어딘데 그래?"

"우리의 추억이 서려 있는 모교야."

짧다면 짧고 길다면 길 수 있는 세월이 얼추 이십여 년이나 흘러간 셈이었다. 혜연의 이야기가 숙진의 둔감해진 기억 세포를 자극시켰다. 세월의 더께에 묻혀 있던 지난날의 군상들이 옷을 툭툭 털며 일어섰다.

숙진은 외출 준비를 서두르다가 방 안을 둘러보았다. 소주병이 여기저기 뒹굴고 있었다. 잃어버린 숙면과 평온을 그 소주병 속에서 되찾아보려고 발버둥 쳤던 게 언제부터였을까. 비엔나소시지처럼 줄줄이 이어진 신경안정제 봉투가 소주병 옆에 제멋대로 늘어져 있었다. 날이 갈수록 알약이 늘어나 그 봉투는 만삭이 된 임산부의 배처럼 부풀어 올랐고, 복용 횟수도 늘어났지만 찰거머리처럼 달라붙은 불면증이나 우울증이 좀처럼 가시지 않았다. 그럴 때마다 빈속에 소주를 들이켜고 몽롱한 상태가 되면 죽음을 연습하듯 잠에 떨어지곤 했다.

'아차, 좀 전에 꾸었던 꿈을 기록해 놓아야지.'

숙진이 서랍을 열고 노트를 꺼냈다. 며칠 전의 꿈이 깨알 같은 글씨로 기록되어 있었다.

나는 수많은 행렬 속에 끼어 있었다. 모두 다 산으로 올라가는 중이었다. 풍물패들이 선두에 서서 신바람을 내고 있었다. 나는 흥에 겨워서 앞으로 나가려고 했다. 오랜만에 신명난 풍물을 치고 싶었다. 그런데 몸이 묶여 있기라도 하듯 마음대로 움직여지지 않았다. 이상해서 옆에 있는 사내에게 물어보려고 고개를 돌렸다. 나는 너무나 놀라 하마터면 제자리에 주저앉을 뻔했다. 그 사내의 얼굴은 핏기가 하나도 없었다. 죽은 직후에 그 사람의 얼굴을 떠서 만든다는 데스마스크를 보는 듯했다. 재빨리 주변을 살펴보았다. 모든 사람들이 데스마스크를 둘러쓰고 있었다. 소름이 오싹 끼쳐서 비명을 지르려고 했다. 말이 튀어나오지 않았다. 발목에서 통증이 느껴졌다. 나뿐만 아니라 모든 사람들이 쇠사슬에 묶인 채 기계적으로 움직이고 있었다. 그 대열에서 빠져나가려고 몸부림쳤다. 마음뿐이었지 몸이 말을 듣지 않았다.

느닷없이 태풍이 몰아쳤다. 어느 누구도 피할 생각을 하지 않고 태풍 속으로 유령처럼 걸어 들어갔다. 사람들이 풀잎처럼 일제히 쓰러졌다가 오뚝이처럼 일어서곤 했다. 이번에는 천둥벼락이 쳤다. 검은 하늘이 갈기갈기 찢어지면서 시뻘건 불을 뿜어냈다. 선두의 풍물패에 붙은 불이 뒤쪽으로 번지기 시작했다. 풍물패가 불에 폭삭 타버렸다. 한 줌의 재로 변해 바람에 흩날렸다. 불길이 나를 덮쳐왔다.

속절없이 휩싸였다. 너무나 뜨거울 것 같아 지레 비명을 질렀는데 이상하게도 전혀 뜨겁지 않았다.

숙진은 악몽을 자주 꾸곤 했다. 그런 꿈은 팍팍하게 살아가는 현실보다 더 고통스러웠다. 친정 엄마에게 끌려가다시피 하여 만났던 무당은 억울하게 죽은 귀신이 스며들었으니 굿으로 내쫓자고 했다. 꿈을 분석한다는 신경정신과 전문의는 숙진에게 모든 꿈을 기록해 두도록 당부했다. 그는 상담할 때마다 갈등의 상황, 본능의 상징, 존재의 합일, 현실의 아픔 등으로 꿈을 분석했다. 그리고 꿈을 통해서 의식에 투영되는 무의식의 메시지에 주의를 기울이면 새로운 길을 찾아낼 수 있다는 알쏭달쏭한 말을 해주었다.

숙진은 빈 소주병을 주섬주섬 쓸어 모아 비닐 봉투에 쑤셔 넣었다. 허리를 펴자 현기증이 밀려들었다. 숙취현상 때문만은 아니었다. 관자놀이 부근을 누르고 있던 손가락이 바르르 떨렸다. 삭풍에 바들대며 애처롭게 우는 나목우듬지 같은 손가락이었다. 만성적 자살이라고 말하는 알코올의존증 탓일까. 그것 때문만은 아닐 것이다. 그럼 무엇 때문일까.

숙진은 밖으로 나가려다가 뭔가가 발목을 붙잡아서 우뚝 멈췄다. 빨간 플라스틱 장바구니가 현관문 옆에 놓여 있었다. 그랬다. 오늘이 시아버님의 기일이었고, 제수(祭需)를 사기 위해서 외출하려다가 극심한 피로감을 이기지 못한 채 소주 몇 잔을 연거푸 들이켜고 죽음 같은 잠 속으로 빠져들었던 것이다.

모교의 교문 앞이었다. 사십 대 중반의 아주머니가 되어서 나타났기 때문일까, 손에 들린 장바구니가 선혀 걸맞지 않아서일까. 안쪽을 두리번거리다가 불안한 걸음으로 들어섰다. 본관 건물 앞 화단 근처에 빨간 스포츠카가 주차해 있었다. 선글라스를 낀 여인이 붉은 벽돌로 지어진 본관 건물에 시선을 빼앗기고 있었다. 수많은 세월이 흘렀지만 한눈에 혜연이라는 것을 알 수 있었다. 혜연은 성형수술로 코를 오똑하게 세워 얼굴 분위기가 달라 보였다. 호피 문양의 원피스를 입고 목에 파스텔 톤의 청색 실크 스카프를 끝매기법으로 가볍게 묶은 차림이 멋스러웠다.

"미안해. 바빴거든. 서울 생활이라는 것이 다 그래. 이 가시내야, 그래도 아직까지 네 전화번호를 잊지 않고 살았다는 것만큼은 예쁘게 봐주어야 해."

"이렇게 죽지 않고 살다 보니까 다시 만나게 되네."

"숙진아, 그런데 얼굴이 왜 이 모양이니. 살이 되게 빠져서 자칫하면 몰라보겠다. 낮잠을 잘 만큼 팔자가 늘어진 줄 알았는데 그렇지 않은 거니? 이걸 어째. 예전에 포동포동했던 그 얼굴이 지금은 말이 아니니 말이야."

혜연이 숙진의 얼굴을 쓰다듬었다. 그 순간, 숙진은 혜연의 눈빛이 장바구니에 머물다가 황급히 지나가는 것을 느꼈다.

"그동안 건강이 좋지 못했어. 응, 이 장바구니는 말이야… 오늘이 시아버님 기일이라서 시장에 들러 제수를 준비해야 되거든."

묻지 않은 이야기를 미리 털어놓았다.

"아참, 관후 씨는 잘 있니? 그 멋겼던 문학청년 말이야. 얼마 전에 무슨 잡지에서 관후 씨의 글을 읽은 적이 있는데, 이젠 중견작가 냄새가 물씬 풍기더라. 넌 참 좋겠다. 작가 선생님이랑 함께 사니까 말이야. 나도 한번쯤 작가하고 살아봤으면 원이 없겠다, 얘."

혜연의 이야기는 입에 발린 인사말인지 진짜로 부러워하는 것인지 알 수 없었다. 두 사람이 나란히 걷기 시작했다. 혜연이 윤희에 관한 이야기를 주섬주섬 늘어놓았다. 윤희는 정치 지망생과 결혼해서 초반에는 고생을 많이 했는데, 그가 국회의원이 되자 마나님으로 바뀌었다. 옛말에 여자의 운명은 세 번 바뀌게 되는데, 첫 번째는 부모요 두 번째는 남편이고 세 번째는 자식이라고 했다. 숙진이 씁쓸한 미소를 머금었다. 흐르는 세월이 풍물패였던 옛 친구들을 몰라볼 정도로 바꾸어놓았다.

인문대 앞 솔수평 속의 자그마한 공터. 그곳은 수많은 풍물 장단들이 수면을 박차고 오르는 물고기들처럼 파닥거렸고, 판굿을 연습하는 풍물패들의 움직임에 따라 황토 먼지들이 살아 있는 부유물처럼 떠올라서 적황색 노을처럼 물들곤 했다.

혜연은 둘 사이의 공백기를 메우기 위해서인지 옛 추억을 자꾸만 들먹거렸다. 숙진은 혜연의 이야기보다 불길에 휩싸였던 동료 여학생의 모습이나 관후와 첫 만남을 떠올리고 있었다. 불꽃에 휩싸인 채 구호를 외치며 죽어갔던 동료 여학생을 목격했던 곳이 바로 이 공터였고, 관후의 사랑 고백을 받았던 곳도 여기였다. 그 동료 여학생을 떠올리던 숙진이 자신도 모르게 '타나토스'라는 단어를 중얼거렸다. 신경정신과 전문의에게 들었던 이야기였다. 죽음의 본능인

'타나토스'는 무의식을 구성하는 에너지 가운데 하나이며, 그것이 자극을 받게 되면 커다란 에너지가 발생하여 의식의 자아를 일시에 빨아들이게 된다는 거였다.

숙진의 생각이 관후와 처음으로 만났던 추억으로 이어졌다. 그는 풍물패들이 판굿을 연습할 때 근처의 소나무 밑동에 쪼그리고 앉아 있던 구경꾼들 중의 하나였다. 그러던 그가 긴 겨울의 끄트머리 어느 날에 불어온 봄바람처럼 홀연히 다가와서 손을 내밀었다.

"저는 관후, 김관후라고 합니다."

"관후 씨라구요? 그러면 삼국지의 관우와는 어떤 사이죠?"

왜 그렇게 장난스러운 말이 튀어나왔고, 잊어버린 웃음을 일시에 되찾은 듯이 깔깔거렸는지 모를 일이었다. 그날 이후부터 관후는 사랑을 끈질기게 고백했다. 숙진은 평범하고 가냘픈 문학청년이었던 그에게 자신과 같은 길을 걷자고 제의했다. 그는 아무런 이의를 달지 않고 숙진이 가는 길을 동행하기 시작했다. 그의 변화는 매우 놀라웠다. 숙진보다 더욱 철두철미한 운동주의자로 변신했고, 문학 성향도 서서히 달라졌다. 그때의 합일감이란 말로 이루 표현할 수 없는 그 무엇이었다.

두 사람은 졸업한 뒤에 결혼을 해서 농촌으로 들어갔다. 관후는 전업 작가의 길을 택했고, 숙진은 농촌운동에 뛰어들었다. 이 세상에서 변하지 않는 것은 하나도 없다고 했던가. 변하는 것이 자연의 이치라면 그 결과는 발전일까 퇴행일까? 큰 꿈을 안고 농촌으로 들어갔던 그들에게 닥친 현실은 매우 냉혹했다. 관후의 문학은 한마디로 말해서 보리죽보다 더 허기졌다. 문단과 출판계의 현실은 관후

같은 사람을 별로 필요로 하지 않았다. 그들은 세계화를 좇는 발 빠른 변화와 기름진 상업성을 요구했을 뿐이었다. 관후는 그런 상황을 아는지 모르는지 창작에만 묵묵히 매달렸다.

"관후 형, 답답해서 미칠 것 같아. 우리 여길 떠나요."

"…."

"난 예전의 내가 아니고 싶어. 이젠 답답하고 지긋지긋하다니까요. 이렇게 지내다간 숨이 막혀서 죽을 것 같아. 관후 형도 남들처럼 멋지게 변신을 해봐요."

숙진은 그날 왜 그렇게 발악적인 몸부림을 쳤을까. 아무튼 그날 이후, 숙진은 관후를 농촌에 남겨두고 시부모님이 계시는 도시로 다시 나왔다.

"윤희는 되게 많이 변했더라. 너, 옛날 생각나니? 우리들 중에서 그 애가 제일 용감했잖니. 눈물 콧물이 쏟아져도 북채를 놓지 않고 끝까지 휘둘러대던 악바리 모습 말이야. 그런데 있잖니, 지금은 얼마나 우아한 줄 아니. 말도 마라, 귀부인도 그런 귀부인이 없다, 애."

혜연이 숙진의 옆구리를 쿡쿡 찌르며 킥킥거렸다. 숙진은 그런 이야기에 관심이 없어서 공터를 바라보며 입을 열었다.

"요즘은 풍물 연습을 별로 하지 않나 봐."

"세상 많이 변했어. 그 당시 우리는 이 도시를 휩쓸었던 거대한 폭력의 잔재를 몰아내기 위해 악바리처럼 풍물을 쳤잖아. 그런데 요즘 애들은 취업시험 귀신에 씌어 정신이 없다더라. 숙진아, 열정을 갖고 살았던 그때 그 시절이, 나는 너무나 그리워."

혜연의 얼굴에 그리움인지 고통인지 모를 잿빛 그림자가 드리워졌다.

"혜연이 너 우울증에 빠진 사람처럼 보인다."

"내가? 어머머, 갱년기가 오려면 아직 까마득해. 장난이라도 그런 소리는 마."

혜연이 솔수펑 속의 공터를 먼저 빠져나가면서 입풍물굿을 흥얼거리기 시작했다. 혜연의 목에 맨 파스텔 톤의 청색 실크 스카프가 시나브로 부는 바람에 춤사위처럼 한들거렸다. 바람이 부는 대로 한들거리는 그 여유와 부드러움, 허공에 훌쩍 내던지면 현실에 얽매이지 않고 파랑새처럼 자유롭게 날아서 행복과 이상향을 찾아 어디론가 날아갈 것 같았다. 숙진은 고개를 수그린 자세로 혜연의 뒤를 따라 걸었다. 숙진은 들고 있는 빈 장바구니를 물끄러미 보았다. 그 공간에는 지난날들이 덧없는 한 줌의 재로 변해 고여 있었고, 사십 대 중반 여인의 고독과 우울증이 똬리를 틀고 있었다. 혜연이 눈치채지 못하게 한숨을 내쉬었다.

"아이, 청승맞다, 애. 무슨 일로 고개를 푹 수그린 채 걷는 거야. 혹시 우울증이나 권태기에 접어든 게 아니니? 작가 선생님 뒷바라지에 지치기라도 했던 모양이구나. 이 가시내야, 세상을 어렵게 생각하지 마라. 산은 산이고 물은 물이다, 그런 법어도 있지만, 너는 너고 나는 나다, 이런 강남 싸모님들의 유행어도 들어보지 못했니. 요즘은 남편에게 매달려 사는 시대가 아니야. 대화를 나누고 적당히 엔조이할 애인이라도 구해 봐. 요즘 시대가 날라리 춘삼월인데 두툼한 외투를 고집하고 있어야 되겠니? 이젠 홀라당 벗어 던져버려."

앞서 걷던 혜연이 입풍물굿을 잠시 중단하고 뒤돌아서며 종알댔다. 숙진은 적잖게 당황했다. 혜연이 깔깔거렸다. 그 웃음소리가 이명처럼 귀를 먹먹하게 만들었다.

혜연이 승용차에 올라타자마자 음악을 틀었다. 「샌프란시스코에서는 머리에 꽃을 꽂으세요」라는 노래였다. 한때 장안의 화제를 불러 모았던 어떤 연속극의 시그널뮤직이기도 했다. 도심지는 번잡했지만 음악은 잔잔했다. 〈시애틀의 잠 못 이루는 밤〉의 「스탠드 바이유어 맨」이 흘러나오다가 〈사랑과 영혼〉의 「언체인드 멜로디」로 이어졌다.

"분위기가 너무 늘어지는 것 같지?"

혜연이 숙진의 표정을 흘낏 살피더니 음악을 바꾸었다. 힙합이 거세게 출렁거리는 파도처럼 밀려왔다. 그 순간, 숙진은 빈 장바구니 속에서 머리를 헤쳐 풀고 광란하듯 출렁대는 바다를 보았다. 아, 이 승용차로 바다가 있는 곳까지 내처 달리면 얼마나 속이 후련할까. 왜 내겐 날개가 없는 거지.

호텔에 딸려 있는 '프로방스'라는 카페였다. 프랑스 남부 지방의 이름을 딴 그곳은 원목 조형물을 이용하여 아늑하고 격조 높은 분위기로 실내를 꾸몄다. 벽면에 군데군데 붙어 있는 조그만 꽃들이 앙증맞았고, 귀에 익은 클래식 음악들이 실내를 촉촉이 적시고 있었다. 숙진은 과거라는 모교의 공간에서 현실이라는 카페의 공간으로 자연스럽게 이동했다기보다 불연속선 지층을 훌쩍 건너뛴 것 같은 어색함에 빠졌다. 애써 공들인 실내 장식이 숙진을 외려 불편하고 갑갑하게 만들었다. 주변을 둘러보았다. 그때 그 시절, 길가에서 주먹밥을 먹고 외쳤던 분위기는 어디에도 찾아볼 수 없었다. 사람들은 어느새 예쁘게 먹고 우아하게 취하는 것에 길들여져 있었다. 나비넥타이를 맨 웨이터가 다가와서 정중하게 머리를 숙이며 파카글라스에 담긴 물과 메뉴판을 내려놓았다.

"그 장바구니는 내 차에 놔두고 올 걸 그랬어. 그게 뭐 대단하다고 신주 모시듯 꼭 끌어안고 있니. 얘, 여기 분위기 괜찮다. 내가 쏠 테니까 걱정하지 말고 주문해라."

혜연은 자신의 말투가 핀잔이 아니라 연민이나 보살핌에 가깝다는 것을 보여주기라도 하듯 메뉴판을 놓고 망설이는 숙진을 한동안 기다렸다. 숙진이 끝내 결정하지 못하자, 바닷가재요리를 권했다. 숙진이 고개를 끄덕거렸다. 혜연은 웨이터에게 음식과 함께 '생떼 밀리옹'이란 술을 주문했다. 숙진은 잘 해야 진토닉이나 페퍼민트 따위의 칵테일을 마셔보았을 뿐 그런 술은 생전 이름도 들어보지 못했다. 혜연은 프랑스 뒤마에 가면 음악가들이 찾아와서 불후의 명작을 남긴 카페들이 여럿 있다는 해외 여행담을 늘어놓으며, 바야흐로 세상이 완전히 달라졌다는 것을 강조했다. 그리고 요리와 술이 들어오자 익숙하게 먹고 마시고 따라주며 우아한 포즈로 담배까지 피워대는 여유를 보였다.

"내가 보기에 우울증에 빠진 사람은 윤희야. 그 선머슴아 같은 악바리도 세월의 흐름이나 상황의 변화에는 어쩔 수 없나 봐."

혜연이 술잔을 기울이다 말고 게슴츠레한 눈으로 숙진을 바라보았다.

"쯧쯧, 왜 그렇게 되었대?"

"남편은 성공했지만, 정작 자신이란 존재는 어디에도 없거든. 윤희 그 애 알고 보면 되게 불쌍타. 남편 뒷바라지 때문에 좋은 청춘 다 흘러갔거든. 내려오는 길에 내가 여행을 떠난다고 하니까 부러워서 미치겠다고 하더라."

숙진이 아랫입술을 가볍게 깨물었다. 물론 상황이 다르지만, 윤희보다 자신의 고통이 훨씬 심했다. 혜연에게 '내가 더 미치겠어. 불면증 때문에 잠을 제대로 잘 수 없어. 죽고 싶어. 어디론가 멀리 떠날 수 있다면 얼마나 좋겠니. 요즘 들어서 매달 있어야 할 그것조차 보이지 않아. 이젠 더 이상 여자 구실을 못하는 것일지도 몰라' 이런 속마음을 털어놓고 싶었지만 참았다.

"우리 중에서 혜연이 네가 제일 행복한 것 같다."

"뭐, 꼭 그렇지는 않아."

"부잣집으로 시집가서 잘 살고 있잖아?"

"그러면 뭐하니. 사랑이 있어야지."

혜연이 느닷없는 말을 뱉었다. 숙진은 취기 때문에 그런 말이 튀어나왔을 것으로 생각했다. 풍물패 시절, 혜연은 남학생들이 건네주는 막걸리 잔을 사양하지 않고 받아 마신 뒤 안주로 나온 김치를 손가락으로 덥석 집어먹는 호기를 부리기도 하여 인기가 최고였다. 그런 멋스러움 덕분에 지금의 남편으로부터 프러포즈까지 받았다. 숙진은 그런 생각을 떠올리다가 세상이 변해도 한참이나 변했다는 것을 느꼈다. 예전에는 억압과 좌절과 암울함을 화두로 삼아 역사의 격랑을 헤치며 목청을 돋우곤 했다. 지금은 개인사적인 고뇌나 존재에 대해서 콩을 찧고 팥을 찧는 상황이었다.

"혜연아, 우리들의 대화가 몰라보게 달라진 것 같지 않니?"

"그래. 그 시절의 정열은 어디론가 사라지고, 이젠 시시콜콜한 이야기만 지껄이고 있으니 말이야."

"그 시절이 너무나 그리워."

"숙진아, 너도 그 시절이 그립니? 그래, 우린 희망을 갖고 살았고, 어느 누구보다 당당했거든. 그런데, 그런데 말이야, 내 남편은 우리의 그런 과거를 싫어해."

혜연의 혀가 꼬부라졌다. 숙진도 취기를 느꼈다. 그냥 이 자리에 쓰러져서 죽음처럼 잠에 곯아떨어지고 싶었다. 그러다가 테이블 아래쪽에 검은 침묵을 머금으며 똬리를 틀고 앉아 있는 장바구니를 발견했다.

"미안해. 오늘이 시아버님 기일이거든."

"시아버님 기일? 가시내야, 넌 나랑 밤새 함께 있어줘야 해."

혜연이 갑갑했던지 목에 묶여 있던 파스텔 톤의 청색 실크 스카프를 풀어버리고 술잔을 연거푸 비웠다. 급기야 테이블 위로 머리를 처박았다. 혜연의 어깨를 흔들어보았으나 깨어나지 않았다. 낭패였다. 숙진은 잠시 머뭇거리다가 윤희에게 전화를 걸었다. 몇 번의 시도 끝에 가까스로 연결이 되었다.

"정말로 혜연이가 여행을 왔다고 말했니? 그게 아니야, 혜연이가 너무나 불쌍해. 그 애는 말이야…."

윤희의 이야기는 전혀 뜻밖이었다. 숙진은 웨이터의 도움을 받아 인사불성이 될 정도로 취해버린 혜연을 호텔 방으로 옮겼다. 침대에 쓰러져 자는 혜연의 머리칼을 잠시 매만져주다가 밖으로 나왔다.

숙진은 시장으로 가면서 혜연의 파스텔 톤 청색 실크 스카프를 한동안 만지작거렸다. 혜연을 부축해주었던 카페 웨이터가 흘리고 간 것이라며 건네준 것이었다. 혜연에게 곧장 돌려주고 싶었지만 도어를 안쪽으로 잠그고 나왔기 때문에 포기했다. 그 스카프가 자신의 손에 들어온 것은 필연이며 숙명일지도 모른다는 생각이 들었다. 스카프를 목에 묶었다. 파랑새의 날개가 어깻죽지에 돋아난 기분이었다. 찌뿌둥했던 몸이 가벼워진 것은 알코올 기운보다 스카프의 조화일지도 몰랐다. 파랑새의 날개? 혜연도 이 스카프를 목에 매고 파랑새처럼 훌훌 날아가고 싶었던 것은 아닐까. 윤희의 이야기에 따르면, 혜연의 운동권 전력을 핑계 삼아 남편이 바람을 피웠고, 결국 두 사람이 남남으로 돌아섰다고 했다. 그래서 마음의 상처를 입은 혜연이 머지않아 이민을 떠날지도 모른다는 거였다.

재래시장 상인들은 손님이 다가가기만 하면 돌연 생기를 되찾으며 엉덩이를 들썩거리다가 그냥 지나치면 맥없이 주저앉곤 했다. 숙진은 시장을 바람처럼 싸돌아다녔지만 정작 사야 할 제수를 하나도 고르지 못했다. 청색 실크 스카프를 나풀거리며 장터를 한 바퀴 더 돌았다.

"자, 떨이여 떨이! 물 좋은 바다에서 갓 건져 올린 놈들이라 눈깔이 뗑굴뗑굴, 가슴이 벌떡벌떡, 꼬리를 살랑살랑!"

누군가의 외침이 숙진을 끌어당겼다. 시장 초입에 주차된 트럭 위에 중년의 장돌뱅이가 서 있었다. 얼마나 굴러먹었는지 입담이 제

법이었다. 숙진이 미소를 머금었다. 그 사내가 바다일지도 모른다는 엉뚱한 생각에 빠져들었다.

"자! 떨이여 떨이! 말만 잘 하면 거저 주는 떨이판이우! 동지섣달 개 밥 퍼주듯 막 퍼주는 떨이판이우!"

숙진이 다가갔다. 장돌뱅이가 숙진의 바구니를 끌어당겼다.

"뭘 드릴까?"

"아니, 그저 바다가 생각나서…."

자신도 모르게 튀어나온 말이었다.

"바다가 생각난다고 그랬소? 카, 정말이지 그 바다 앞에 서 있으면 이놈의 세상만사 근심걱정이 싹 사라져버리죠. 그 바다를 구경하는 재미로 이놈의 장사를 시작했거든."

손님이 없어서 그랬을까. 장돌뱅이가 이런저런 말을 주제넘게 늘어놓았다.

"그 바다가 어디죠?"

"동해처럼 맑은 곳이 또 어디에 있겠수. 도매 물건을 떼러 갈 때마다 그 바다 앞에 서기만 하면 속살이 훤히 내비칠 정도로 깨끗한 모습에 넋이 빠지곤 했으니까 말이우."

"동해라고 했어요?"

"그럼요. 난 이 오징어 떨이가 끝나는 즉시 밤길을 달려서 동해로 갈 거유. 댁도 언제 시간이 나면 꼭 한번 가보슈. 내 말이 틀리지 않다는 것을 단박에 알 거유."

장돌뱅이가 다시금 손뼉을 치며 손님을 불렀다. 아낙들이 몰려들었다. 떨이 물건이라서 시세보다 값이 헐했는지 오징어가 금세 동난 모양이었다. 그가 화물칸에 널린 빈 스티로폼 상자를 주섬주섬 챙긴 뒤 허리에 차고 있던 수건으로 손을 닦았다. 숙진은 해풍에 머리칼을 날리며 바다를 바라보고 있는 사춘기 소녀처럼 스카프를 만지작거리고 있었다. 며칠 전의 꿈이 떠올랐다.

거울 속에 실오라기 하나 걸치지 않은 자신의 알몸이 들어 있었다. 풋풋하고 탄력 있는 몸매였다. 봉긋한 젖가슴이나 매끈한 허리선은 여자인 자신이 보아도 반할 지경이었다. 나르시시즘에 한껏 젖어버린 숙진은 모델의 걸음걸이 흉내를 내며 걷거나 제자리에서 빙빙 돌며 손으로 자신의 알몸을 애무하기 시작했다. 그 순간 가슴팍에서 한 줄기 빛이 쏘아져 나왔다. 겁이 덜컥 치솟았다. 사춘기에 마스터베이션을 우연히 경험하고 나서 불쑥 밀려들던 죄악감이나 불안감보다 훨씬 강력했다. 한 줄기 빛이 금세 강해지더니 덩어리 빛으로 변해 가슴팍을 뚫고 나와 어디론가 사라졌다. 빛이 빠져나간 가슴팍에 커다란 공동이 생겨났다. 그 어옹한 공동 속에 잿빛 어스름이 고이고 있었다. 숙진은 구멍 뚫린 가슴을 부둥키고 얼마나 한스럽게 울었던지 잠에서 깨어났을 때 눈이 퉁퉁 부어 있었다.

"왜 그렇게 줄곧 서 있수?"

"그 바다에 따라갈 수 없을까요."

장돌뱅이는 황당한 이야기를 들었다는 듯 고장이 난 시계처럼 잠시 굳어 있다가 이내 입술을 달싹거렸다.

"정말이유?"

숙진은 고개를 가볍게 끄덕거린 뒤 동쪽으로 고개를 돌려 어스름이 몰리고 있는 저녁 하늘을 응시했다.

빗발이 굵어진다. 빗방울이 유리창을 타고 흘러내린다. 그렁그렁한 눈물이 흘러내리는 듯하다. 숙진은 자신이 눈물을 쏟는 것처럼 답답했던 가슴이 시원해지는 것을 느낀다.

"먼 길 가려면 배를 충분히 채우시우."

장돌뱅이 사내가 커피 잔을 입에 물고 양손에 봉투를 들고 서 있다. 숙진이 봉투를 받아들었다. 사내가 곧장 승차하지 않고 숙진을 찬찬히 바라본다. 사내의 머리 위로 하얀 비가 내린다. 분위기가 야릇하다. 숙진이 그런 분위기를 깨트리려고 입을 연다.

"비 맞지 마세요."

사내가 머리칼에 달라붙은 빗방울을 손으로 툭툭 털어내더니 싱긋 웃는다. 실내등 불빛에 하얀 치아가 빛난다.

"난 태어날 때부터 역마살이 낀 놈인 모양이우. 이렇게 밤길을 달리는 것이 전혀 싫지 않거든. 난 어떤 때는 뚜렷한 목적지가 없이 길을 달리기도 했수. 새벽녘에 이름 모를 포구에 닿으면 언제나 따스한 불빛이 기다리고 있었수. 그 불빛 속으로 기어 들어가 뱃놈들하고 어우러져 투전판을 벌이거나 싫증이 날 만큼 술잔을 꺾곤 했수. 그게 내 인생의 전부라면 전부지."

"낭만적인 이야기네요."

"나는 낭만이라는 단어 따위는 모르오. 그저 떠도는 장돌뱅이일 뿐이거든. 아참, 그 빈 장바구니는 바닥에 내려놓으슈. 운전하는 나까지 불안하니까 말이우."

숙진은 장바구니를 꼭 껴안고 있었다는 것을 여태 느끼지 못하다가 그의 핀잔을 듣고 멋쩍게 웃으며 바닥으로 내려놓는다. 승차한 장돌뱅이가 히쭉 웃더니 휴게소를 벗어나 트럭을 재촉한다. 비 때문에 시야가 불투명하다. 트럭은 비와 어둠의 터널을 뚫고 끝없이 달린다.

"저는 바다를 매우 좋아해요. 바다 앞에 서면 마음이 탁 트이거든요."

"나도 바다를 좋아하는 놈이우. 혹시 오징어 잡는 배가 불을 밝히고 있는 밤바다를 본 적이 있수? 밤이 새도록 보고 있어도 싫증을 못 느끼지. 그리고 밤이 새고 해가 떠오르는 광경은 한마디로 예술이지."

"저도 그런 환상적인 바다를 보고 싶어요."

숙진은 바다 이야기가 나오자 소녀처럼 즐거워서 어쩔 줄 모른다. 내리던 비가 개이면서 시야가 조금 밝아진다. 장돌뱅이는 입을 다문 채 고개를 약간 앞으로 내밀고 운전에만 열중이다.

"아저씨, 밤길을 혼자 달리려면 힘들지 않으세요?"

이번에는 숙진이 먼저 말을 건다. 처음에는 몰랐는데 대화를 하게 되니까 가슴이 후련해지는 기분이 든다.

"힘들지 않을 턱이 있겠소. 그렇지만 그 포구의 따뜻하고 정겨운 불빛을 생각하면서 참아내는 거라우."

"어서 그 바다를 보았으면 좋겠어요."

"안달하지 마시우. 목적지를 향해 달릴 때면 마음을 차분하게 먹어야 하는 법이우. 이 트럭의 불빛을 보시우. 항상 몇 미터 앞만 밝혔지 목적지까지 비추겠다고 안달한 적이 전혀 없거든. 그래도 목적지까지 잘도 찾아간다우."

숙진이 장돌뱅이의 옆모습을 힐끗 쳐다본다.

"대단한 인생철학이네요. 산전수전 다 겪은 분 같으세요."

"어허, 좀 전에도 이야기했지만 나는 낭만이니 철학이니 하는 따위는 아무것도 모르는 놈이우."

"아니에요. 대단해요."

"정 우긴다면 그렇다고 해둡시다. 그런데 바다에는 왜 가려는 거유?"

장돌뱅이의 질문에 숙진이 한동안 머뭇거리다가 입을 연다.

"바다가 보고 싶다고 했잖아요. 나머지는 마음대로 상상하세요."

"내가 잘못 보았는지 모르지만, 댁의 얼굴빛이 썩 좋지 못하우. 웃어도 웃는 것 같지 않고 말이우."

"제 얼굴빛이요!"

"난 척 보면 아우. 혹시 개똥밭에 굴러도 이승이 좋다는 말을 아시우?"

"멋대로 상상하지 마세요. 저는 그저 바다가 좋아서…."

"속이려고 하지 마시우. 나도 한때는 헤어나기 힘든 고통의 늪에 빠진 적이 있어서 잘 아우."

"어쩌다가 그러셨죠?"

"뭐랄까, 우리는 거대한 폭력을 배낭에 짊어지고 어떤 도시를 점령했수. 오로지 명령에 따라 말이우. 우리는 그때만 해도 국가에 충성한다는 생각에 퍽이나 당당했수. 안타깝게도 수많은 사람들이 죽었죠. 당신은 하늘이라도 날아오를 것처럼 팔팔하게 움직이던 사람이 순식간에 싸늘한 시신으로 변해버리는 것을 지켜본 적이 있수? 그런 죽음 판에서는 인간의 존엄성이라는 것은 아예 찾아볼 길이 없다오. 그 후, 술로 세월을 보냈소. 사람을 만나는 것도 두려웠고 말이우."

사내가 한숨을 짓는다.

"그러면 아저씨가…."

숙진이 고개를 돌리자 사내가 말을 자른다.

"그 이야기는 더 이상 하지 맙시다. 바다에 다 왔소. 저길 보시우."

숙진은 바다에 도착했다는 말을 듣자 모든 생각을 접는다. 고개를 정면으로 돌린다. 바다가 자세히 보이지 않는다. 희미한 불빛들이 점점이 박혀 있는 광경만 펼쳐져 있다. 오징어 잡는 배들이 켜놓은 등불이라고 한다. 트럭이 언덕바지를 내려가 좌우로 몇 번인가 돌아가자 해안도로가 나타난다. 트럭의 불빛이 바다를 비춘다. 두 줄기 빛살을 타고 검은 바다로부터 파도 소리가 빨려 들어온다. 갯냄새가 코를 후빈다. 숙진의 가슴이 터질 것만 같다. 사내가 속삭이듯이 말한다.

"저기가 포구요."

수백 미터 전방에 등불이 올망졸망하게 모여 있다. 그 불빛들이 새벽 바다 위에서 너울너울 춤춘다. 길게 늘어진 방파제 끝에 하얀 탑처럼 서 있는 등대가 외롭다.

"여기서 내릴래요."

사람들이 모여 사는 포구까지 가고 싶지 않았다. 사내가 말없이 트럭을 멈춘다. 숙진이 허둥지둥 내린다. 꿈에도 그리던 바다가 발아래 있다. 잔잔한 파도가 강아지처럼 재롱을 떤다. 주위가 희붐해지기 시작한다. 오징어잡이 배들의 불빛이 점점 시들어진다. 검은 바다가 서서히 탈색되면서 잿빛으로 변했다가 푸르러지기 시작한다. 햇귀가 솟으려고 수평선이 자줏빛에서 적황색으로 물들기 시작한다.

"저기 좀 보세요. 일출이에요!"

숙진이 소리치며 고개를 돌린다. 장돌뱅이의 트럭은 이미 떠나 보이지 않는다. 트럭이 있던 자리에 숙진의 장바구니만이 덩그렇게 놓여 있다. 그 속에 햇귀 몇 줌이 담겨 있다. 다시 바다로 눈을 돌린다. 붉게 물든 바다 위로 아우토반 같은 길이 열린다. 그 순간, 숙진은 자신의 하복부가 뜨거워지면서 무엇인가가 흘러내리는 것을 느낀다.

"아!"

서너 달 동안 비치지 않았던 그것이 다시 시작되고 있다. 파스텔 톤의 청색 스카프가 해풍에 나풀거린다. 숙진이 스카프를 풀어 바다 위로 날린다. 파랑새가 창공으로 치솟더니 일출 속으로 빨려 들어간다. 일출은 생명의 핏빛처럼 타오른다. 오늘의 태양은 어제의 태양이 아니다. 숙진의 눈동자가 그렁그렁해진다.

명사십리에는 순비기가 있다

그는 몸뚱이가 타는 듯한 조갈증을 느꼈다. 눈을 감은 채 머리맡을 습관처럼 더듬었다. 숙취를 해소시켜줄 자리끼는 없었다. 그 대신에 일그러진 담뱃갑이 붙잡혔다. 까칠한 위장을 조금이나마 달래줄 물은 없고, 담배마저 동나버렸다. 입안이 텁텁하고 배 속은 쓰리기만 했다. 잠자리에서 일어나보려고 했지만 몸뚱이가 방바닥에 밀전병처럼 눌어붙어버린 듯했다. 그는 덫에 걸린 짐승처럼 꼼짝하지 못한 채 생각에 잠겼다.

밤새 작달비라도 쏟아졌던 것일까. 천둥소리도 들었던 것 같다. 어쩌면 수많은 사람들이 일제히 통곡하는 소리 같았다. 그러는 동안에 몸뚱이가 깊은 바다 속으로 속절없이 가라앉았다. 푸른빛과 검은빛이 눈앞에서 번갈아 펼쳐지곤 했다. 마침내 주변이 검은빛으로 온통 도배되는 순간에 블랙홀이라는 단어가 떠올랐다. 중력장이 너무나 커서 '사상의 지평선(event horizon)'을 지나면 어느 것도 빠져나올 수 없다는 시공간 영역, 그곳으로 빨려 들어가면 영원히 벗어

날 수 없을 거라는 두려움이 슬그머니 솟구치곤 했다. 그건 지난밤의 악몽이었거나 무의식의 흐름이었을 것이다. 밤새 쏟아졌던 작달비가 그친 것일까. 이젠 정체불명의 소리가 자장가처럼 밀려오고 있다. 어쩌면 그 소리는 지그문트 프로이트가 말했던 죽음의 본능인 '타나토스'의 진혼곡일지도 모른다. 그리스신화에서 죽음의 신인 타나토스는 잠의 신인 히프노스와 쌍둥이 형제이며, 운명의 신인 모로스와 형제지간이다. 잠이나 운명이란 죽음의 또 다른 양상이 아니던가. 그 자장가 같은 소리에 눈꺼풀이 무거워졌다. 도대체 이 소리의 정체는 무엇일까.

그가 눈꺼풀에 힘을 주어 밀어 올렸다. 햇귀가 기다렸다는 듯이 동공을 찔렀다. 그 빛살이 실내에 덕지덕지 묻어 있는 어둠의 찌꺼기들을 비질하며 물레에 감긴 실처럼 뻗어 내리고 있었다.

도대체 여기가 어딘가. 왜 이 낯선 방 안에서 하룻밤을 보냈던 것일까.

오늘의 아침은 혼돈과 미망(迷妄)의 늪이었다. 그는 몸뚱이를 추스르지 못한 채 눈길만 돌려 띠창문을 멀거니 바라보았다. 햇귀가 창호지를 투과하면서 매우 부드러워졌음에도 불구하고 동공을 아리게 만들었다. 눈꺼풀을 잠시 닫았다가 다시금 띠창문을 응시했다. 창호지에 기하학무늬가 얼룩져 있었다. 그건 아련한 추억과 오랜 세월의 잔재였다.

어린 시절, 그는 봉창이나 띠창문 밖에서 들려오는 새들의 노랫소리에 잠을 깨곤 했다. 어느 이른 봄에는 그 문들을 비집고 흘러들어온 매화 향기에 눈을 번쩍 뜬 적도 있었다. 하지만 오늘은 비릿한 갯냄새에 실려 온 자장가 같은 소리가 이상스러운 예감으로 다가와서 눈을 뜨게 되었다.

문득 불길한 예감이 스쳐 지나갔다. 몸뚱이를 살펴보았다. 다행히도 묶여 있지 않았다. 그는 멍텅구리 배에 끌려가서 수년간 노예생활을 했다는 어느 사내에 관한 뉴스를 너무나 민감하게 여겼던 모양이라며 실소를 머금었다. 그런데 묶이진 않았지만 정신이 혼미하고 갈피를 잡을 수 없는 상태였다. 아침의 혼돈과 미망을 속히 걷어내고 싶었다. 뜻대로 되지 않았다. 어떻게 된 상황인지 알아보려면, 지난 토요일 밤 자신의 동선을 더듬어 보는 것이 중요했다.

천형(天刑)을 타고났다는 작가. 잡지사의 원고 청탁과 독촉 전화. 온밤을 혼자서 끙끙대며 컴퓨터 커서의 재촉하는 듯한 깜박거림에 자신도 모르게 조바심이 일어나곤 했다. 그리고 어느 소설가의 말처럼 하루에도 팔만사천 번씩 절망하고 또 팔만사천 번씩 희망을 세워야 했던 그 숱한 나날들.

그는 노모가 별세한 이후부터 글이 잘 되지 않았다. 흡사 기름이 다한 등잔불처럼 사유의 세계가 온통 캄캄할 뿐이었다. 도대체 그 이유가 뭔지 궁금했다. 그래서 밤길을 끝없이 걷곤 하며 발길 닿는 선술집에 들어가서 알코올에 흠뻑 젖곤 했다. 그런 일련의 행위들은 도피와 망각을 위한 몸부림이었다. 아마 일탈이라는 차원을 넘어서 탈출구가 절실히 필요했을 터였다. 탈출구라기보다 비상구를 찾았을지도 모를 일이었다. 그런데 지난밤에 걷고 술을 마시곤 했던 그 이후의 기억은 먹통이 되어 전혀 되살릴 수 없었다.

어린 시절, 재개봉 영화를 상영하던 삼류극장의 스크린은 장맛비가 주르륵 흘러내리듯 우중충했다. 그래도 그런 상황은 애교로 보아 줄 만했다. 그 영화필름은 심심하다 싶으면 끊겼다. 그와 동시에 릴이 헛도는 소리가 칠흑의 어둠을 할퀴듯 발악적으로 들려왔다. 그럴 때면 영사실을 향해 앞다투어 날리는 휘파람 소리들이, 곰팡이 냄새가 똬리를 틀고 앉은 객석에서 솟구쳤다. 그런데 잠시 후면 필름이 이어졌고 영화가 다시금 상영되었다. 그런데 안타깝게도 그의 기억 필름들은 연결되지 않았고 거지반 먹통이었다. 불연속 지층을 훌쩍 뛰어넘어가서 먹통이 되어버린 기억을 되살리고 싶었다.

새들의 울음소리가 뙤창문을 뚫고 들려왔다. 그가 살고 있는 도시에서는 찾아보기 힘든 갈매기들의 소리임에 틀림없었다. 비릿한 갯냄새와 갈매기들의 울음소리로 미루어보아 이곳이 바닷가에 위치한 어느 마을인 듯싶었다. 그렇다면 현대과학으로 불가능하다는 공간이동을 하여 낯선 바닷가 마을에 내동댕이쳐졌단 말인가. 자신이 그토록 갈망했던 탈출구나 비상구가 혹시 이곳이었던 것일까.

그는 기력이 없는 것뿐만 아니라 실망의 무게가 버거워서 몸뚱이를 일으키기 힘들었다. 가뜩이나 어려운 데다가 지독한 숙취 현상과 어지럼증까지 발생하여 장마철 징검다리 위에서 황톳물 소쿠라지는 것을 바라보고 있는 듯했다.

그는 창작에 임할 때면 작품을 무사히 탈고할 수 없을지도 모른다는 불안과 절망감에 시달리곤 했다. 그리고 어지럼증과 '안진(眼振)'이라고 하는 눈떨림 증상 그리고 안면홍조 현상까지 동반되었다. 주변 사람들에게 괜한 찜부럭을 부린다거나, 평소에 하지 않았던 주사를 부린 적도 있었다.

아내의 끈질긴 권유에 떠밀려서 신경과 의사를 찾아갔다. 진료 결과 특별한 문제점은 발견되지 않았다. 의사는 스트레스증후군이라는 진단을 내리면서 장시간 휴식이나 여행을 통해서 심신을 안정시키는 게 좋다고 했다. 하지만 그는 돈벌이가 시원치 않은 전업 작가라서 의사의 말에 따른다는 것은 언감생심이었다.

전업 작가가 휴필(休筆)에 들어가면 밥을 대신 책임져줄 사람이 아무도 없었다. 작가에게는 잔업수당이나 휴일근무수당은 물론이거니와 퇴직금조차 없었다. 더군다나 문예전선에서 몇 년 정도 이탈하게 되면 낙오병이나 도망병이라는 낙인이 찍히기 십상이었다. 저널리즘과 독자 또한 그런 작가를 참고 기다려줄 리 만무했다. 그뿐만 아니라 글이란 잠시 한눈을 팔다 보면 상상력이 굳어버리기 일쑤였다. 무쇠로 만든 칼보다 더 빨리 녹스는 게 창작이었다. 그래서 지금껏 기계처럼 창작에 매달렸다.

아주 예전의 일이었다. 그는 컴퓨터 자판 상단에 '쓰지 않으면 먹지 마라'는 문구를 붙여놓고 나름대로 용맹정진에 들어갔다. 그런데 당시 유치원생이었던 그의 아들이 "아빠, 왜 달콤한 것은 먹지 않고 쓴 것만 먹으려고 해?"라고 물었다. 그는 대답을 얼버무리면서 그 종이를 슬그머니 떼어버렸다. 각오란 심중에 머금고 있어도 되는데 새삼스레 글로 써서 책상머리 벽면에 붙였다는 게 치졸했던 것이다. 그런데 그 문구를 떼어낸 후 굳건한 각오의 탑이 한순간에 허물어진 듯해서 괴로웠다. 장래를 생각하니 눈앞이 캄캄하기조차 했다.

전업 작가는 글을 쓰지 않으면 존재 의미가 사라지는 법이었다. 그들은 부를 쌓기 위한 돈벌이에 능하지 못했다. 권력을 잡기 위한 협잡이나 권모술수에도 젬병이었다. 그래서 자본주의 논리만으로 평가하자면, 작가는 효용가치가 별로였다.

그는 구들더께처럼 누워서 푸념이나 하고 있을 때가 아니라고 여겼다. 지난 토요일 밤의 동선을 속히 더듬어서 왜 이 낯선 곳에 내동댕이쳐져 있는지 알아내는 게 중요했다. 그는 어제 저녁에 컴퓨터를 멀거니 바라보기만 하다가 더 이상 참지 못하고 집을 나섰다. 글을 쓰기 위해 정신을 집중해보려고 했지만 뜻대로 되지 않았던 것이다. 창작을 하는 데 정신을 집중하는 것은 무엇보다 중요했다. 그는 후배 문인들이나 문학 강연을 하는 자리에서 이런 이야기를 종종 했다.

"돋보기로 햇살을 모으고 일정한 거리를 유지하여 초점을 맞춰야 종이를 태울 수 있듯이 모든 정신을 집중하지 않으면 창작이란 불가능한 것이죠."

강연이 끝나고 뒤풀이 자리였다. 어떤 문학청년이 질문을 했다.

"정신 집중에 대해 좀 더 구체적으로 설명해주십시오."

"글을 쓴다는 것은 돋보기로 종이를 태우는 것과 마찬가집니다. 다시 말해서 돋보기의 초점을 맞추지 않으면 불이 일어나지 않는 것처럼 정신을 집중하지 못하면 글이 써지지 않는다는 것이죠. 창작에 임할 때면 모든 잡념을 버리고 정신의 초점을 모으세요. 물아지경에 이를 때만이 한 자 한 자 글이 써지는 겁니다. 그런 글들이 모여 문장이 되고 한 편의 소설이 되는 거 아니겠어요?"

그는 정신이 조금이라도 흐트러지면 글을 쓰지 못했다. 그래서 잡다한 생각들을 떨쳐버리기 위해 독서를 한다거나 좌선을 하는 등

나름대로 애를 썼는데 그런 과정이 매우 힘들었다.

"창작이란 뼈를 깎는 고통을 수반한다던데, 선생님의 경우는 어떻습니까?"

"아, 내 경우에는 글을 쓰는 동안이 아주 행복하고 편안해요."

"그게 정말이십니까!"

그 문학청년이 아주 의외라는 듯 두 눈을 끔벅거렸다.

"작품을 기획하고 구상할 때는 고통과 절망으로 점철된 어수선한 나날들이 계속되다가도 일단 글을 쓰기 시작하면 마음이 평온해지더라고요. 그러니까 내 경우에는 작품의 기획과 준비단계에 머물고 있을 때 창작의 고통이 가장 크고, 글을 쓰는 동안에는 별다른 고통을 느끼지 않는다는 거죠. 물론 잘 풀어지던 이야기가 끊기거나 헝클어지기 시작하면 불안과 절망의 나락으로 떨어지기도 하지만 그건 한시적일 뿐입니다. 어쩌면 글을 쓰는 동안에는 행복에 젖는다고나 할까요? 정신 집중이 잘되기만 하면 돈, 명예, 권력, 이런 단어들이 시시껄렁하게 여겨지거든요. 그런데 말입니다. 탈고를 하게 되면 그때부터 극심한 고통 속으로 빠져들곤 했어요."

"선생님, 성취감 때문에 외려 행복해지지 않았을까요?"

"천만에요. 소설의 무대에서 현실이라는 무대로 빠져나오면서 그동안의 생체리듬이 깨지기 때문인지 어리벙벙해지면서 심한 탈진 상태에 빠지곤 해요. 그리고 연극배우가 무대 위에서 화려한 조명을 받으며 연기하다가 극이 끝나고 탈의실에서 옷을 갈아입고 분장을 지울 때 느낀다는 허탈감과 비슷한 감정에 사로잡혔습니다. 그래서 탈고 후에는 희열을 느끼기보다 허탈의 늪에 빠진 채 허우적거리곤 했죠. 그런 상태가 곧 고통이나 다를 바 없지 않겠어요?"

그는 지난밤의 동선을 더듬어보려다가 엉뚱하게도 창작의 고통에 관련된 편린들을 주섬주섬 주워 모으는 일에 열중하고 있었다. 다시금 정신을 바로잡으며 기억을 복원하려고 노력했다.

그는 어제 저녁 아내 몰래 집에서 빠져나왔다. 바람이나 잠시 쐴 요량이었다. 그래서 컴퓨터 전원을 차단하지 않고 절전모드로 바꿔놓기까지 했다. 그런데 잠시가 엿가락처럼 늘어나기 시작했다. 정처 없이 걷다가 선술집을 발견했고, 혼자서 술을 마셨고, 또 걷다가 어딘가에서 술을 마셨다.

도연명은 술이 근심을 잊게 해준다고 하여 '망우물(忘憂物)'이라 했다. 이백은 만고의 수심을 녹인다고 하여 '소만고수(銷萬古愁)'라 했다. 하지만 그는 술의 정체를 호방(豪放)과 맹렬(猛烈)이라고 보았다. 또 술을 마시는 행위는 그런 기질을 끌어올리기 위한 방편으로 여겼다. 그는 술을 마실 때마다 배경 없고 돈 없는 자신 같은 작가가 음주를 통해 호방과 맹렬을 만끽할 수 있다는 게 얼마나 다행스러운지 몰라 감사하게 여겼다. 그런 순간은 곧 해방이기도 했다.

아무튼 그는 어제 저녁에 평상시보다 훨씬 많이 취했다. 하지만 늘 그랬던 것처럼, 술이 자신을 취하게 만든 것이 아니라 자신 스스로 취한 것이라고 단정했다. 그렇게 능동적으로 취함으로써 한동안 후줄근해졌던 몸뚱이에 풀을 빳빳이 먹이고 싶었다. 그는 청탁 받았던 글과 계약했던 장편소설이 잘 써지지 않았고, 게다가 노모의 별세로 적지 않은 충격을 받고 있었다. 그의 노모는 반듯한 직장을 그만두고 전업 작가로 나섰던 그를 항상 걱정 어린 시선으로 감싸주곤 했다. 흔히 말하는 '물가에 내놓은 자식'보다 '문단에 내놓은 자식'이 훨씬 애달프고 걱정스러웠을 터였다. 생전의 노모는 당신의 용돈을 절약하여 그의 호주머니에 쑤셔 넣어 주기도 했고, 때때로 담배를 한 보루씩 사서 책상 위에 놓아두기도 했다. 그런 노모가 그의 성공을 기다리지 못하고 그만 세상을 떠났던 것이다.

장례식을 치르는 동안, 그는 의연한 척하려고 무척이나 애썼다. 맏상제로서 형제들과 친척들을 이끌어야 하는 처지였고, 슬픔이라는 감정에 휘말려 창작 리듬이 끊어지는 것을 사전에 방지하고 싶었기 때문이다. 그래서 모든 사물은 공(空)이고 자성이 없는 것이라며 자기최면을 걸곤 했다. 또한 노모의 별세란 시야에서 멀리 사라지는 현상일 뿐이지 사실은 자신의 가슴속으로 더욱 다가오는 것이라며 자위했다. 그런 노력 덕분에 장례식에서 마치 득도한 사람처럼 초연한 자세를 취할 수 있었고 삼우제까지 무사히 마쳤다.

그 후, 그는 잠시 중단되었던 창작 리듬을 되찾기 위해 이런저런 책을 뒤적거리던 중에 일본의 대표적인 고승, 백은 선사에 대한 일화를 읽게 되었다. 그러니까 그 선사의 가르침을 받아 도를 크게 깨우쳤다는 어느 보살이 있었는데, 그녀의 딸이 불행하게도 죽었다. 그 보살이 보통 사람들처럼 슬피 울었다. 그런 광경을 목격한 도반들이 비웃었다. 도를 크게 깨우쳤다는 자가 생사를 초연하게 여길 줄도 모른다는 거였다. 그런데 노모의 별세 앞에서 슬픔을 참으며 초연한 자세를 취했던 그에게 충격으로 다가왔던 내용이 그 책 속에 들어 있었다. 득도란 인간성을 무시하는 것이 아니었다. 다시 말해서, 평범한 인간처럼 눈물을 흘리기도 하는 것이 곧 득도의 경지라는 것이다.

아무튼 그는 끊어진 창작의 리듬을 되찾는 일에 한동안 실패하고 말았다. 안부를 묻는 척하면서 장편소설 원고를 은근히 독촉하는 출판사 편집장의 전화가 불안감을 증폭시켜 정신을 더욱 흐트려 놓았다. 예전에는 그런 경우가 전혀 없었는데, 청탁 받았던 10매 남짓한 산문 원고도 그만 펑크 내고 말았다. 글이 도무지 되지 않사 원고 청탁은 무조건 거절하기로 했다. 그 대신에 이미 계약되었던 장편소설에 온 신경을 집중시키는 비상수단을 써보았으나 끊어진 리듬이 연결되지 않았다. 마치 태산이 그의 앞을 가로막고 있는 듯했다. 그런 경우를 두고 '불도저로 밀어붙여도 넘어가지 않는다'고 표현하는 작가들도 있었다.

그는 낯선 곳에 왜 내동댕이쳐졌는지 따지기보다 장편소설을 어떻게 써야 좋을지 하는 생각 속으로 끝없이 빨려 들어가기 시작했다. 장편소설의 무대는 대안학교로 이미 잡아놓은 상태였다. 스토리도 거의 준비되어 있었다. 그는 등장인물들의 캐릭터를 어떻게 설정해야 가장 효과적일지 궁리했다. 지금까지 구상해놓았던 플롯이 너무나 단조롭다는 생각도 들었다. 좀 더 드라마틱하게 만들고 싶었으나 그대로 두기로 했다. 자칫하면 평론가라는 작자들이 작위적이라며 악평할 수도 있었다. 복선을 잘 깔고 가야 할 텐데 잘못된 부분은 없는지 점검해보았다.

현기증이 일었다. 양미간을 찌푸렸다. 머리통이 풍선처럼 금세 부풀어 올라 터져버릴 것만 같았다. 그는 평소에 혈압이 높았다. 위험수위에 접근했을지도 모르기 때문에 작품 구상을 중단해야겠다는 보호본능이 싹터 올랐다. 하지만 그런 염려를 매몰차게 눌러버렸다. 그동안 시유의 세계를 자유롭게 유영하지 못해서 작품이 잘 써지지 않았다고 여겼기 때문이다. 사유의 날개는 창작을 위한 구원의 동아줄이나 마찬가지였다. 쉬지 않고 날아야 한다며 이를 악물었다.

그 순간, 지난밤 꿈속에서 천지가 검은빛으로 도배되자 '블랙홀'이라는 단어를 불현듯 떠올렸던 생각이 되살아났다. 그의 입에서 신음 같은 소리가 흘러나왔다.

"창작이란 또 하나의 블랙홀일지도 몰라."

문학이란 강한 흡인력과 중독성을 겸비하고 있어서 마약이나 다를 바 없었다. 작가가 되겠다고 십여 년 동안 연례행사처럼 신춘문예에 응모하는 사람들을 보면 그런 이야기를 충분히 이해할 수 있을 터였다. 문학에 죽자 사자 목을 매달고 있는 자신의 모습 역시 좋은 증거였다. 그는 자신이 문학이라는 또 하나의 블랙홀에 빨려 들어 이 낯선 곳에 불시착했을지도 모른다는 생각으로 발전하자 몸뚱이를 부르르 떨었다. 그렇다면 직장을 그만두고 전업 작가로 뛰어들었던 사건이 블랙홀에 빨려 들어가는 출발점이었을 것이다. 주변의 지인들이 그를 가리켜 문학에 홀렸다고 말했던 적이 있었다. 그런 것 역시 블랙홀에 빨려 들어가고 있는 현실을 예리하게 지적했던 말이었을 것이다.

그가 우두망찰하여 눈을 지그시 감고 있을 때 뜬금없는 목소리가 덮쳐들었다. 누군가가 냉수 한 동이를 끼얹는 느낌이나 마찬가지였다.

"어때, 속은 좀 괜찮아?"

그가 소스라치게 놀라서 눈을 뜨며 상대를 살펴보았다. 누군가가 옆에 서 있었다. 햇살을 등에 업고 있어서 마치 저승사자처럼 느껴졌다. 그런데 뜻밖에도 친구, 동민이었다.

"어! 도대체 이게 어떻게 된 노릇이야?"

"어떻게 되긴…."

친구가 자세한 설명 대신에 웃음으로 답했다. 그리고 허리를 굽히며 생수병과 담배 한 갑을 건넸다. 그가 생수를 받아서 벌컥벌컥 들이켰다. 생수가 식도를 타고 흘러 들어가면서 폭포수 떨어지는 소리를 냈다. 급하게 마셔서 사래가 약간 들었으나 개의치 않았다. 담배에 불을 붙인 다음에 자리에서 일어났다.

"도대체 여기가 어디지?"

"내 고향의 비어 있는 옛집이야. 예전에 나랑 한 번 와봤던 적도 있잖아."

동민은 그의 절친한 친구였고, 개인병원을 운영하는 의사였다. 그리고 그의 고향은 명사십리 바닷가에 위치한 어느 마을이었다.

"어허, 내가 여기에 누워 있다니 귀신이 곡할 노릇이다. 공간이동을 한 것도 아닐 테고 말이야."

"전혀 생각나지 않아? 그래, 그건 차차 이야기하자. 우선 해장국으로 속풀이라도 해야지 않겠어? 어서 따라 나와."

동민이 밖으로 먼저 나갔다. 그가 줄에 매달린 인형처럼 딸려 나갔다. 툇마루에 잠시 서서 먼 곳을 바라보았다. 방 안에서 드러누워 있을 때 자장가 같은 소리가 들려왔던 방향이었다. 시선이 머무는 곳은 명사십리 바닷가였다. 궁형(弓形)의 해안선이 살포시 드러났다. 그곳에서 파도가 모래에 부딪치며 자장가 같은 소리를 내고 있었다.

그는 동민에게 한 걸음 못 미쳐 따라가며 곰곰이 생각했다. 동민이 자신을 이곳으로 데려왔던 모양이다. 그런데 무슨 황당한 사건이 벌어져서 이곳으로 데려오게 되었는지 전혀 짐작되지 않았다.

"동민아, 어떻게 우리가 여기에 와 있는 거지?"

"네가 산뜩 취해서 나한테 전화 걸었잖아. 바다가 보고 싶다고 말했던 거 기억나지 않아?"

"글쎄."

"바다가 보고 싶다며 흐느끼더라고. 미치도록 보고 싶다고 말이야. 그래서 내가 차를 몰아 너를 이곳으로 데려왔어."

"어허, 나 때문에 그런 수고를 했다면 정말 미안한데."

"그렇게 생각할 필요 없어. 때마침 나도 고향 바다가 보고 싶었고, 돌아가신 어머님이 그리웠던 참이었어. 그럴 즈음에 네 전화가 왔거든. 잘 되었다 싶어서 너를 태우고 단숨에 달려왔지, 뭐."

"정말 내가 너한테 그런 말을 했던 것일까?"

그가 고개를 갸웃거렸다.

"요즘 많이 힘든 모양이구나? 그럴 만도 하겠지 뭐. 네가 원했던 바다에 데려왔으니까 이 기회에 모든 거 훌훌 털어버려."

동민이 뒤돌아보며 미소를 지었다. 그런 미소가 그의 마음을 부드럽게 만들어주었다. 역시 친한 친구는 뭐가 달라도 달랐다. 그동안 글이 써지지 않아서 고통받고 있는 그의 마음을 친구가 훤히 꿰뚫어보고 있는 듯했다.

"동민아, 너는 의사라서 작가들의 심정을 잘 모르겠지만 창작이라는 게 원래 그래. 요즘 글이 잘 써지지 않아서 어디론가 도망치고 싶었어…."

그가 자신의 괴로운 심정을 털어놓기 시작했을 때 동민이 말을 자르며 건너편 도로에 있는 버스정류장을 손가락으로 가리켰다.

"바로 저기야! 내가 예전에도 이야기했잖아. 어머니께서 나를 항상 기다렸던 장소라고 말이야. 학창 시절에 내가 고향으로 온다는 연락만 받으면 어머니께서 미리 마중 나와 몇 시간이고 쪼그리고 앉아서 기다리셨던 곳이 바로 저기라니까."

동민의 얼굴은 어머니에 대한 그리움의 빛으로 함초롬히 젖어 있었다. 그는 예전에 동민을 따라서 이 섬에 놀러왔던 적이 있었다. 그당시 동민은 이 섬의 풍경이나 풍습에 관한 이야기는 전혀 하지 않고 돌아가신 어머니에 대한 추억과 그리움을 끝없이 늘어놓곤 했다. 그건 오늘도 마찬가지였다.

잠시 후에 조그만 식당에 도착했다. 싱싱한 도다리 매운탕은 그저 보기만 해도 숙취를 말끔히 해소시켜주는 듯했다. 누르스름한 빛을 띠고 있는 전복죽, 상추와 부추를 섞어서 만든 겉절이가 식탁에 놓여 있었다.

"많이 먹어라. 좋은 글을 쓰려면 몸이 건강해야지. 몸이 건강해야 정신도 건강해지고 말이야. 라이팅이란 결국 멘탈 게임이 아니겠어?"

동민이 처방을 내리듯 말했다.

피서 철에만 장사를 하는 식당이었다. 그런데 동민이 식당 주인인 초등학교 동창생에게 아침식사를 특별히 부탁해놓았던 것이다. 그는 매운탕과 전복죽이 먹음직스럽게 보였지만 너무나 송구스러워서 수저를 들 수 없었다.

"너, 아직도 부담을 갖고 있는 거야? 그러지 말고 어서 먹어. 지금 네 모습을 보니까 어린 시절의 나를 되돌아보는 듯하다."

동민이 웃음을 지으며 지난날의 이야기를 해주었다. 요즘은 양식 어업을 하기 때문에 전복을 쉽게 구할 수 있었다. 하지만 그 당시만 해도 전복은 자연산뿐이라서 귀물이었다. 바닷가 마을이라지만 도다리 역시 뱃일을 나가지 않으면 귀물에 속했다. 동민의 어머니는 바닷가에서 전복과 도다리를 구하기만 하면 음식을 정성스럽게 만들어서 동민에게 주곤 했다. 그럴 때마다 동민은 눈이 번쩍 뜨였음에도 불구하고 수저를 쉽게 들지 못했다. 당신은 그 귀한 음식에 수저 한 번 대지 않고 자식이 맛있게 먹는 모습만 물끄러미 지켜보곤 했기 때문이다.

"어머니는 바다와 같은 분이셨어. 평생 나를 위해 희생하셨지. 그런데 가슴 아픈 것은 말이야, 내가 어머니를 모시고 살지 못했다는 거야."

"무슨 사연이라도 있었니?"

"특별한 사연은 없었어. 그러니까 내가 의사가 되자 마을 사람들은 출세했다고 야단법석이었지. 어머니는 춤을 덩실덩실 추셨어. 그런데 정작 내가 어머니를 도시로 모셔가려고 하자 완강히 거절하시더라. 평생 의지하고 살았고 신앙처럼 여겼던 저 바다를 두고 차마 떠나기 싫었던 것일 게야. 그래서 끝내 가까이에서 모시지 못했던

게 늘 내 마음에 걸려."

"너무나 마음에 두지 마라. 부모님 뜻을 거스르지 않는 게 효도라
잖아."

그는 동민을 위로하며 자신의 어머니에 대해 생각하기 시작했다.
직장을 그만두고 전업 작가를 하겠다고 갑자기 나섰을 때 집안에서
평지풍파가 일어나고 말았다. 아버지는 헛기침을 요란하게 한 다음
얼굴을 돌려버리곤 했다. 형제들은 노골적으로 불만을 터트렸다. 무
엇이 눈에 씌어서 굶어죽기 딱 알맞은 글쟁이로 나섰느냐는 거였다.
어머니 역시 못마땅했겠지만 당신의 감정을 겉으로 드러낸 적이 없
었다.

글로 밥을 벌어먹겠다는 생각은 애당초 잘못된 것이었는지도 몰
랐다. 그는 죽자 사자 창작에 매달리던 중에 제법 그럴싸한 문학상
도 받았다. 소설책도 꾸준히 출간했지만 그 모든 것이 배고픔을 해
결해주지 못했다. 노력이 부족한 탓이라고 여기며 이를 악물었다.
때가 되면 꽃을 활짝 피울 때가 있을 거라며 희망을 키워보기도 했
다. 하지만 현실은 늘 척박할 뿐이었다.

그가 전업 작가로 나섰을 때부터 그의 어머니는 인고의 세월을
보내야만 했다. 자식이 생활비는 제대로 벌고 있는지, 손자들의 학
비는 제대로 마련되는지, 늘 노심초사하며 주변에서 맴돌곤 했다.
작가의 어머니는 중증 장애우 자식을 둔 어머니나 마찬가지였을 것
이다. 당신은 한평생을 전업 작가로 나선 자식의 뒷바라지에 매달릴
수밖에 없었으니까 말이다.

그는 돌아가신 어머니를 추억하다가 독한 마음을 품었다. 보란

듯이 멋진 작품을 써서 자신의 한풀이는 물론이거니와 어머니의 한풀이까지 해드려야 한다며 작품 구상 속으로 미친 듯이 달려갔다. 그러는 동안 동민은 옛 추억을 계속 주절대면서 자신의 어머니를 추억하느라 여념이 없었고, 얼굴에는 싱싱한 꽃이 피어 있었다. 그는 그런 상황에 아랑곳하지 않고 몸에 굳어버린 습관처럼 작품 세계로 빠져 들어갔다.

"많이 먹으라니까 그러네. 어서 먹어. 그리고 조금 전에도 물어보았지만, 요즘 많이 힘든 모양이지? 이젠 바다에 왔으니까 훌훌 떨쳐버려. 그래. 불가에서 방하착이라는 말이 있듯이 모든 것을 비워. 알았지?"

동민이 매운탕을 그의 앞으로 내밀며 어서 떠먹으라는 손짓을 했다. 그가 마지못해 매운탕 국물을 몇 수저 떠서 입으로 가져갔다.

"어때 싱싱한 해물이라서 바다 향기를 그대로 간직하고 있지? 음, 바다는 나의 고향이고 나의 어머니야. 어머니께서는 내가 음식을 맛있게 먹는 모습만 봐도 배가 부르다고 말씀하셨어. 그리고 저 바다를 향해 두 손 모아 합장을 하시곤 했지. 뭐랄까? 저 바다 덕분에 자식을 의과대학까지 무사히 보낼 수 있었을 테니까 말이야."

동민의 이야기가 끝나자마자 그가 말을 받았다.

"동민아, 내가 너한테 바다로 데려가 달라고 애원했던 이유를 잘 모르겠다. 사실 말이야, 요즘 작품을 구상하느라 짬을 내기 힘든 상황이었거든."

"바다를 이야기했던 것은 무의식의 발로였겠지. 정신분석학에서 무의식의 심적 내용은 억압된 관념과 본능으로 이루어진다고 했어."

"나 요즘 무척 힘들어…."

그가 자신의 심정을 털어놓으려 할 때 동민이 또다시 말을 잘랐다.

"네가 말하지 않아도 나는 잘 알고 있어. 무척 힘들겠지. 그럼, 나는 짐작하고도 남음이 있고말고."

"내 마음을 알아주니 너무나 고맙다. 역시 너는 나의 영원한 친구야."

"나도 그런 고통을 당해봐서 잘 알아. 어머니를 잃고 나서 얼마나 방황했는지 아니? 병원을 찾아온 노인들만 보면 어머니 생각이 파도처럼 밀려와 진료를 제대로 할 수 없었어. 그런 날이면 병원 업무가 끝나자마자 차를 몰고 이 섬으로 달려오곤 했지. 그런데 기다리실 것만 같았던 어머니는 보이지 않았던 거야. 그 허탈감과 상실감을 어떻게 말로 이야기하겠어. 그래서 나는 지금의 네 심정을 충분히 이해하고도 남음이 있어."

그는 동민의 이야기를 듣다가 이게 아니라는 생각이 들었으나 차마 말을 입 밖으로 끄집어내지 못하고 있었다. 그는 글이 잘 되지 않아서 고통을 받는 중인데, 동민은 그가 어머니를 여읜 것 때문에 무척이나 힘들어하는 것으로 착각하고 있었다. 그는 동민의 얼굴을 흘낏 바라보았다. 자신의 어머니에 대한 그리움의 빛이 아직까지 고스란히 남은 채 추억 여행을 하고 있었다. 그는 동민을 보며 배신감 비슷한 것을 느꼈다. 친한 친구 사이였기 때문에 그가 창작의 고통에 시달리고 있다는 것을 눈치챘을 것이며, 그래서 이 바닷가까지 데려왔던 것으로 여겼으나 잘못 짚었던 것이다.

"기왕에 여기까지 왔으니 명사십리 구경이나 가자."

그가 자리에서 벌떡 일어났다.

"앉아. 이 맛있는 음식을 고스란히 놔두고 가잔 말이야. 어머니의 살결 같은 이 전복죽, 고향의 냄새를 그대로 간직하고 있는 이 도다리 매운탕, 죽여주잖아."

동민이 수저를 연달아 놀리더니 말을 또 이어갔다.

"하, 음식을 먹다 보니까 잊혀져가는 고향 사투리가 생각나는데 말이야, 배가 고팠던 시절에 어머니께서 고구마를 삶아 바가지에 담아서 내왔거든. 그러면 우리 형제들이 우르르 달려들어 허겁지겁 먹곤 했지. 그때 어머니께서 '시마라서' 먹으라고 말씀하셨어. 그게 무슨 뜻인지 아니?"

말을 끝낸 동민은 입에서 음식이 튀어나올 정도로 크게 웃었다. 그런데 그가 시큰둥한 반응을 보이며 입술을 오므리고 있기만 하자 동민이 답을 곧바로 알려주었다.

'시마라서'의 원래 말은 '힘 알아서'였다. 그러니까 욕심을 부리지 말고 자신의 능력껏 행동하라는 의미를 담고 있었다. 동민은 누에가 입으로 실을 뽑는 것처럼 자신의 어머니에 대한 이야기를 끝없이 늘어놓았다. 배가 고팠던 시절, 동민의 어머니가 돼지고기를 너무나 먹고 싶어서 돼지털 한 줌을 베어 불에 태우고 그 냄새를 맡았다고 이야기할 때는 눈시울이 촉촉이 젖었다. 태풍이 거세게 몰아치다가 잠잠해졌던 어느 날인가 명사십리 해안가에 미역, 다시마, 오징어, 문어 등이 떠밀려오자 동민의 어머니가 양동이 가득 주워 와서 때아닌 잔치를 벌였을 때도 '시마라서' 먹으라고 했다며 너털웃음을 짓곤 했다.

　그는 털썩 주저앉아 해장으로 소주 한 병을 시켜 자작자음하면서 숙취를 달래다가 더 이상 참지 못하고 밖으로 나왔다. 마파람이 불어오고 있었다. 저 멀리 태평양에서부터 불어온 바람이라서 습기와 소금기가 진하게 묻어 있었다. 더위를 느낄 때는 지났다지만 무시로 밀려오는 마파람의 꿉꿉한 기운이 몸뚱이를 가렵고 끈적거리게 만들었다. 하지만 눈앞에 펼쳐진 광활한 바다는 갈증과 숙취를 서서히 씻어내 주고 있었다. 하얀 포말을 일으키며 파도가 밀려왔다. 그는 그런 광경을 보다가 흡사 원고를 재촉당하고 있는 것처럼 느껴져서 또다시 문학에 관한 생각 속으로 빨려 들어갔다.

　우리나라의 문단과 출판 현실은 가시밭이었다. 문단은 문학의 위기가 닥쳤다며 소란스러움에 빠졌다. 출판계는 수많은 서점들이 문을 닫는 현실에 직면하자 망연자실해지고 말았다. 그런 환경에 가장 큰 영향을 받을 수밖에 없는 작가들의 삶은 피폐해질 대로 피폐해졌다. 언제부터인가 텔레비전이나 컴퓨터가 집안의 가장 중요한 자리를 점유해버렸고, 신주단지처럼 모셔지고 있는 실정이었다. 어느덧 '사각의 틀' 앞에서 자유로울 사람은 하나도 없었고, 그 틀 속으로 스스로 걸어 들어가서 갇히고 말았다. 이처럼 시각매체가 무소불위의 힘을 행사하자 활자매체는 뒷전으로 밀려나 한숨만 내쉬었다. 하지만 작가들은 수준 높은 창작으로 시들어가는 문학을 회생시켜야 한다며 나름대로 열심이었다. 그 역시 굳은 각오를 다지며 창작에 임하는 중이었다. 그건 문학을 살리고 자신이 각박한 문단에서 살아남기 위한 몸부림이기도 했다.

그가 한숨을 내쉬며 고개를 절레절레 흔들었다. 세상사는 때로 우스꽝스러웠다. 작가는 창작에만 오로지 열중해야 함에도 불구하고 그런 처지가 못 되었다. 문예지에 작품을 발표하려면 관계자의 눈에 들어야 했고, 책을 출간하려면 출판사 문턱을 무시로 넘나들며 자신의 작품을 입이 마르도록 홍보해야만 했다. 속된 말로 '잘나간다'는 극히 일부의 작가는 해당되지 않겠지만, 창작에 전념해야 할 대다수의 작가들이 문단에서 살아남고 또 포도청 같은 목구멍을 달래기 위해 창작 외적인 문제에 신경을 곤두세울 수밖에 없었다.

그는 하얀 포말을 바라보며 전업 작가를 선언했던 자신의 용기가 만용이었을지도 모른다는 것을 느끼기 시작했다. 그는 후회하는 순간이 곧 패배라며 항상 굳건한 마음을 유지하려고 노력해왔다. 그런데 근래에 글이 잘 써지지 않자 후회와 절망이 게릴라처럼 밀고 들어왔다. 아무런 미련도 남기지 않고, 아무도 모르게 깊은 바다 속으로 가라앉아버리면 모든 고통을 잊게 될 터였다. 그는 신라시대의 대문장가 최치원을 떠올렸다. 뛰어난 학문과 문장에도 불구하고 높은 신분제도에 가로막혀 자신의 뜻을 펼치지 못하자 가야산으로 들어가서 은둔생활을 했다고 전하는 인물이었다. 일설에 따르면, 지리산 어느 곳에선가 신선이 되어 하늘로 올라갔다고 전한다. 그런데 지리산 어느 깊은 바위틈 아래로 목숨을 던져 이 세상과 영영 이별했을지도 모를 일이었다.

"확실히 힘든 모양이구나. 망부석처럼 서서 바다를 보고 있으니 말이야. 자, 명사십리의 품에 안겨보자."

동민이 앞장서며 휘파람을 불었다. 그는 마파람에 실려 온 휘파람 소리가 성게의 가시처럼 느껴졌다. 동민은 명사십리 해안가로 향하면서 고향과 어머니의 추억을 더듬으며 활력을 재충전하겠지만, 그는 문단의 각박한 현실과 창작의 고통에 짓눌리면서 죽음을 점점 꿈꾸고 있었다. 이젠 그 자신이 바다가 미치도록 보고 싶었던 이유를 알 것 같았다. 아무런 미련도 남아 있지 않았다. 다만 한 가지 아쉬운 것은, 글이 써지지 않았던 근본원인을 모르고 떠난다는 점이었다.

명사십리 백사장은 살아 있는 생물체를 밟는 듯한 감촉을 주었다. 발로 밟을 때마다 가녀린 신음이 흘러나왔다. 수많은 사람들이 인생이라는 발자국을 모래 위에 남겼지만 지금은 흔적도 없이 사라졌고, 초가을의 햇빛을 받은 모래들은 또 다른 빛이 되어 산산이 흩어지고 있었다. 해안가에 뿌리를 내린 푸나무들이 망각을 재촉하는 바람 앞에서 누웠다 일어나곤 했다. 먼 바다로부터 포말을 일으키며 다가와 부딪쳐서 산산이 부서진 파도가 명사십리 백사장에서 메밀꽃으로 환생했다.

"여기가 바로 어머니의 바다야."

동민이 바다를 향해 "어머니!" 하고 외쳐 불렀다. 그리고 그에게 다가와서 입을 연이어 열었다.

"어이, 작가 선생. 바다는 어머니의 자궁이고, 찬란한 생명의 밭이고, 윤회와 환생을 꿈꾸는 지평이야. 어때, 나도 시인 같지 않니?"

그는 동민의 들뜬 소리에 대꾸할 마음이 전혀 없었다. 명색이 가장 친하다면서 곁에 있는 친구가 고통에 겨워 죽음을 꿈꾸고 있는데 환호성이나 지르는 모습이 야속하기조차 했다.

그가 먼 바다에 시선을 고정시킨 채 터벅터벅 걷기 시작했다. 끝없이 가면 푸른빛이 사라지고 마침내 죽음 같은 검은빛으로 온통 도배된 깊은 바다 속으로 가라앉게 될 터였다. 죽음의 블랙홀이 자신을 빨아들이지 않는다면 스스로 걸어 들어가겠다는 심사였다. 그리고 모든 세상사를 등진 채 자는 듯 눈을 감고 싶었다. 몇 걸음 움직였을 때였다. 무언가가 그의 땀죽을 걸었다. 비칠대다가 그만 꼬꾸라지고 말았다. 벌러덩 넘어진 채 상대를 흘겨보았다. 줄기들이 모래밭 위로 비스듬하게 뻗은 채 자줏빛 꽃을 주렁주렁 매달고 있는, 생전 처음 본 식물이었다.

"야, 괜찮니?"

동민이 달려왔다. 그가 일어서자, 동민이 그 식물을 가리키며 말했다.

"너는 저 나무를 처음 보았겠지? 저게 바닷가 모래땅에서 서식하는 순비기라는 나무야. 응, 벌써 열매가 맺히기 시작하는구나. 저 열매를 한방에서는 만형자라고 하는데 두통, 안질, 귓병을 치료하는 데 쓰이지. 그런데 말이야, 나는 저 순비기나무만 보면 이 땅의 어머니들이 생각난다. 평생 자식들을 위해 희생만 하시는 어머니들이나 저 순비기나무처럼 잘난 체하며 하늘로 솟구칠 생각은 전혀 않고 낮은 곳을 향해 옆으로만 기어가는 모습이 너무나 흡사하지 않니?"

그가 여태 머금고 있었던 말을 뱉었다.

"동민아, 이젠 어머니 이야기는 그만했으면 좋겠다. 글이 잘 써지지 않아 고통받고 있는 내 심정을 너는 아니, 모르니."

그의 이야기에 동민이 움찔거리더니 이내 평온을 되찾았다.

"내가 그걸 왜 모르겠어. 근래에 네 얼굴빛이 썩 좋지 못했어."

"알긴 아는 모양이구나."

"그런데 너는 글이 잘 써지지 않는 이유가 뭐라고 생각하니?"

"그걸 몰라서 내가 이렇게 고통스러워하는 거잖아."

"내가 생각하기에 그 모든 이유는 너의 어머니께서 돌아가셨기 때문일 거야. 내가 잘 모르긴 하지만, 문학이라는 건 인간성을 바탕에 깔고 있는 거잖아? 네가 아무리 초연한 척하고 있지만 너는 어머니께서 돌아가신 것이 무의식 속에 충격적인 슬픔으로 남아 있어서 갈피를 잡기 힘들었을 거야. 그러니까 평소에 네가 말했던 것처럼 정신 집중이 잘 되지 않을 수밖에 없었던 것이야. 글 잘 쓰고 싶으면 가슴속의 응어리를 어머니 같은 이 바다에서 모두 털어버려. 바다는 모든 것을 기꺼이 받아줄 줄 아는 포용력을 갖고 있거든."

그는 동민의 이야기를 묵묵히 들으면서 모래밭 위로 비스듬히 뻗어 있는 순비기나무를 한동안 뚫어지게 바라보았다. 자줏빛 꽃잎들이 향기를 머금고 있었다. 그건 솔향기와 비슷했다. 하지만 그의 후각은 어머니의 젖 냄새를 아련하게 느끼기 시작했다. 어지러웠던 머리가 점점 맑아지기 시작했다. 숙취만이 아니라 고질적이었던 두통이 해소되는 듯했다. 낳고 길러주셨으며, 전업 작가인 아들을 염려하다가 홀연히 떠나버리신 어머니의 얼굴이 생생하게 떠올랐다. 장례식장에서 맘껏 울지 못했던 것이 후회스러웠다.

별안간, 그가 순비기나무 군락지를 에돌아서 해안가 해송 숲으로 달려갔다. 그러는 동안 눈물이 걷잡을 수 없이 흘렀다. 하지만 소리를 낼 수 없어 늘킨 울음을 지었을 뿐이었다. 파도가 밀려와 모래밭

에 부딪치며 울었다. 그가 커다란 해송 뒤에 숨어서 순비기나무 군
락지를 바라보며 통곡을 터트렸다. 가슴이 후련해질 즈음에 울음을
멈췄다. 그 순간, 호주머니 속에 넣어둔 휴대전화에서 메시지 도착
을 알리는 시그널이 울렸다. 반사적으로 뚜껑을 열었다.

〈어제 전화를 몇 차례 드렸는데 받지 않아서 문자를 넣습니다. 어떠
세요? 요즘 날씨가 선선해졌으니까 작품은 잘 되어가겠죠?〉

우리의 옛 사랑이 피 흘린 곳에/낯선 건물들 수상하게 들어섰고/플라타너스 가로수들은 여전히 제 자리에 서서/아직도 남아 있는 몇 개의 마른 잎 흔들며/우리의 고개를 떨구게 했다/부끄럽지 않은가/부끄럽지 않은가/바람의 속삭임 귓전으로 흘리며/우리는 짐짓 중년기의 건강을 이야기했고/또 한 발짝 깊숙이 늪으로 발을 옮겼다.

ㅡ 김광규의 詩「희미한 옛 사랑의 그림자」 중에서

인간은 오묘한 화두이다.

유신 말기 무렵, 우리들은 어떤 지방대학교 캠퍼스 안에서 만났다. 그 이후 우리들이 걸어갔던 시공(時空) 속에는 끝없는 격랑과 변화가 기다리고 있었다. 처음 만났을 때만 해도 고만고만했던 우리들이었지만 세월이 흘러가면서 자신들도 모르게 시나브로 변화하면서 각자 독특한 감각으로 세상을 바라보고, 또 살아가는 방식이 조금씩

달라지기 시작했다. 그리고 그해 오월, 그 도시를 휩쓸었던 거대한 폭력이 마치 변곡점이라도 되듯 다양하고 독특한 모습으로 급변해서 제각기 다른 길을 걸었다. 아무튼 우리들은 각자 터득했던 감각과 생존 방법을 앞세운 채 세상 속으로 뛰어들어 다르면서도 같고, 같으면서도 다른 인간으로 변해버렸다. 길은 시작과 끝을 알기 힘들다. 누군가가 당신들이 그 길을 왜 선택했느냐고 묻는다면 모두 다 나름대로의 확신과 정당성을 내세우거나 그럴싸한 자기변명을 늘어놓게 될 것이다. 처음 만났을 때만 해도 고만고만했는데 세월이 흘러가면서 각자 다른 길을 걸어가는 인간들, 그건 오묘한 화두 덩어리임에 틀림없다.

시간은 난해한 화두이다.

태초에 말씀이 있었다지만, 그 이전에 아마 시간이라는 눈에 보이지 않는 개념이 존재하고 있었을 것이다. 시간이 간단없이 흐르는 동안에 물질도 말씀도 끝없는 자기변신을 거듭했을 것이다. 시간이라는 개념은 수차원의 공간을 넘나들고 뫼비우스의 띠를 오가다가 종래에는 인간의 눈에 보이지 않는 난해한 흐름으로 변해버렸다.

인간들은 모든 시점을 과거, 현재, 미래, 이렇게 단순하고 간략하게 구분해버리기 일쑤다. 하지만 그 시간이라는 난해한 개념은 과거가 현재나 미래처럼, 현재가 과거나 미래처럼, 미래가 과거나 현재처럼 뒤섞여 있거나 변증법적인 진행을 거듭한다. 그래서 그 실체를 정확히 파악하기 힘들다.

시간은 변화의 촉매제이다. 제행무상(諸行無常)이라는 사자성어처럼, 흐르는 시간 속에서 변하기를 거부할 수 있는 것은 이 세상에 하나도 존재하지 않는다. 그러므로 인간도 변모할 수밖에 없다.

인간들은 시간의 흐름에 몸을 맡기면서 부지불식간에 변신되어버리거나 본래의 신념을 고수해보려고 안간힘을 쓰기도 하는데, 거기에는 모두 다 변신과 고수에 따른 나름대로의 명분과 자기 합리화의 논조를 갖고 있기 마련이다. 거대한 강물처럼 흘러가는 시간의 개념은 흔히 '망각'이라는 카타르시스를 준다거나 마음속에 칼날처럼 서 있던 각(角)을 닳게 만들어 인간들을 두루뭉술하게 만들어버리곤 한다. 역시 변신의 촉매제인 시간은 난해하면서도 중요한 화두이다.

문(門)은 화두의 어머니이다.

문은 이 세상의 모든 화두에게 모체 효과를 주기 때문이다. 그래서 문은 자궁이요, 생명이요, 변화의 기점이다. 모든 화두는 그 문을 통과하고 나서 화두다운 화두로 거듭난다. 그래서 문은 화두 중에서 가장 중요한 화두일 수도 있다.

문은 길의 연속선상에 있는 구조물이다. 문과 길, 이처럼 끝없이 반복하여 걷고 또 통과해야만 하는 오늘의 문. 인간들은 닫힌 문을 애타게 두드려서 열기도 하고, 때로 활짝 열린 문을 거침없이 통과하기도 한다. 그런 반면에 끝내 열리지 않는 문 앞에서 좌절의 고배를 마시기도 한다.

오늘의 문 그리고 우리들의 문, 그것은 닫기 위해서 존재하는 것인가 열기 위해서 존재하는 것인가.

#윤재원
꼭두새벽 녘이다. 밖은 아직도 어둠에 휩싸여 있다. 모든 사물들은 변화의 기점인 이 어둠 속에서 복지부동의 자세로 눈치만 살피고 있다. 새벽은 변혁을 예고한다거나, 시작의 또 다른 단어이기도 하다. 이제 나도 이 새벽을 맞이하여 변화를 모색할 것이다. 살아 있다는 것은 끊임없이 변화한다는 것. 나는 그동안 죽음 같은 침묵으로 일관하면서 변화의 때를 기다려왔다. 이제 더 이상 이렇게 웅크리고 있을 수만은 없다. 이젠 음지에서 더 이상 바장이지 않고 화장걸음으로 대로를 걷고 싶다.

아내는 아직도 깊은 잠에 빠져 있다. 후배들이 불시에 들이닥친 지난밤의 술자리 여파로 파김치가 되고 말았을 것이다. 아내가 몸을 뒤척인다. 흐트러진 잠옷 사이로 희멀건 다리가 드러난다. 중요한 부분까지 보일 듯 말 듯하다. 그런 광경 앞에서도 나의 아랫도리는 시원찮다. '모닝 이렉션'이나 '모닝 우드'라고 했던가. 비뇨기과 의사인 고등학교 동창생 녀석이, 잠에서 일어났을 때 발기가 되지 않는 녀석에게는 노름 돈도 빌려주지 않는다고 낄낄거렸던 적이 있었다. 제기랄, 나도 이젠 별 볼 일 없는 신세가 되었단 말인가.

아랫도리를 주물럭거리며 힘을 일으켜 본다. 불이 활활 타오르며 뜨거워졌으면 좋겠다. 변화의 첫 시도로 우리의 아이를 가지고 싶다. 이젠 휑한 이 집안에 나의 새끼들이 우글거리도록 만들어놓고 싶다.

예란아, 꼭 삼 년이야, 삼 년만 참아. 그때쯤이면 내가 유명한 작가가 되어 있을 테니까 말이야.

재원 씨, 아직도 세상을 제대로 볼 줄 모르는 고집불통 바보군요. 이젠 그딴 것에서 손을 과감히 떼세요. 그리고 말인데, 우리의 이세는 언제 가질 거예요.

내가 남 보란 듯이 출세하고 나서 우리 아기를 가져도 되잖아. 삼 년만 기다려줘. 그러면 세상천지에 내가 어떤 놈인지 알려주고 말 테니까 말이야. 정말, 두고 보라니까.

그런데 나의 호언장담이 무색하게도 삼 년이라는 세월이 속절없이 흘러가버렸다. 기대했던 것도, 제대로 이루어진 것도 없었다.

재원 씨, 삼 년이 지났어요. 약속했던 삼 년이 훨씬 지났다니까요.

벌써…….

이젠 문학 나부랭이에 더 이상 매달리지 말고 차라리 다른 길을 찾아보지 그러세요. 거기서 밥이 나왔어요, 술이 나왔어요.

그건 그래. 하지만 삼 년만 더 기다려주면 안 될까? 미안해. 일 년만이라도….

나는 기다려 달라는 이야기를 거듭하던 중에 희끗희끗해진 귀밑머리칼을 떠올리며 기가 죽고 말았다. 어느새 나잇살을 감추고 싶은 중년이 되었고 그림자마저 외롭게 느껴지는 노년으로 접어들고 있다는 사실을 새삼 깨달았다. 세상 사람들이 흔히 말하는 중년 위기를 겪기 시작하면서, 나 자신이 인생이라는 바다에 표류하고 있는 조각배처럼 여겨졌다. 시대와의 불화를 겪으면서도 하늘을 찌를 것 같았던 호기와 샘솟는 열망을 갖고 달려왔던 지난날들은 단순히 과거에 지나지 않을 뿐이었다. 현실은 차갑다. 나를 뜨겁게 달구어줄 불덩이는 그 어디에도 없을 성싶다. 무정한 세월이여.

위기에 처하기 시작하면서, 나와 아내의 위치가 뒤바뀌기 시작했다. 아내는 비록 도시 변두리에서 약국을 열고 있었지만 어엿한 약사님이요 사장님이었다. 나는 누구인가? 남들이 시인이라고 불러주긴 하지만, 자본주의 잣대로 놓고 볼 때 '루저'나 마찬가지다. 아무튼 상황이 역전되기 시작하면서 내 어깨를 올라타고 기세등등하게 구는 아내에 반비례하여 나의 그림자는 점점 왜소해지고 말았다. 게다가 아내에게 성행위까지 심심찮게 거부당하는 신세다. 아내의 사랑이 식은 걸까? 임신과 출산 그리고 양육으로부터 해방? 친구 정국이의 말마따나 천지비괘인 선천시대가 지나가고, 지천태괘인 후천시대가 다가오고 있는 것일까? 글쎄, 후천시대는 정음정양의 시대라더니 그렇게 되려면 여성의 지위가 얼마나 더 상승되어야 할까?

나는 몽상가적인 기질이 다분하다거나 우유부단하다는 평을 주위 사람들에게 듣곤 했다. 그렇지만 인간 윤재원, 나는 이제부터 새로운 변신을 꾀해 당당하고 의젓한 위치로 올라설 것이다.

아내의 몸을 조심스럽게 애무한다. 아내가 몸을 가볍게 뒤튼다. 잠버릇인가, 거부인가. 나는 변화의 첫 출발점으로 성스러운 섹스를 시도하여 마침내 우리의 아이를 가질 것이다. 그녀는 나의 이런 의미심장한 계획을 꿈에도 알지 못할 것이다. 그렇다면 설명부터 자세히 해야 할까, 아니면 터프하게 돌진하는 게 좋을까. 판단이 잘 서지 않는다. 에라, 모르겠다, 하는 생각에 아내를 끌어안는다. 그녀의 허리가 활처럼 휘면서 교성을 지르는 타이밍에 맞춰 나의 찬란한 변신 계획을 설명하고 싶다. 어느 틈인지 나의 남성이 최고조에 달해 있다. 아내가 눈을 번쩍 뜨더니, 그와 거의 동시에 고슴도치처럼 몸을 움츠린다. 나는 다짜고짜 아내를 끌어당긴다.

"왜 느닷없이 이래요. 피곤하단 말예요."

"삼자코 있어 보라니까, 그래. 지금부터 우리 아이를…."

나는 새로운 변신과 그에 따른 계획을 허둥지둥 늘어놓는다. 아내가 돌아보며 싸늘한 눈씨부터 쏘아낸다. 그리고 이불을 둘러쓰면서 더욱 웅크린다.

"흥, 아이를 갖자고 졸랐을 때는 한사코 외면하더니 이제 와서 왜 이래요. 피임 중이라서 아무런 소용없다고요."

이불을 격해서 들려오는 소리가 무저갱으로부터 들려오는 듯 쌀쌀맞고 음산하다. 아내는 나도 모르는 사이에 피임을 하고 있었던 모양이다. 알약이나 루프? 어쩌면 배꼽수술이라는 것을 제멋대로 해버렸을지도 모른다. 제기랄, 어느 잡지에선가 요즘 여성들 상당수가 아이 갖기를 싫어한다고 했다. 나의 남성이 갑자기 시들해져버린다. 몸을 비실거리며 일어선다. 옹송크린 자세로 침실 문을 나선다. 후배들과 나누어 마셨던 빈 맥주병이 응접실 테이블 위에 널려 있다. 열락과 환희의 뒤끝은 마냥 저런 것인가. 알코올에 취해 있을 때가 좋았지 깨어나면 영 지랄이다.

형들의 땅끝패는 살아 있는 신화나 마찬가지예요. 깊은 잠에 빠져 있던 우리 대학교에 변혁의 씨앗을 심어주었으니까 말예요.

후배 녀석의 목소리가 이명처럼 되살아난다.

형, 박홍석 선배님이 곧 출소한다지요? 세상이 무척 변했는데, 그 선배님은 자신의 길을 계속 고수할 수 있을까요?

후배 녀석의 눈동자가 내 몸을 샅샅이 훑었다. 그 녀석은 홍석이가 아니라 나를 저울질해 보려고 그런 질문을 던진 것 같았다. 어쩌면 나의 변신 계획을 눈치채고, 변절하면 안 된다고 강다짐한 소리였을지도 모른다.

박홍석. 그리고 '땅끝'이라는 풍물패.

그 녀석의 얼굴이 떠오르면서 나의 어깨가 짓눌린다. 검은 뿔테 안경을 뚫고 흘러나오는 홍석이의 날카로운 눈씨가 온몸을 훑고 지나가는 듯하다. 나는 녀석의 눈씨로 엮은 그물코에 목이 걸려서 바동대는 한 마리의 물고기에 불과하다. 그가 출소하는 날 교도소 앞에서 만나자고 했던 이사현의 목소리보다 녀석의 눈씨가 가슴을 더욱 옥죈다.

약속 장소에 나갈 것인가 말 것인가. 홍석이 녀석에게 생두부라도 먹여주어야 하지 않을까. 빙수를 허겁지겁 먹은 것처럼 정수리가 터질 듯하다. 홍석이만 생각하면 어쩐지 굴레를 쓰고 있는 느낌이다. 열등의식일까 아니면 그날의 약속을 어겼기 때문일까. 나는 어지럽게 널린 실내를 못 본 체하고 뒷문 쪽으로 비실비실 걸음을 옮긴다. 앞문으로 나가지 않은 이유는 그놈의 육중하고 싸늘한 철재 셔터 때문이다. 절그럭거리는 금속성이 귀청을 때리는 철재 셔터는 미래를 봉인해버린 견고한 장벽처럼 느껴지곤 했다. 나는 '셔터맨'이 아니라 스포트라이트를 받는 베스트셀러 시인이고 싶었다.

출입문의 돌쩌귀가 애애한 비명을 지른다. 차갑고 상큼한 새벽 공기가 전신으로 달라붙는다. 뛰자, 뛰어! 새벽길의 조깅이 주눅 들어버린 내 세포들을 소생시켜줄 것이다. 새벽 공기가 탱자가시처럼 콧속을 쑤신다. 가슴이 풍선처럼 부풀어 오르다 못해서 터질 것만 같다. 새벽의 어둠 속에 유령처럼 꿈틀거리는 물체가 있다. 미화원들이다. 어디로 갈까. 도심지로 진입하는 길과 외곽으로 뻗은 길목에서 잠시 제자리 뛰기를 하며 생각한다. 살아오는 과정에서 이런 갈림길을 자주 만났고 또 멈칫대곤 했다. 순간의 선택이 평생을 좌우한다고 했다. 어느 문을 열고 들어가느냐에 따라 내일이 달라지기 마련인데, 나는 올바르고 현명한 선택을 했던 것일까. 이 순간에 떠오르는 '자괴감'이라는 단어를 '후회'라고 읽어야만 하는 걸까. 제발 그러지 않았으면 좋으련만….

한때, 우리 땅끝패들은 서로의 살을 부비면서 온기를 나누어 갖곤 했다. 머릿속에서 끈질기게 맴도는 박홍석을 비롯하여 정윤철, 이사현, 최정국, 김명준, 이효진의 모습들이 원진을 따라 서서히 돌기 시작한다. 빠르게 선회하기 시작하자 땅끝패들의 모든 이목과 형체가 사라지고 마침내 하나의 동그란 원으로 변한다. 어지럽다.

'풍물패를 만들어보자는 뜻에서 서로 만나자고 했던 것입니다.'

사현이의 목소리가 이명처럼 울린다. 그의 풍물패 결성 제의는 전혀 예기치 못했던 사건이었고, 작은 변화의 전주곡이었다. 그때, 나는 휴대용 녹음기의 이어폰을 통해서 엘비스 프레슬리의 「버닝 러브」를 듣고 있었다.

자, 우선 말부터 시원하게 트자고.

홍석이가 호기를 부렸다. 그때까지만 해도 서로가 서로를 제대로 모르는 처지라서 당돌하고 건방지기 짝이 없는 처사였다고나 할까. 나처럼 몸피가 약하기만 했던 홍석이는 미술학도였다. 그는 나이에 걸맞지 않는 너털웃음을 날리면서 모인 사람들의 손을 일일이 붙잡았다. 그날 이후, 풍물에 대해 병아리였던 우리들은 캠퍼스를 거닐면서 장난 반 호기심 반으로 입풍물굿을 흥얼거리곤 했다.

외곽으로 뻗은 길을 향해 달리기 시작한다. 나도 모르게 그날의 입풍물굿을 흥얼거리다가 흠칫 놀라고 만다. 기억의 저편으로 깊숙이 매장했던 것이 얄궂게도 되살아난 것이다.

우리들은 풍물을 매개로 한 모임을 통해 이 땅의 현실을 깨닫게 되었고 가히 놀라울 만한 변화를 보이기 시작했다. 우리 가운데서 사현이가 제일 먼저 움직였다. 녀석은 한때 거센 물결처럼 번지던 '민중 속으로!'라는 기치 아래 학업을 중단하고 이른바 위장 취업이라는 것을 감행했다. 졸업 후, 홍석이는 예쁜 그림을 뒷전에 제쳐두고 미술운동에 나섰다. 나도 문학운동이라는 단어를 가슴에 품었다. 나머지 친구들도 나름대로 변화의 문을 열고 들어섰다.

그즈음 이 도시에서 자유와 민주 그리고 밥과 희망이라는 단어가 무참하게 짓밟히는 역사적인 사건이 발발했다. 그 거대한 폭력은 도시를 급격한 변화의 소용돌이 속으로 몰아넣고 말았다.

숨이 턱을 치기 시작하면서 환상 속으로 빠져들기 시작한다. 춤사위가 펼쳐진다. 타령 장단에 한 발을 내딛고 한삼자락을 둘둘 말아 허공에 휙휙 뿌리는 외사위춤은 그런대로 출 만하다. 그런데 장단이 곱으로 빨라지면서 양팔을 모아 태(胎) 속에 들어 있는 아이를 감싸듯 웅크렸다가 온몸을 튕겨 허공으로 날리는 겹사위의 거듭된 동작은, 청년 시절을 달리던 우리라고 해도 고역이 아닐 수 없었다.

수많은 원들이 제각기 뱅글뱅글 돌면서 어지러움을 유발시킨다. 그 원들이 하나로 뭉쳐질 때마다 홍석이의 얼굴로 변한다. 약간 마른 얼굴, 강렬한 눈빛, 지금쯤 그 눈빛은 시퍼런 칼날로 변했을지도 모른다. 나는 오랜 영어의 세월과 짧게 깎인 머리칼이 주는 효과 속에서 내쏘아지게 될 그 칼날 같은 눈씨를 도저히 감당할 수 없을 것 같다. 다가오는 해후의 순간들이 두려워지는 것은 그 눈씨 때문만은 아닐지도 모른다. 그날의 약속. 나는 두려워서 도저히 지킬 수 없었다.

명준이는 일찍이 변신하여 사업을 시작했는데, 지금은 행복한 얼굴로 잘 살아가고 있다. 사업가로 변신한 그 녀석의 넉넉한 얼굴을 떠올리면 마음이 편안해지거나 부러워지곤 한다. 나는 홍석이의 얼굴을 애써 지워버리고 그 대신 명준이의 넉넉한 얼굴을 그려 넣는다. 그런데 그날 홍석으로부터 걸려온 전화벨 소리가 어둠 속의 불꽃처럼 솟구치며 내 머리통을 친다.

재원아, 시내에서 난리가 났어!

도대체 무슨 일인데?

나는 시내 상황을 어느 정도 알고 있으면서도 짐짓 시치미를 떼며 물었다.

이런 난리가 없다니까. 시내가 온통 아수라장이야. 학생들이, 시민들이 죽어가고 있어.

홍석이의 목소리는 떨리고 있었다. 어쩌면 분노를 이기지 못한 채 울고 있었는지도 몰랐다. 나는 되도록 태연을 가장하면서 모든 것이 정말이냐고 되물었다.

모두 다 인간이 아니야. 죽이는 사람도 죽는 사람도 말이야. 이런 판국에 모른 체하거나 꽁꽁 숨어 있어서 되겠냐.

그러면 어쩌자는 거야?

우선 땅끝패 친구들 모두 다 내 화실에서 모이도록 하자. 찾아보면 뭔가 할 일이 있을 거야.

시내 상황이 좋지 못하다면 매우 위험할 텐데 우리가 그곳까지 무사히 갈 수 있겠어?

뭐야! 선량한 시민들이 마구 죽고 있는데 그냥 모른 체하겠다는 말이야.

홍석이의 목소리가 수화기 속에서 쩌렁쩌렁 울렸다.

나는 화실로 곧 가겠다는 대답을 어설프게 끝낸 뒤 밖으로 나갈 것인지 말 것인지 갈등을 겪기 시작했다. 때마침 어머니께서 계엄군들이 대학생들과 젊은이들의 씨를 말릴 듯이 눈을 희번덕거리고 있다며 바깥출입을 한사코 저지했다.

내 앞에 두 개의 문이 놓여 있었다. 나는 그중에서 하나를 선택하면서 외출하지 않았다. 물론, 그 이유는 나름대로 충분했다.

나는 비겁하게 몸을 도사리는 것이 아니라 내일을 도모하기 위해 잠시 숨어 지낼 뿐이라며, 갈등하는 나 자신을 다독거렸다. 그 당시 이 도시를 빠져나갔던 젊은이들 대부분도 나랑 비슷한 생각을 했을 것이다.

누군가가 나의 이런 논리를 자기 합리화라고 비판할지도 모른다. 그러나 그 당시의 상황을 전혀 모르기 때문에 그런 소리를 하는 것이다. 나는 영웅주의에 빠져 소중한 목숨을 잃고 싶지 않았다. 생명, 그 얼마나 소중한 이름인가. 나라는 인간이 존재하지 않으면 이 우주도 존재할 수 없지 않은가.

그런데 그날 몇 명의 친구가 홍석의 화실에서 모였을까?

내 선택이 어떠했든, 그때 이 도시에서 생존과 죽음이 뒤엉키기를 거듭했다. 그 후, 오늘날 이 도시의 현실은 한을 머금은 무덤과 비문(碑文)들만이 애절함을 자아내고 있다. 그리고 나처럼 목숨을 구걸했던 자들이 영웅 가면을 둘러쓰고 활개 치는 경우도 왕왕 발견된다. 그날, 장렬한 죽음의 의미는 도대체 어디로 사라졌단 말인가. 나는 내일을 도모하기 위해 잠시 웅크렸던 자들보다, 수많은 죽음을 팔아 귀족 행세를 하고 있는 자들을 손가락질하고 싶다. 나는 그날 홍석과의 약속을 지키지 못했지만, 그날이 끝난 이후부터 시(詩)라는 무기를 이용하여 이 땅의 진실을 알렸다. 아무런 대가를 바라지 않고.

이 도시에 거대한 폭력이 휩쓸고 지나간 이후, 나는 땅끝패 친구들을 간혹 만나게 되면 무슨 큰 죄라도 진 사람처럼 움찔거렸다. 그런데 다행이라면, 홍석이의 화실에서 만나자던 약속 건에 대해서 어느 누구도 언급하지 않았다. 우리 모두 다 그 점에 대해서는 이미 약속했던 금기사항이라도 된다는 듯이 입을 굳게 다물었던 것이다. 왜 그랬던 것일까.

어느덧 모교의 캠퍼스 앞이다. 이런저런 생각에 빠져 있어서 나도 모르게 이곳까지 달려온 모양이다. 과거의 현장에 서 있다는 것이 달갑게 느껴지지 않는다. 내 젊은 청춘을 다 바쳐 허위단심으로 달리기 시작한 출발점이 바로 여기였다. 그런데 변화를 모색하겠다는 각오를 해놓고서 다시 원점으로 되돌아왔다는 것은 대단히 어리석은 짓이나 다를 바 없다. 곧장 되짚어서 집을 향해 달린다.

갈림길로 다시 되돌아온다. 길목 언저리에 검은 연기가 치솟는다. 미화원들이 추위를 쫓기 위해서 모닥불을 피운 모양이다. 불을 보자 발길이 끌린다. 미화원들의 틈을 비집고 살며시 들어선다. 검은 연기가 왈칵 달려든다. 숨을 헐떡거리던 중이라서 연기를 속절없이 들이마시고 만다. 동물적인 몸부림과 함께 재채기가 터져 나온다.

"원 쯧쯧! 짜안하게도."

어떤 미화원이 나를 보며 혀를 끌끌 찬다. 혀를 날름거리듯, 기폭을 펄럭거리듯, 불꽃춤을 추고 있는 모닥불. 나도 모르게 불에 얽힌 지난날을 회상한다. 꽃병, 횃불 대행진, 분신 그리고 또 분신. 헐떡거리던 들숨 날숨은 어느덧 가라앉았지만, 얄궂게도 뜨거운 기운이 가슴속에서 용솟음친다. 하지만 이젠 지나간 모든 것을 말끔히 매장해버려야 한다. 이젠 변신을 생각하고 있기 때문에, 저 모닥불 속에 지나간 모든 것들을 깡그리 태워버려야 한다.

다시금 정수리가 터질 것 같다. 홍석이의 얼굴이 아른거린다. 출소하는 날, 그를 마중 나가야 할까.

가서는 안 돼. 가겠다고 약속했잖아. 그래도 안 돼!

그때 미화원들의 대화가 귓속으로 흘러들어온다.

"올겨울은 허벌나게 춥제잉?"

"춥기만 하간디 허허롭기까지 한당께."

"아따메, 이놈의 추위 땜시 혼이 빠질 지경이네. 에이고, 꿈도 낙도 없는 이놈의 세상살이."

"원, 그렇코롬 나자빠지지 마랑께. 거, 왕년에 농사 안 지어봤능가. 날씨가 추워부러야 버러지들이 싸그리 죽는 것이랑께."

잉걸불이 눈을 깜박이며 사위어간다. 불꽃을 타고 날아오르다가 곡선을 그리며 떨어지거나 바람에 표표히 나부끼는 불티들이 가뜩이나 심란한 마음을 쑤석거린다. 출소하는 곳에 나가야 할 것인가 아니면 모르는 체해버릴까….

#이사현

섬진강으로부터 물안개가 피어오르면 지리산은 섬이 되고 만다. 발아래 올망졸망하게 알슬었던 육산들이 자맥질하며 하나둘 자취를 감춘다. 지리산은 거대한 반야용선이라도 되는 걸까. 바람 한 점 없는 잔잔한 물결 위에 뜬 그 배는 의연한 모습으로 항해를 하고 있다. 하나의 생각이 용오름처럼 솟구친다. 발끝에서 시작된 전율이 등줄기를 따라서 솟구친다. 지리산을 둥둥 뜨게 만들었던 하얀 물안개는 미끈하게 대패질 된 목판이다. 친구, 홍석이의 조각칼에 나의 육신이 난도질당하는 듯하다.

그날, 화실에서 만나자던 홍석이의 전화를 받고 반신반의하며 그 도시를 찾아갔다. 하지만 계엄군들이 외곽을 철저히 봉쇄하고 있어서 들어갈 수 없었다. 그날 그 도시도 이 산처럼 섬이었다. 두 섬의 차이라면, 하나는 거대한 폭력 앞에서 생존을 위해 파닥거렸고, 다른 하나는 반야의 경지에서 움직이는 듯 움직이지 않고 있다는 점이다.

나는 아침 일찍 눈을 뜨자마자 산 아래를 굽어보면서 모처럼 찾아온 평온함을 만끽하는 중이다. 육신을 팽팽하게 동여매고 있던 긴장의 끈을 잠시나마 풀어낼 수 있다는 게 얼마나 큰 행복인가. 그런 기분이 허우룩한 분위기로 서서히 빠져든다. 시간이 지날수록 내가 주위 사람들에게 자꾸만 잊히고 있을 거라는 불안감의 엄습이다. 용기를 잃지 말아야 한다. 갑자기 전율이 솟구치면서 땅끝패 친구들과 했던 약속이 떠오른다.

그동안 홍석과 나는 방향이 같았고 목적 또한 다르지 않았지만 각자 다른 길을 택해서 걸었다. 우리는 자주 만났어야 함에도 불구하고 그러지 못해서 두 사람의 사이가 소원해지고 말았다. 그리고 그날 그 도시에 거대한 폭력이 쏟아졌을 때 홍석이의 전화를 받고 화실로 찾아가지 못했던 상황에 대해서 나는 한 번도 해명한 적이 없었다. 땅끝패의 옛 친구들이 손가락질하거나 뒤통수에 대고 욕을 한다고 해도 해명하고 싶은 마음이 없었고, 또 그런 기회도 갖지 못했다. 그날 이후 그 도시를 찾아간 적이 없었기 때문이다. 나는 오로지 신념을 좇아 나의 길을 묵묵히 걸어갔을 뿐이다. 그런 세월이 한참이나 흐른 후, 홍석이가 모종의 사건으로 영어의 몸이 되었다는 뉴스를 접했다. 얼마 전에는 어떤 동지로부터 홍석이가 출소하게 된다는 이야기를 들었다. 그래서 내가 땅끝패의 옛 친구들에게 전화를 걸어 교도소 앞에서 만나자고 제의했던 것이다. 모두 다 나오겠지.

버너를 꺼내 밥을 서둘러 짓기 시작한다. 허기진 상태로 산을 내려간다는 것은 어려운 일이다. 언제 다시 이처럼 편안한 마음으로 밥을 먹을 수 있을지 모를 일이다. 버너의 불꽃에서 아내, 진순을 떠올린다.

민주노조 건립 추진 농성장. 나는 한쪽에서 노동 형제들의 식사 준비에 여념이 없는 진순의 얼굴을 주의 깊게 바라보곤 했다. 세련

되지는 않았지만 순박하면서도 다부진 인상을 풍기고 있었다. 소매를 걷어붙이고 불을 땐다거나 군말 없이 자신의 맡은 임무에 충실하던 모습은 보통의 여성 노동자들과 차이가 많았다. 식사 때였다. 우리가 줄을 서서 식사 배급을 받았다. 그녀는 주걱으로 밥을 꼼꼼히 떠서 건네주었다. 나는 그녀의 얼굴과 고향에 계신 어머니의 얼굴이 닮았다는 것을 느끼게 되었다. 애타게 외쳤던 민주노조 결성 목표를 달성한 이후, 우리는 부부의 인연을 맺었다.

나도 모르게 한숨이 새어나온다. 한 여인과 끈끈한 동지애는 주고받았을지 모르지만 남편으로서 책임은 다하지 못했다. 아이들에게 아버지 역할도 매우 부족한 게 사실이다. 쫓기는 신세라서 그럴 수밖에 없었다. 수배자의 아내와 아이들은 음지에서 피어난 들꽃이나 마찬가지이다.

나는 잠행 중에 아내와 아이들이 보고 싶어서 밤늦게 집 근처까지 조심스럽게 다가가 본 적이 있었다. 골목으로 향한 들창에 불빛이 새어나오고 있었다. 그런데 잠복하고 있을지도 모를 형사가 두려워서 들창 한 번 두드려보지 못하고 돌아서야만 했다. 그뿐만 아니라 잠행 길에서 의심스러운 자만 보이면 가슴이 철렁댔고, 잠을 자다가도 악몽에 시달려 벌떡 일어나곤 했다. 나는 그런 아픔들을 지워내고 그 빈자리에 새로운 힘을 채워 넣기 위해서 지리산 등반 계획을 세웠던 것이다.

밥이 끓고 있는 코펠을 바라보며 홍석이의 판화 책을 또 떠올린다. 난장에 설치한 무쇠솥, 불타오르는 장작(공사현장의 각목일 것이다), 주걱으로 밥을 퍼내는 아낙네의 모습, 총을 멘 사내들. 그 판화는 밥과 희망을 위한 투쟁의 일면을 사실적이며 생동적으로 보여주었다. 또한 한 톨의 밥알이라도 흘리지 않도록 조심하며 주걱 끝에 시선을 모우고 있는 아낙네의 모습이야말로 밥의 소중함을 새삼스레 깨닫도록 해주었다. 목을 약간 빼들고 밥에 시선을 박고 있는 총을 멘 사내로부터 생존 투쟁의 일면을 읽을 수 있었다.

밥을 습관처럼 서둘러 먹는다. 잠행 길에 오른 사람들은 밥을 급하게 먹을 수밖에 없고, 끼니도 불규칙할 수밖에 없다. 그래서 위장병으로 고생하는 사람이 많다. 그런데 오늘따라 약속을 지키려고 더욱 허둥지둥 밥을 쓸어 넣는다. 이어서 배낭을 재빨리 꾸리고 못내 아쉬운 마음에 천왕봉을 바라본다. 의젓한 사내 같은 이 봉우리는 반야용선의 돛대 격이다. 반야봉 정상의 실루엣이 마치 어머니의 젖가슴 같다. 홍석이의 목판화 '지리산'이 클로즈업된다.

서점에서 필요한 책을 찾다가 홍석이의 판화 책을 우연히 발견했다. 그날 그 도시의 상황들을 조각도로 고스란히 새겨놓은 수많은 판화들을 뚫어져라 보았다. 그중에서 '지리산' 판화는 그 도시와 직접적인 관계를 갖고 있지 않았지만 뭔가 찡한 울림을 전해주었다. 몇 가닥의 간략하면서도 부드러운 곡선으로 이루어진 지리산의 실루엣 위에 생명의 비를 뿌리는 듯한 빗살 문양이 희미하게 드러나는 그 작품은 오늘 보는 지리산과 너무나 흡사한 분위기를 풍겨주었다. 홍석이가 그처럼 간결한 선으로 지리산을 형상화했으며 여백을 많이 남겨두었던 이유가 무엇일까. 아마, 어둡고 슬픈 우리 현대사 가운데 증언하고 복원해야 할 부분이 아직도 많다는 것을 상징적으로 말하고 싶었던 것은 아닐까.

물안개 속에서 해가 솟구치기 시작한다. 세석평전 위로 뻗치는 햇귀는 베틀에 감긴 실이다. 그 옛날, 외할머니의 베 짜던 모습이 자연스럽게 연상된다. 당신은 부티를 두르고 앉을깨에 앉은 채 베틀신을 잡아당기고 북을 좌우 손으로 쉴 새 없이 건네받곤 했다. 바디집을 잡아채곤 할 때마다 입에서 가녀린 신음이 흘러나오기도 했다. 비록 빛바랜 흑백사진 속의 한 장면이긴 하지만, 할머니의 뼛골 빠지는 노동의 질감만큼은 아직도 생생하게 남아 있다.

붉은 햇덩이의 동살이 산정을 비추자 산꼬대에 얼어붙었던 철쭉과 꽃대나무 등으로 구성된 관목 숲이 "우우우!"하고 함성을 지르며 앞다투어 일어서는 것 같다. 어제 저녁에는 얼음에 덮여 있어서 아름다운 산호 숲을 보는 듯했으나 지금은 그날 그 도시를 지키려는 시민들의 아우성이거나, 수년 후의 육칠월에 벌어진 노동자 대투쟁의 행렬처럼 느껴진다.

함성과 최루탄을 날리는 총성, 나는 그 안에서 "질서! 질서!"라고 외치며 미당기던 수많은 인파 속에 서 있었다. 노동자 대투쟁 현장은 내일의 희망을 위한 초석을 다진다는 점에서 의미가 컸다. 노동 현장에 투신하면서 그토록 희열과 자신감에 넘치는 순간이 어디 있었던가.

한참이나 눈을 감고 그날의 환상 속으로 빠져들다가 화들짝 놀란다. 내가 후일담에 매몰되어 허우적거리고 있는 건 아닐까. 이럴 때가 아니다. 만날 약속을 지키려면 서둘러야 한다. 산 아래로 발을 옮기자 얼어붙은 땅이 비명을 질러댄다. 왜바람이 몰아치자 관목 숲이 함성을 지른다. 흔들리지 말자고, 두 주먹 불끈 쥐고 함성을 지른다.

가족들이 몹시 보고 싶어서 아내에게 전화를 했던 적이 있었다.

고운이 아빠, 그 사람이 찾아왔어요. 장 형사 말예요. 세상이 변한 지 언젠데 아직까지 앙탈을 부리냐고 하데요. 치, 순순히 자수해야 신상에 이로울 거라며 겁박하더라고요. 아이들은 모두 건강하게 잘 지내고 있으니까 걱정은 전혀 하지 말고 몸 건강하셔야 해요. 사랑해요.

아내는 '학출'이 아니라 '노출'이었다. 그러니까 세상 사람들이 깔볼 때 말하는 '공순이'였다. 하지만 나에게는 둘도 없는 소중한 동지요, 동행인이었다. 그녀와 사귀기 시작했을 때 주위 사람들이 참새 방아를 찧곤 했다. '노동현장에 위장 취업하더니 연애질이나 하는구먼'이라든지 '전혀 어울리지 않는 상대끼리 연애하게 되면 결국은 헤어지게 되지, 뭘'이라는 비아냥거림이었다. 하지만 우리는 남 보란 듯이 결혼에 성공했고, 아이들까지 잘 낳았고, 서로 믿음을 잃지 않은 채 살아가고 있다.

한신계곡으로 내려가 백무동을 경유하는 코스를 타고 마천으로 빠질 요량이다. 산을 내려갈수록 아쉬움이 발목을 잡아당기곤 한다. 산에 오르면 큰 소리를 지르지 않아야 한다지만, 아쉬움과 갑갑함을 해소시키기 위해 내 이름을 외쳐본다.

"이사현! 지금 너는 진짜 이사현이다!"

메아리가 들려온다. 나의 본명을 메아리로나마 듣게 되니 다리에 힘이 실린다. 나는 오랫동안 '민성운'이라는 가명을 사용했다. 물론 주머니에 있는 주민등록증도 민성운의 것이다. 나는 주민등록증의 민성운에 대한 교우관계, 취미, 가족사항까지 낱낱이 암기하고 있다. 그런다고 해서 내가 민성운으로 완벽하게 변신할 수 없는 노릇이다. 언젠가 불심검문에 걸렸을 때, 경찰이 "민성운 씨!" 하고 불렀다. 태연하게 대답하긴 했지만 내 가슴이 너무나 아팠던 것은 사실이다. 나는 언제쯤이나 내 이름을 완전히 되찾을 수 있을까. 시대와의 불화가 내 이름을 앗아갔다. 내 이름을 당당하게 되찾을 수 있는 그날을 위해 오늘도 달려야 한다.

어디쯤 내려갔을까. 산을 오르던 등산객들이 나를 의아하게 바라본다. 아침 일찍 산을 내려가는 것이 이상한 모양이다. 나는 태연을 가장하며 '산 인사'를 건네고 아래로 내려간다. 발걸음을 한 번씩 내딛을 때마다 땅끝패 옛 친구들의 얼굴이 하나둘씩 떠오른다. 그날 이후에 사업가의 길을 걷는다는 명준이, 종교 속으로 안주해버렸다는 정국이, 문학운동에 지쳐서 헐떡거린다는 재원이, 참교육의 물결에 뛰어들었다는 윤철이, 영어의 몸이 된 홍석이. 그리고 홍석이와 이혼하고 어디론가 떠났다는 효진이. 각자 이름도 다르고 생김새도 다르며 가는 길 역시 천차만별이다.

나는 아침 일찍 만났던 지리산 아래의 육산들을 떠올린다. 모두 다른 모습과 이름을 갖고 있지만 사실은 지리산이라는 같은 뿌리에서 솟아난 하나의 산이었다. 그뿐만 아니라 백두대간의 같은 줄기였다.

마침내 지리산의 품에서 빠져나와 홍석이가 출소한다는 교도소로 가기 위해 버스에 오른다. 이제부터 긴장의 끈을 다시 동여매야 한다. 얼핏 보기에 세상은 평온하다. 장 형사의 말처럼 세상이 변해버린 것처럼 보이기도 한다. 그러나 도처에 구조적 모순이라는 거미줄이 쳐져 있고, 감시와 검문의 덫이 설치되어 있다. 살얼음판을 걷듯 조심스럽게 행동해야 한다. 그런데 염려했던 불심검문은 다행히도 없다. 세상이 변한 것처럼 보인다. 그러나 나는 그런 것을 믿지 않는다.

2시간쯤 지나자 버스가 터미널로 진입한다. 아주 오랜만에 이 도시를 찾았지만 버스터미널이 새로운 곳으로 이전했다는 점을 제외하면 변한 게 거의 없다. 거대한 폭력이 이 도시를 휩쓸고 지나갔다는 게 전혀 믿어지지 않을 정도이다. 나는 이곳에서 학창 시절을 보냈기 때문에 제2의 고향이나 마찬가지다. 모든 것들이 포근하고 편안하게 다가온다. 버스에서 내려 몇 걸음 움직였을 때, 쫭이그물처럼 펼쳐진 검은 그림자들이 전신을 옥죄기 시작한다.

"잠시 검문이 있겠습니다."

#최정국

상사문도(上士聞道), 근문행지(勤聞行之), 중사문도(中士聞道), 약존약망(若存若亡), 하사문도(下士聞道), 대소지(大笑之), 불소부족이위도(不笑不足以爲道).

벗님들이여! 서두부터 너무나 어려운 말을 꺼냈다고 짜증내실 것 같아서 우선 뜻풀이부터 해드리겠네. 상사, 즉 도량이나 재간이 뛰어난 자는 도를 들으면 힘써 이를 이행하려 하고, 중사 즉 범인은 도를 들으면 이를 의심하고, 하사 즉 하등인간은 도를 들으면 크게 비웃나니, 비웃음을 받지 않으면 이를 어찌 대도라 할 수 있겠느냐.

이 말은 노자님의 금언일세. 내가 이런 이야기를 먼저 꺼내는 것은 우주의 원리나 도(道) 그리고 역(易)을 전혀 모른 채 인생이 어떻고, 노동 문제가 어떻고, 통일 문제가 어떻고, 또 뭐가 어떻다고 외치며 이 선천시대의 깊고 암울한 질곡에 갇혀 마냥 허우적거리면서 하루하루를 헛되이 보내고 있을 벗님들이 안타까워 그러네. 선천시대는 지운(地運)이 통일되지 않아서 대립, 투쟁, 모순, 고통 등이 범람하는 상극이 벌어지기 때문에 벗님들이 애바르게 노력해봤자 그건 한낱 헛된 것이라네. 우리들은 우주의 원리에 갇힌 운명적인 존재일 뿐이라서, 누가 아무리 발버둥 친다 해도 이런 원리를 먼저 깨닫지 않고 있으면 그건 구두삼매(口頭三昧)나 마찬가지라네.

벗님들이여, 시간이 지나갈수록 우주의 순환원리에 따라서 선천과 말대의 시대가 가고 후천시대가 도래한다네. 순환원리? 그건 토, 목, 금, 화, 수의 5운이 차례차례로 이 천지를 지배하여 일주기를 순환하게 되면 또 처음으로 돌아가서 끊임없이 되풀이되는 것을 말하네.

이 우주를 움직이는 근원적인 힘은 네 가지인데 양(木, 火)과 음(金, 水)으로써 이것을 흔히 사상(四象)이라고 말한다네. 시간과 우주의 순환원리를 더 깊이 알고 싶으시면 천지일월의 법도를 공부하셔야만 되네. 이 법도를 알려면 태극체라는 것부터 먼저 알아야 하네. 태극체란 이(理)와 기(氣)로 나누어지고, 이는 곧 체(體)이며 시간의 흐름이고 정신의 근본이 되며, 기는 곧 용(用)이며 공간의 흐름이고 물질의 근본이지. 그럼 이쯤해서 후천시대가 무엇인가를 가르쳐드리겠네. 후천시대는 이미 언급한 바 있듯이 분열성장기인 선천시대가 종말을 고한 뒤 우주의 대 개벽에 따라 도래될 제3의 문명시대이며, 쌓이고 맺힌 한이 풀린다는 해원으로 인하여 우리 앞에 상생의 날이 열리는 것을 말하지. 벗님들께서 종말이라는 단어를 막장이나 끝장이라고 여기면서 휴거를 떠올릴지도 모르겠네. 그런데 그게 아니네. 종말이라는 단어를 역학적 원리로 풀어보면 심판이 아니라 성숙이며, 멸망이 아니라 결실을 뜻한다네.

내가 황당한 이야기를 늘어놓는다고 핀잔할지도 모르겠네. 그러나 이 모든 이야기는 옛 성인들이 도와 역을 바탕으로 남긴 어록들이며, 내가 그것을 인용하고 있는 것임을 밝혀두네. 그리고 내가 이 길을 걷게 된 것은 그날 그 도시에서 자행된 수많은 시민들의 죽음과 이어지는 셀 수 없는 혁명적인 싸움들을 지켜보던 중 오랜 고통과 번뇌 끝에 마침내 찾게 된 출구였음도 밝혀두네.

끝으로 이런 이야기를 들려드리고 싶네. 모사재인 성사재천(謀事在人 成事在天), 모사재천 성사재인(謀事在天 成事在人), 즉 말해서 선천시대에 모사는 재인하고 성사는 재천이라고 했으나, 후천시대에 모사는 재천하고 성사는 재인이라는 뜻일세. 그러니까 장차 우주문제의 모든 성사를 인간이 한다는 이야기이지. 그리고 주역에서 보면 한국은 간방(艮方)이라네. 여기서 '간'은 갓난아기요 결실을 의미하네. 지난 팔십 년대는 어머니가 아이를 분만하고 출산하는 진통이 있었던 해라서 고통이 많았지만, 이제부터는 우리의 숙원인 통일 문제도 서광이 엿보이기 시작할 것일세. 그럼 벗님들의 천안이나 혜안이 열리시기를 기원하면서 안녕을 비네…….

최정국 배상

이른 아침부터 땅끝패의 옛 벗님들에게 쓰기 시작했던 편지가 오후에 끝났다. 화선지 위에 혼신을 힘을 기울여 세필로 글을 쓰느라 온몸의 진액이 다 빠져버린 듯했다. 이제 이 편지를 벗님들에게 보내기만 하면 된다.

나의 육신은 피로에 흠뻑 젖어 있다. 끄느름한 날씨처럼 두통의 앙금이 내려앉는다. 그날 그 도시에서 다쳤던 허리께에서 간헐적인 통증이 밀려온다. 생수를 한 모금 들이켠 뒤 결가부좌하고 정신을 가다듬는다. 눈을 감고 정신을 집중하여 아래윗니가 딱딱 맞부딪치는 것을 36회 반복한다. 이어서 양손바닥으로 뒤통수를 감싸 쥐고 들숨 날숨을 9번 반복한다. 양손을 조금 앞쪽으로 옮기면서 양쪽 귀를 덮고 집게손가락을 가운뎃손가락으로 겹쳤다가 미끄러뜨리며 뒤통수뼈를 탁탁 퉁기기 24회 반복. 팔단금도인법(八段錦導引法)의 제1식에 이어 마지막 제8식까지 끝마치자 단전의 뜨거운 기운이 온몸으로 퍼지는 것을 느끼게 된다.

이제 온몸이 가뿐해진다. 자리에서 일어나 창밖으로 눈을 돌린다. 콩알만 한 꽃망울을 매달고 있는 황매화나무는 아직 추위가 가시지 않았지만 분주하기만 하다. 춥고 암울했던 엄동설한을 잘 견디어 왔으니 얼마 후면 황금색의 꽃이 만개할 것이다.

아내가 문을 밀치며 안으로 들어온다. 춘설차의 향기가 후각을 가볍게 건드린다.

"편지는 모두 쓰셨어요?"

조용하고 차분한 목소리이다. 나는 눈을 감은 채 고개를 가볍게 끄덕거린다. 땅끝패 벗님들과의 약속을 생각하고 있는 중이다. 나는 약속 장소에 나가지 않을 것이다. 내가 그곳에 없다는 것이 곧 있는 것이나 마찬가지가 아니겠는가. 약속 장소에 나가지 않는 대신에 이 편지를 띄울 것이며 아울러 그 벗님들에게 해원상생의 길로 인도할 것이다.

아내는 오전에 종도(宗徒)가 찾아왔으나 긴한 일이 있어서 만나줄 수 없다며 그냥 돌려보냈다고 한다. 내가 혼신으로 힘으로 편지 쓰는 이유를 이미 파악하고 있었으리라. 아내는 춘설차가 식겠다는 염려를 덧붙이고 밖으로 나간다. 나의 명상을 깨뜨리지 않으려는 뜻일 게다. 다시금 땅끝패 벗님들을 떠올리기 위해서 뽀얀 더께가 내려앉은 세월의 장을 조심스럽게 펼쳐본다.

풍물패 '땅끝'은 우리 모두에게 인간의 본성과 순수성을 회복시켜 주었으며 또한 민족정신을 일깨워준 매개체였다. 우리는 풍물을 배우는 동안 이 땅의 현실을 자각하게 되었다. 홍석이는 민족모순을, 사현이는 민중모순을, 재원이나 윤철이는 사회구조적인 모순에 매달리게 되었다.

나는 벗님들의 심정을 이해하고도 남음이 있다. 그렇지만 그 벗님들은 매우 중요한 것을 간과했는데, 그게 바로 선천의 모순이다. 나도 나중에 알게 된 것이지만, 상제님께서는 풍물굿을 보시면서 선천 모순에 대한 각을 얻으셨다고 하지 않던가.

선천의 모순이란 그저 자연현상이 아니라 삼계(天, 地, 人)가 원사실(原事實)에서 일탈됨으로써 발생되었기 때문에 생전의 상극대립과 사후의 포한 등을 말한다. 만일 삼계가 그 존재의 근거를 기초

동량 위에 마련했다면 이런 모순은 전혀 일어나지 않았다고 한다. 아, 이젠 이 삼계가 원(寃)의 파괴적인 죄악으로부터 해원되어야 할 때이다.

나는 땅끝패 벗님들의 얼굴을 차례차례 떠올린다. 어디론가 정처 없는 잠행 길을 가고 있을 사현이. 굴때장군 같은 벗님의 몸피가 자꾸만 졸아들어 지금은 어떻게 변했을까. 그 벗님은 하나의 모순을 척결하려다가 또 다른 모순을 낳고 있는 셈이다. 선천의 모순을 척결하지 않는 한 모순이 모순을 낳는 악순환이 연속되기 때문이다. 기와 이가 차단된 사각의 벽에 갇혀 있다가 이제 곧 풀려나게 될 홍석이. 그 벗님은 연약한 몸피 어느 구석에 그토록 엄청난 원이 맺혀 있었더란 말인가. 그 벗님의 옥살이가 일 년쯤 되었을 때, 나는 그가 어느 정도 도를 닦았으리라 여기고 연하장을 보냈다. 그 속에 간단하지만 심원한 뜻이 담긴 내용을 적어놓았다.

홍석 벗님, 이젠 도를 체험하셨겠지. 이제부터 나하고 대화를 시작해보세.

아무런 답장이 없었다. 그 후, 윤철이로부터 들어서 알게 되었지만, 홍석이는 땅끝패 벗님들 어느 누구도 접견이나 편지를 하지 마라고 했단다. 그 벗님은 진짜 면벽수도 각오를 했던 것일까.

재원이와 윤철이. 그 벗님들은 하늘 위에 또 하늘이 있음을, 예술과 학문 위에 도(道)가 존재함을 전혀 모르고 있다. 도는 한얼님의 영원한 생명력이 담긴 길이며, 교(教)란 이 생명에 이르는 길을 제시하고, 학(學)이란 가르침을 논리적으로 체계화하는 것이고, 술(術)이란 그 체계화를 응용하여 표현하는 아래 단계인 것이다. 그 벗님들

외에도 명준이와 효진이의 얼굴을 차례로 떠올린다.

나는 벗님들의 얼굴을 내 면전에 끌어다 놓고 일일이 진단하는 일을 끝마친다. 이제 써놓은 편지를 보낼 때가 되었다. 눈을 뜨고 조심스럽게 자리에서 일어난다. 갑작스레 현기증이 몰려든다. 너무 과로한 탓일까. 그런 건 아닐 것이다. 조금 전에 기공법으로 온몸 구석구석에 쌓여 있던 피로를 말끔히 씻어냈지 않았던가. 떨리는 손으로 찻잔을 잡는다. 춘설차는 이미 싸늘하게 식어버렸지만 향기는 그대로 남아 있다.

아, 그날 그 도시. 왜 지난 과거가 들썩거리며 되살아나는 걸까. 석수장이가 석물에서 불필요한 부분을 정으로 쪼아내듯 가슴 깊은 곳에 똬리를 틀고 있던 그 고통의 편린들을 깡그리 파내어 버린 지 이미 오래전인데 왜 다시금 되살아난단 말인가. 춘설차 향기가 어느 틈에 피비린내로 변해 있다. 구토증이 울컥 솟구친다. 아직도 나는 깨달음의 문 앞에서 마냥 기웃거리기만 하고 있는 것일까.

군홧발 소리, 시민들의 함성, 피를 앗아가는 총성, 지축을 뒤흔드는 캐터필러 소리, 헬리콥터의 프로펠러 소리와 기총소사 굉음. "시민 여러분, 우리들은 끝까지 싸울 것입니다. 부디 우리를 잊지 마세요"라고 절규하던 여인의 목소리. 소리 위에 소리가 덮이면서 끝없이 증폭된다. 페퍼그 냄새, 화약 냄새, 서로서로 팔짱을 낀 시민들의 '인간 사슬', 도청 지하실에서 나뒹굴고 있던 시신들의 부패된 냄새, 그 위를 질펀하게 덮은 피비린내. 모든 냄새들이 향불과 더불어 꾸물꾸물 피어오르고 마침내 후각을 마비시킨다. 이런 것들은 도를 찾는 나에게 잡념이나 다를 바 없다. 과거의 모든 것은 꿩 구워먹은 자리처럼 말끔히 덮어버려야 한다. 롱펠로우도 "죽은 과거는 죽은 것으로 묻어버려라" 하고 읊지 않았던가. 망각의 칼로 단호하게 내리치자.

나는 시민들이 수없이 죽어간다는 소문을 듣고 그 거리로 무턱대고 나갔다. 그리고 아무런 죄 없이 붙잡혀 끌려갔다. 쇠창살 안의 후터분한 열기와 넘어지거나 옹송크리고 있던 시민들의 신음. 인간의 한계를 시험이라도 해보겠다는 듯 내 허리와 어깨 위로 쏟아졌던 몰매질. 그때 나는 구원이라는 단어조차 생각할 겨를 없이, 폭력 앞에 속절없이 부서지며 신음이나 간신히 게워내는 나약한 동물일 뿐이었다. 나뿐만 아니라 우린 사람이 아니었다.

나의 오감이 그날의 기억 속으로 자꾸만 빠져들며 허우적댄다. 뼈와 살이 으스러지는 듯하다. 세월이 많이 흘렀는데도 그날의 기억들이 왜 다시금 솟구친단 말인가. 나는 지금 이 길을 가면서 그때 그들을 모두 용서했고, 그날의 기억들을 모조리 지워버렸다. 그런데 예고 없이 튀어나오는 망념 때문에 눈앞이 흐려지곤 한다. 깨달음의 사다리가 자꾸만 높게 느껴져 무력감에 빠지기도 한다. 망념의 껍데기를 속히 부셔야 한다.

"해원상생!"

나도 모르게 입이 달싹거린다. 으스러지던 뼈와 살이 다시금 제자리를 찾기 시작한다. 혼돈과 소멸 그리고 질서 구조에 따라 변화하는 나의 몸을 가까스로 끌어안고 결가부좌를 푼다. 써놓았던 편지를 들고 밖으로 나간다. 언제 다가왔던 것일까. 이미 준비해 놓았노라고 아내가 말한다. 하늘을 올려다본다. 아침 내내 검기울었던 하늘이 활짝 개어 있다. 정원 한쪽에 제상이 차려져 있다. 제단 주변에는 금(禁)줄을 둘러놓았다. 제상에는 떡과 고기들이 진설되어 있다. 백미 위에 꽂아둔 대나무 이파리가 삭풍에 펄럭인다. 하얀 대접에 담긴 청수도 일렁인다. 향불 냄새가 번진다.

제의에 따라 축문과 편지를 읽는다. 내 머릿속에는 벗님들의 모습과 그날 그때의 기억들이 아직까지 달라붙어 있다. 이제 모든 것들을 지우고 원도 풀어야 한다. 투쟁 현장에 있는 벗님, 영어의 몸이 된 벗님, 그날 그 도시에서 죽어간 수많은 무주고혼님들. 맞고, 베이고, 찢기고, 구멍 뚫린 그들의 원과 한을 말끔히 풀어드려야 한다. 역사적인 참화가 끝없이 뒤덮인 이 국토. 아, 만국활계남조선(萬國活計南朝鮮)이여!

완벽한 제의를 위해서 무구(巫具)를 사용하고 싶지만 그럴 수 없다는 것이 못내 아쉽다. 처음에는 그것을 사용했으나 이웃들이 파출소에 진정을 내는 바람에 그 후로 중지할 수밖에 없었다. 그들은 나를 '미신쟁이'라며 비웃곤 한다. 그렇지만 그따위를 견뎌내지 못하고 어찌 대도를 이룰 수 있을 것인가. 종교란 과학에 선행하는 것이다. 또한 종교는 과학적인 차원에서 풀지 못하는 문제점들을 근원적으로 제시해주는 것이므로, 종교를 과학적인 틀로 재단한다는 것은 어리석은 짓이다. 나는 잡념을 쓸어내고 다시금 해원상생을 기원한다.

"소지를 할 차례예요."

아내의 목소리이다. 아마 내가 다른 때보다 너무나 오랫동안 묵상과 기도에 빠져 있었던 모양이다. 축문을 불사른다. 불붙은 축문이 불춤을 추며 하늘로 날아오르다가 아래로 살짝 내려앉더니 다시금 날아오른다. 마치 불새가 착지와 활상을 거듭하는 광경이다.

이어서 땅끝패의 벗님들에게 편지를 보낼 차례이다. 나는 화선지에 적힌 내용을 다시금 훑어본 뒤 불을 붙인다. 불길이 매우 좋다. 원도 한도 이 불길에 타버리고 이젠 해원상생을 맞이하리라. 손바닥에 화끈한 열기가 느껴진다. 이런 순간은 기공법을 단련할 때 단전이 뜨겁게 달아오르는 것처럼 기분 좋은 일이 아닐 수 없다.

"벗님들이여, 이 편지를 고이 받으소서. 무주고혼님들이여, 해원상생하소서."

편지가 활활 타오르며 불춤을 춘다. 불의 날개가 파닥거린다. 날갯짓이 힘차다. 삼계를 두루 돌아다닐 수 있을 만한 날갯짓이다. 몸이 덩달아서 가벼워진다. 불의 날개가 접힌다. 까만 재만이 남아 있다. 그 재가 바람에 날려 황매화나무 우듬지까지 날아올랐다가 밑동으로 사부자기 내려앉는다. 머지않아 봄이 오고 황매화나무에도 금색 꽃잎이 만개하리라.

#*김명준*

"니미럴, 세상살이가 왜 이렇게 팍팍하단 말이냐."

집무실 문을 열고 들어서자마자 짜증이 치솟아서 나도 모르게 푸념을 내뱉는다. 책상 위에 놓인 명패가 클로즈업된다. 대표 김명준. 회전의자가 덩그렇게 놓여 있다. 오늘따라 자리에 앉기 싫다. 창가로 걸어간다. 블라인드커튼에 매달린 줄을 거칠게 잡아당긴다. 치올라가는 소리와 함께 커튼이 차곡차곡 접힌다. 도시 풍경이 넓어진다. 곳곳에 십자가들이 서 있다. 날이 아직 완전히 어두워지지도 않았는데 십자가의 네온불빛들이 앞다투어 빛을 발한다. 온통 무덤의 도시란 말인가, 종교의 도시란 말인가. 고개를 약간 아래로 꺾는다. 회색빛 사각 빌딩 숲에 휘황찬란한 네온사인들이 회오리를 일으키며 사람들을 빨아 당긴다. 약 광고. 이 도시가 온통 병들었단 말인가. 술 광고. 이 도시가 온통 취해서 비틀거리고 있다. 우뚝 솟은 호텔 상호들. 이 도시는 욕정과 환락의 정액만이 분수처럼 솟구친단 말인가. 병들었건, 취해서 비틀거리건, 환락의 분수가 솟구치건, 말세에 접어들었건, 그런 것들은 내가 알 바 아니다. 또 내가 투사처럼 분연히 일어선다고 해결될 일도 아니다. 그렇다. 흐르는 물에 몸을 가만히 내맡기는 게 상책이다. 모난 돌이 정을 맞는 법이고, 똑똑하다고 악다구니 쓰는 놈은 누군가가 쥐도 새도 모르게 채어가는 법. 아무리 아등바등해도 거대한 강줄기 같은 세상의 흐름을 무슨 수로 되돌릴 수 있단 말인가. 무수한 사람이 별의별 몸부림으로 세상을 바꾸려고 노력했지만 언제 뜻대로 되었던가. 문학하는 재원이가 "숨이 막힐 것 같다. 우리는 아니 나는 허상을 움켜쥐려고 발버둥 쳤던 것인지도 몰라"라고 했던 이야기가 잊히지 않는다. 언제나 그날이 돌아오면, 그 도시 한가운데 있는 분수대에 굳건히 올라서서 투사처럼 혁명시를 낭송하던 재원이의 패기와 열정은 어디로 사라져버린 것인가. 노크 소리가 들려온다. 나의 비서, 미스 민일 것이다. 질 좋고 값비싼 수입 목재로 만든 문과 그녀의 섬섬옥수가 마주칠 때면 늘 G선의 울림이 가슴에 안겨온다.

"사장님!"

음색이 꾀꼬리다. 비서란 모름지기 저런 정도의 목소리를 가져야

만 한다. 달포 전에 입사한 그녀는 그런 면에서 내 마음을 흡족하게
만들어준다. 그녀가 결산보고를 간략하게 시작한다. 눈을 지그시 감
고 경청한다. 오늘의 주식 시장 형세에 대해서도 이야기해준다. 가
을에 회복 기미를 잠시 보였던 주식이 다시금 곤두박질치고 있다.
큰손들이 이리 옆구리를 치고 저리 간을 쑤시면서 잘도 요리를 해먹
는 모양이다. 내가 투자한 종목의 주식 시장 형세가 상세히 보고되
는 동안, 조금 전의 외출을 떠올린다.

　가슴이 답답해서 차를 무작정 몰고 차량의 홍수 속으로 풍덩 뛰
어들었다. 붉덩물처럼 소쿠라지던 차량의 물결을 따라 좌회전과 우
회전 방향등을 연이어 넣어가면서 몸부림쳤지만 미로의 도시를 빠
져나가기 힘들었다. 출구는 어디에도 없었다. 미로 속을 헤매다가
어렵사리 도착한 곳은 내 부동산이 있는 도심의 어느 변두리 상가지
대였다. 그래도 아직까지 믿을 놈은 부동산뿐이었다. 그놈 같은 효
자를 어디에서 만날 것인가. 건축업과 오퍼상을 벌려놓았지만 요즘
경기에서 그건 실속 없는 허깨비에 지나지 않았다. 진짜배기는 남들
의 눈에 잘 띄지 않게 조심하면서 땅벌처럼 달라붙었던 부동산업이
었다. 나는 발아래 놓인 부동산을 바라보며 마음의 위안을 어느 정
도 받을 수 있었다. 나의 유일한 출구는 부동산 투자이다. 이런 식으
로 살아간다고 해서 그 어느 누구가 감히 침을 뱉을 것인가. 예수님
가라사대, "너희들 중에 죄짓지 않은 자 이 여인에게 돌을 던져라"고
했다. 누군가가 나에게, 세상이 어찌 돌아가든지 돈만 긁어모으려는
무식하고 욕심 많은 놈이라고 욕할지도 모른다. 특히 노동운동에 뛰
어든 사현이는 나를 노동자나 착취하는 욕심 많은 자본가로 여길지

도 모르겠다. 그런데 까놓고 보면, 내가 땅벌처럼 돈을 벌긴 했지만 나만 잘 먹고 잘 살자는 게 아니었다. 운동하는 사람만이 최고는 아니다. 돈을 벌어서 그들의 뒷배를 봐준 나도 대단하지 않은가. 수배 타는 후배들의 용돈도 심심찮게 쥐어줬다. 운동권의 자금도 알게 모르게 댔다. 모두 잘 알지 않는가. 독립운동가만 훌륭한 게 아니라 독립운동 자금을 대준 사람도 훌륭하다는 것을.

나는 비서를 시켜서 홍석이와 사현이 가족에게 얼마간의 생활비를 은밀히 건네준 적도 있었다. 가두 투쟁에 나선 시위대의 모금함에 수표를 찔러 넣은 적도 있었다. 그러니까 개같이 돈을 벌어서 활동가들의 자금으로 정승처럼 돈을 쓴 나 같은 사람을 절대로 무시하면 안 되는 법이다. 그리고 나처럼 사업을 해서 돈을 버는 것도 운동의 연장선상에 있다고 보는 게 좋을 것이다. 그 어떤 운동보다 '돈을 버는 운동'이 매우 힘들다는 것을 세상 사람들은 알기나 할까.

나는 그들처럼 대치전선에서 뛰고 있지 않다는 콤플렉스 때문에 갈등을 겪은 적이 있었다. 지난날의 향수가 짙게 배어 있고, 가지 못했던 길에 대한 미련과 동경심이 남아 있었기 때문이다. 그러나 그런 대치전선에 과감하게 뛰어들 용기는 없었다. 땅끝패 옛 친구들의 행적을 살펴보면 대부분이 기구하다. 솔직히, 나는 그런 고생을 감내할 자신이 없었다.

"사장님, 이 시간 이후의 스케줄은 18시에 김 의원님과 저녁식사 약속입니다. 그리고 21시에는 삼 일 전에 만났던 일본인 바이어들과 술자리 약속이 있습니다."

스케줄이 보고되는 동안에 눈을 번쩍 뜬다. 지금부터는 몽롱한 정신으로 있으면 안 된다. 사업이란 로비 활동에서부터 승패가 갈리는 법이다. 책상으로 다가가 앉는다. 그에게 건네줄 로비 자금 봉투를 확인한다. 나도 모르게 넥타이를 추스르며 헛기침을 내뱉는다. 재빨리 긴장을 되찾는다.

"그런데 사장님…."

"왜?"

"여기에 적힌 0시의 만남이란 게 뭐죠?"

"느닷없이 0시의 만남이라니?"

"이 메모에 당구장 표시까지 되어 있는데요."

그녀가 메모지 한 장을 책상 앞으로 내민다.

"아니, 미스 민이 모르면 내가 어떻게 아나."

"죄송해요. 예전 비서한테 인수인계를 받은 메모지라서…."

"난 전혀 모르겠어. 없던 스케줄로 하지 뭐."

0시의 만남. 밑도 끝도 없는 소리이다. 어허, 도깨비와 맞장구칠 일이라도 있단 말인가. 취중에 어느 마담이나 아가씨하고 배꼽을 맞추자는 약속이라도 했단 말인가. 알 수 없는 일이다. 저녁식사 약속 장소로 가기 위해 승용차를 대기해 놓았다는 그녀의 목소리가 생각에 빠져 있던 나를 깨운다. 다시금 정신을 바짝 동여맨다. 그런 약속 장소는 운전기사를 대동하지 않고 직접 운전한다. 좋지 못한 행적은 은밀할수록 좋은 법이다. 그 대신에 그녀에게 같이 동행할 것을 지시한다. 김 의원과 식사를 마치고, 바이어들과 만날 때는 원활한 소통을 위해 일본어를 잘 구사하는 비서가 반드시 필요하기 때문이다.

얼마 후, 승용차가 도심지에서 허우적거리고 있을 무렵에 내 휴대전화의 벨이 울린다. 그녀가 내 전화기를 들고 통화한다.

"사장님, 이거 어떡하면 좋죠. 김 의원님께서 부득이한 사정 때문에 저녁식사 약속을 취소하겠다는데요."

비서가 동승하고 있건 말건 욕설을 내뱉는다. 얼마나 공을 들였던 저녁식사 약속이었던가. 부탁했던 건설공사 하청 정보 건은 어떤 놈이 선수를 쳐버렸을 가능성이 매우 많다. 차량이 정체되고 있다. 아스팔트 위에 눌어붙어버린 듯한 앞 차량의 엉덩짝을 향해서 클랙슨을 신경질적으로 쏘아댄다. 그래도 꿈쩍하지 않는다. 도심지의 모든 차량들은 불감증에 걸려 있다. 그녀가 분위기를 바꾸어주려는지 경음악을 틀어준다. 나는 운전대를 잡은 손등 위에 이마를 잠시 기대다가 '0시의 만남'이라는 메모를 다시금 떠올리게 된다.

"어허, 도대체 무슨 약속이었을까?"

"사장님, 갑자기 무슨 말씀이세요?

"아까 나한테 말했던 0시의 만남이란 메모 말이야. 도대체 무슨 약속이 있었을까?"

"사장님, 아무튼 되게 재미있는 만남이네요, 그렇죠? 0시라는 단어가 되게 로맨틱하거든요. 만물이 잠들어 있는 은밀한 시간의 만남이니까요."

나는 그녀의 이야기를 무심코 듣고 있다가 짧은 탄성을 내지른다.

"사장님, 혹시 0시의 수수께끼를 푸셨나요?"

나는 대답을 보류한 채 홍석이를 떠올린다. 3년 전의 일이었다. 초췌한 얼굴을 한 그 녀석이 나를 찾아왔다. 옷차림과 표정으로 보아 뭔가 곤란한 상황에 직면했다는 것을 알아차릴 수 있었다.

무슨 일이라도 생긴 거야?

얼마간 편하게 쉬고 싶을 뿐이야.

홍석이가 미소를 날렸지만 그게 억지라는 것을 나는 읽을 수 있었다. 그의 전신에 덕지덕지 달라붙어 있는 냉기와 긴장감도 쉽사리 간파했다. 그날 그 녀석은 폭풍우를 피해 내 품으로 날아든 한 마리의 새였다. 큰 피해를 입지 않는 한 무슨 부탁이라도 들어주고 싶었다.

속 시원하게 털어놔 봐.

다른 사람들한테 피해를 주고 싶지 않다.

이번엔 큰 사고를 친 모양이구나?

마땅히 해야 할 일을 했을 뿐이야.

나는 홍석에게 우리 집으로 가서 푹 쉬는 게 어떠냐고 물었다. 그러나 곧장 떠나겠다며 도리머리를 했다. 녀석의 고집을 잘 아는 터라 더 이상 종용할 수 없었다. 그 대신에 얼마간의 용돈을 그의 호주머니에 찔러주었다. 그가 돈 때문에 찾아왔다는 것을 나는 이미 눈치채고 있었다. 그런데 얼마 지나지 않아서 홍석이의 말마따나 '편하게 쉬고 싶을 뿐'이라던 상황이 벌어졌다. 국가보안법을 어겼다는 죄목으로 교도소에 수감되었던 것이다.

정체된 차들이 서서히 움직이기 시작한다. 가속페달을 필요 이상으로 거듭 밟는다. 엔진 소리가 요란해진다. 답답했기 때문일까. 출구가 없는 이 세상 속에서 뭔가 돌파구를 찾아보아야겠다는 강박관념 때문일까. 불감증에 걸린 차량들의 엉덩이를 거세게 들이받고 싶은 충동 때문일까.

'0시의 만남'은 홍석이가 출소할 때 교도소 정문 앞에서 만나자던 사현이의 전화를 비밀리 메모해둔 거였다. 우리들의 약속, 0시. 홍석이의 얼굴이 클로즈업되자 흥분의 물결이 출렁댄다. 드디어 내일 0시에 출소하는 것이다.

나는 자랑이 먹혀들어 갈 만한 주변 사람들에게 홍석이가 친구임을 떠벌리고 다니기도 했다. 그가 신문지상에 등장할 때마다 스크랩까지 해두었다가 주변 사람들에게 보여주기도 했다. 내가 홍석이나 되는 것처럼 목청을 높이며 분통을 터트리는 쇼를 부리기도 했다. 지금 당장 약속 장소를 향해 운전대를 꺾고 싶다. 그러나 오늘의 스케줄이 발목을 잡고 있어서 도무지 불가능하다.

한참 후, 일본인 바이어들을 만나 접대하는 동안, 나는 그 약속 때문에 안절부절못한다. 술을 마시면서 그들이 눈치채지 못할 정도로 손목시계를 조심스럽게 살펴보곤 한다. 접대가 아무리 빨리 끝난다고 해도 약속 장소로 간다는 것이 불가능하다. 그런 줄 알면서도 안달이 멈춰지지 않는다. 하지만 돈 버는 일을 결코 포기할 수 없다.

표정이 굳어지면 안 된다. 얼굴 표정은 만국 공통어이지 않던가. 바이어들에게 태연한 표정을 억지로 지으며 너털웃음까지 연신 날린다. 그렇다. 이 세상은 돈이 상전이고 화두이고 하느님이다. 나는 술잔을 친절하게 권하고, 바이어들이 주는 대로 술을 마신다. 통역을 위해 데려왔던 미스 민은 본래의 통역 목적 외에도 자처해서 '술상무' 역할을 하고 있다. 자본주의 세상을 잘 아는 비서라서 흡족하다. 특별 보너스라도 안겨주고 싶다.

술 접대를 무난하게 마친다. 일본인 바이어들에게 이미 계획해 두었던 이차까지 마련해준 다음, 호텔 스카이라운지에 홀로 앉아 유리창에 비친 나 자신을 우두망찰하여 바라본다. 흡사 유령처럼 보인다. 예전에 대학캠퍼스에서 역동적으로 풍물을 치던 나는 어디에도 없고 이젠 허깨비만 남은 셈이다. 구토가 치밀어 오른다. 그와 동시에 0시를 가리키는 알람 소리가 들려온다. 귓구멍을 틀어막는다.

#정윤철과 박홍석

아무도 나타나지 않는다. 땅끝패 친구들에게 함께 만나자고 전화했던 사현이조차 보이지 않는다. 왠지 불안하다. 가로등의 파리한 불빛이 땅바닥으로 떨어졌다가 플라타너스 나목을 기어오르고 있다. 팔을 허공에 치켜든 채 구원의 기도처럼 부들부들 떨어대던 플라타너스 우듬지가 분해되어 밤하늘로 사라진다. 저렇게 자꾸만 분해되어 날아가다가 이 밤을 꼬박 새고 나면 나무의 형체가 완전히 사라져버릴지도 모를 일이다.

도로 좌측을 향해 눈길을 다시금 돌린다. 시내버스 막차가 끊긴 지 이미 오래전이다. 총알처럼 간간이 달음질하던 택시들도 이젠 뜸하다. 시각을 살펴본다. 때마침 0시를 가리키고 있다. 이 순간은 어제도 아니고 내일도 아니다. '0'은 아무것도 없다는 뜻을 갖고 있다기보다 생명을 품고 있는 알[卵]이라고 해석하는 게 좋을 성싶다. 그 알 속에서 새 생명을 부여받은 홍석이 튀어나오기를 기대해본다. 고개를 돌려 교도소 정문을 톺아본다. 그런데 0시에 출소 예정이라던 그의 모습은 코빼기도 보이지 않는다. 그에게 먹여주기 위해 준비해

두었던 생두부는 이미 얼어붙었다.

허리를 구부리고 목을 늘어트리며 시력을 끌어올린다. 기다림보다 외로움이 그리고 두려움이 더 크게 밀려온다. 누군가가 "야, 윤철아!" 하고 내 이름을 불러주면 이런 분위기에서 벗어날 수 있을 것 같다. 하지만 삭풍 소리만 귓바퀴를 때릴 뿐이다. 교도소의 감시 서치라이트 불빛이 좌에서 우로 한 차례 할퀴고 지나간다. 이번에는 우에서 좌로 할퀸다. 죄를 지은 게 없지만 괜스레 소름이 오싹 끼친다. 서치라이트 불빛이 내 몸뚱이를 잔인하게 가위질하는 것 같다. 교도소의 철문은 영영 열리지 않을 것처럼 완고한 얼굴을 하고 있다. 문살 안의 풍경은 어둠이 켜켜이 내려앉은 분위기를 배경으로 얼기설기 조립된 모자이크 그림이다. 거대한 도깨비 형상이다. 나는 교도소 정문 앞에서 기다리고 있을 만한 용기가 나지 않아 건너편 플라타너스 밑에서 오래전부터 바장대고 있는 중이다.

그동안 홍석이는 어떻게 변했을까. 그가 영어의 몸이 된 3년 동안은 마치 수십 년이나 흘렀던 것처럼 변화막측했다. 그는 아직도 초심을 잃지 않고 있을까. 땅끝패의 명준이에 이어 재원이도 변한 게 확실하다. 동구권의 변화와 페레스트로이카라는 신사고가 몰아쳐서 수많은 사람들이 나침반을 잃고 바람 앞 플라타너스의 나목처럼 휘청거렸던 것처럼 그들 또한 예전의 모습을 잃었다.

내가 학교 강단에서 뒷짐을 진 채 우리 역사의 수많은 연대표를 줄줄이 외울 때면 학생들이 신기하다는 듯 눈동자를 끔벅거리며 쳐다보곤 했다. 그날 그 도시에서 벌어졌던 폭력의 역사를 이야기해줄 때면 아이들의 눈동자가 휘둥그레졌고 붕어 입으로 변하곤 했다. 그

날의 해직파동이 연이어 떠오른다. '마지막 수업'을 마친 동료인 해
직 교사가 눈시울이 붉어진 채 악수를 청했다. 나는 어떤 위로나 격
려의 말도 해줄 수 없어서 고개를 그만 떨어트리고 말았다. 아이들
은 이별의 아픔을 아우성으로 대신했다. 그 교사는 웃음을 애써 지
으며 당당하게 걸어서 교문 밖으로 나갔다.

　나는 겁쟁이라서 그날의 해직 그룹에 끼어들지 못했다. 그날만 꼬
리를 내렸던 것이 아니다. 그날 그 도시에서 '화려한 휴가'가 연출되
고 있었을 때 계엄군의 만행에 치를 떨었던 게 사실이지만, 화실에
서 만나자고 했던 홍석이의 이야기를 듣지 않았던 것처럼 다락방 속
으로 숨어버리고 말았다. 그 다락방이 또 다른 무덤이라는 것을 나는
알고 있었다. 하지만 거리에 나가서 목숨을 잃고, 진짜 무덤 속으로
들어가고 싶지 않았다. 나 혼자만 홍석이의 화실로 가지 않은 것 같
아서 가슴속에 항상 부끄러운 마음을 안고 지냈다. 그 후, 그 도시의
약국이나 사무실 같은 곳에서 심심찮게 만나볼 수 있는, '행동하는
양심'이라는 글이 적힌 액자를 볼 때마다 채권자와 우연히 맞닥트리
기라도 했던 것처럼 실실 뒷걸음질 쳤다. 그 도시에는 그날의 원죄를
짊어진 사람이 많았다. 하지만 번화가에 나가보면 모두 다 밝은 표정
으로 활기차게 걷고 있었다. 겉으로 볼 때만 그런지 모르겠지만 '트
라우마'라는 단어는 찾아보기 어려웠다. 나만 주눅에 씌어 아스팔트
바닥을 기어가고 있는 게 아닐까 하는 생각이 들 정도였다.

　어제와 0시는 이미 저만큼 물러나 앉고, 이제는 어제 같은 오늘
이 펼쳐지기 시작한다. 목이 탄다. 그날 그 도시에서 수많은 사람들
이 희생의 제물로 바쳐졌음에도 불구하고 애타게 기다리는 세상은

아직 확실하게 펼쳐지지 않았다. '왜 찔렀고, 왜 쏘았고, 트럭에 싣고 어딜 갔는지', 그걸 명령한 사람이 밝혀지지 않았다. 이젠 모든 게 끝났으니 화해하자고 하는데, 그건 웃기는 소리에 불과하다. 진실이 밝혀지지 않는 한 그날은 현재 진행형이다. '화해'라는 단어는 가해자가 아니라 피해자가 꺼내야 마땅한 법이다.

여기서 만나자고 먼저 말했던 사현이는 왜 나타나지 않는 것일까? 노동운동에 대한 그의 신념은 아직도 확고할까. 그의 얼굴을 오랫동안 보지 못했다. 잠수 타고 있다는 소문을 듣긴 했는데, 밥은 제대로 챙겨 먹고 있을까. 아무튼 댕돌같은 녀석임에 틀림없다. 크게 걱정하고 싶지 않다. 그런데 재원이 녀석이 걱정스럽다. 요즘 녀석을 패배의식에 빠져 헤쳐 나오지 못하고 있는 듯하다.

첫 단추를 잘못 꿰었나 봐. 지금 생각해 보니, 풍물이나 문학운동이나 모두 다 개뿔에 지나지 않았어.

몇 개월 전쯤, 술에 취한 재원이가 술주정 아닌 술주정을 늘어놓고 어둠 속으로 사라졌다. 그가 있었던 자리에 휑한 터널이 뚫려 있었다. 그 터널 속에는 폐허의 잔해들만이 나뒹굴고 있었다. 한때 왕성했던 창작열도 식어버렸는지 근래에는 그의 시를 접해본 적이 없었다. 오늘따라 그의 힘 있는 옛 문학작품들이 그리워진다. 우렁차게 낭송하는 그의 시를 듣게 되면, 지금 나를 노골적으로 압박하고 있는 두려움이 떨어져나갈지도 모른다.

임기응변이 좋은 명준이나 부처님 가운데 토막 같은 정국이는 이곳에 나타날 만한데도 모습을 보여주지 않는다. 특히 명준이가 홍석이의 뒷배를 남몰래 봐주고 있다는 것을 나는 알고 있다. 명준이를 간혹 만나게 되면 "돈을 버는 것도 중요한 운동이야"라고 입버릇처럼 말하곤 했다. 홍석이와 결혼했다가 헤어졌던 효진이를 생각해본다. 그들이 갈라서고 나서 몇 년 후, 길을 가던 중에 그녀를 우연히 만난 적이 있었다. 땅끝패 시절, 남자보다 훨씬 야무지게 장구를 치던 모습은 그 어디에도 찾아볼 길이 없었다. 그녀는 딸아이만을 애오라지 바라보며 살아간다고 했다. 생계를 위해 보험회사에 다니고 있었다. 내가 그녀에게 해줄 수 있는 것은 생명보험 한 건을 가입해주는 것뿐이었다.

보험 청약 실적이 저조해서 노래방 아르바이트를 고려한 적도 있었어. 이게 현실이고, 사람 사는 세상이란 다 이런 모양이야.

몰라보게 나약해져버린 효진에게 아픈 상처까지 들쑤시기 싫어서, 이혼 사유에 대해 물어보고 싶었으나 꾹 참았다. 물론 홍석에게도 두 사람의 이혼 사유를 물어본 적이 없었다. 나는 다만 추정할 뿐이지만, 운동하는 사람이 있는 가정이 원만할 리 있을까? 가정이, 사회가, 국가가, 도대체 어느 것이 소중한 것일까. 알 수 없다.

여태 재혼하지 않고 살아가는 효진이라서 혹시 이곳에 나올지도 모른다는 생각이 든다. 교도소 좌우로 뻗어 있는 도로를 둘레둘레 살펴보았으나 인적조차 없다. 아무도 보이지 않아서 외롭다. 그것보다 어둠, 교도소의 감시 서치라이트, 육중하고 차가운 철문이 주는 분위기가 나를 겁박한다. 몸이 오들오들 떨린다. 비닐봉지에 담아놓은 생두부도 얼음이 되었을 것이다. 생두부를 점퍼 안에 넣고 끌어안는다. 내 체온으로 이 생두부를 데워놓고 싶다. 그때 눈이 번쩍 뜨인다. 홍석이의 가족들이 교도소 정문을 향해 걸어가는 것이 보인다. 이어서 비상등을 깜박이는 버스 한 대가 굴러오더니 정문 앞 공터에 멈춘다. 문화운동패들이 그 버스에서 떼거리로 내린다. 운동가요가 울려 퍼지기 시작한다.

소지(교도소 내에서 잡일을 하는 사람)를 통해서 나팔꽃씨 여섯 알을 구한 적이 있었다. 헌 플라스틱 세숫대야의 밑부분에 몇 개의 구멍을 뚫고 흙을 채운 다음에 그 씨앗을 심었다. 그런데 날이 자꾸만 흘러도 싹이 돋지 않았다. 씨앗을 너무 깊이 심으면 싹이 잘 돋지 않는다고, 장기수 할아버지가 알려주었다. 나는 혹시 영악한 쥐생원이란 놈이 씨앗을 물어가지 않을까 염려하여 깊숙이 묻었던 것이다. 흙을 파헤쳐보았다. 한 구덩이에는 염려했던 것처럼 씨앗이 사라지고 말았다. 쥐생원의 소행인 것 같았다. 다른 구덩이에는 노란 싹들이 발아되는 중이었으나 흙이 너무 많이 덮여 있어서 고개를 내밀지 못하고 있었다. 덮인 흙을 약간 걷어냈더니 며칠 후에 흙이 찢어지듯 벌어지면서 연노랑 싹이 틈새에 박혀 있었다. 며칠 후, 다섯 개의 튼튼한 싹이 고개를 치켜들었다. 운동장 주벽 근처에 모종을 했다. 나팔꽃은 시계 방향으로 줄기를 감아올리기 때문에 교도소 안의 시간이 빨리 흐르기를 기대하는 마음으로 심었다. 그뿐만 아니라 살아 있는 나팔꽃을 통해 생명의 소중함을 새삼 각인시켜보고 싶었다. 그런데 나팔꽃 모종이 무슨 귀한 물건이라고 생각했던지 누군가가 두 개를 몰래 뽑아갔고, 다른 두 개는 해충이 밑둥치를 갉아먹어버렸다. 나의 희망은 남아 있는 하나의 싹이었다. 그 싹이 주벽을 타고 올라가서 아침 이슬에 흠뻑 젖은 채 밝은 얼굴로 꽃피웠으면 하

는 꿈에 젖기 시작했다. 나팔꽃은 자유의 갈망인 양 넝쿨손을 내뻗
으면서 며칠 안에 서너 뼘씩 교도소 담 위로 치솟곤 했다. 그러던 어
느 날이었다. 나팔꽃 넝쿨이 힘을 잃고 늘어지기 시작했다. 살펴보
니 밑둥치가 잘려 있었다. 그런 일이 있기 며칠 전, 우리들은 자유로
운 집필 보장과 삼십 분 운동 시간을 한 시간으로 늘려달라는 요구
로 단식투쟁을 감행했다. 교도소 측에서는 집필 문제를 자체적으로
해결할 수 없고, 그런 사항은 법무부의 소관에 해당한다며 허락해주
지 않았다. 그 단식투쟁을 괘씸하게 생각했던 것인지, 재소자가 나
팔꽃을 구경하며 지낸다는 것이 건방지게 보였던 것인지, 날카로운
칼로 밑둥치를 잘라버렸던 모양이다. 잘려나간 넝쿨은 며칠 사이에
누렇게 탈색되었다가 곧이어 검게 변하여 담장에 눌어붙었다. 그 넝
쿨은 한 달이 지날 때까지 영원히 떨어지지 않을 것처럼 찰싹 달라
붙어 있었다. 생명과 자유를 갈망하는 화석으로 변해버렸던 것이다.

정문 쪽을 바라본다. 감시 서치라이트 불빛이 스쳐 지나갈 때마
다 언뜻언뜻 나타났다가 사라지고 또 나타나곤 하는 육중한 철문.
그날 내가 끌려 들어온 뒤에 굳게 닫힌 그 모습 그대로이다. 나 역시
마찬가지이다. 그들이 교화라는 미명 아래 닫힌 공간 속에 오랜 세
월 동안 가두어 두었지만 나의 본질을 탈색시키거나 바꿔놓지 못했
다. 어쩌면 나의 신념이 더욱 강해졌을 것이다. 나는 징역 보따리를
들고 정문 쪽을 한동안 뚫어지게 바라본다. 고망대에서 내뻗는 감시
서치라이트 불빛이 몸뚱이며 징역 보따리까지 샅샅이 훑는다. 아직
남아 있을지도 모를 덜 교화된 사상, 분노, 맹세, 심지어는 징역 이
야기까지 깡그리 잘라내겠다는 듯 가위질하는 두 가닥의 서치라이

트 불빛이 날카롭다. 그래, 잘라내고 싶으면 마음대로 해보아라. 그
토록 갈망하던 출구가 이젠 눈앞에 있다. 나는 항소이유서에 적어놓
았던 내용의 일부를 마음속으로 읽는다.

문은 닫기 위해서만 있는 것이 아니라 열기 위해서 존재하는 것
입니다. 그 문을 닫고 여는 것은 어떤 외적이고 부당한 인과에 의해
서 결정되어서는 안 됩니다. 잘못 닫히고 잘못 열림으로써 우리 시
대의 비극과 고통은 시작된 것입니다. 이제 우리 모두가 닫힌 문을
열어젖힐 때입니다….

서너 걸음 앞에 멈춰 선 젊은 교도관이 어서 나가자고 재촉한다.
이젠 박홍석이라는 내 이름을 되찾았다. 그동안 그들이 가슴팍에 억
지로 붙였던 수인번호가 상처의 잘 아문 딱지처럼 떨어졌고, 새로
돋아난 나의 살덩이 위에는 한동안 박제되었던 내 이름이 다시 나붙
었다.

"어허, 박 선생님, 어서 나가자니까요."

"서두르지 맙시다. 삼 년이나 살았는데 몇 분 더 머무르지 못할
것도 없잖습니까."

"그동안 가다밥(징역밥)을 먹고 지냈던 날들이 지긋지긋하고 고
통스럽지 않습니까? 빨리 나가야지요."

"저 바깥세상이 교도소보다 오히려 고통스러운 곳은 아닐까요?"

"에이, 무슨 그런 농담을 하십니까. 저는 먹고살기 위해 이런 일
을 합니다만, 출근만 하면 숨이 턱턱 막혀서 퇴근시간만 기다려진답
니다."

"난 말이죠, 일전에 면회 온 동생들이 고생 많겠다며 위로하기에

'창살 밖의 어지러운 세상에 갇혀 있는 너희들이 더 고생 많아 보인
다. 그곳에는 더 큰 도둑들이 설치고 있잖아' 하고 되레 위로했소."

호탕한 웃음이 저절로 터진다. 출소를 앞둔 사람의 여유일까. 그
렇지만은 않다. 내가 갇혀 있느라 세상 소식을 정확히 들을 수 없었
지만 좋은 세상이 되려면 아직 멀었다는 것을 익히 알고 있다. 우리
의 역사를 되짚어보면 늘 그러했지만, 강대국의 입김에 자유롭지 못
했고 분단의 아픔을 치유하지 못하고 있어서 이 땅의 사람들은 거대
한 모순의 틈바구니에서 허우적대며 살아갈 수밖에 없다. 게다가 교
묘한 위장전술, 자유를 막무가내로 억압하는 바깥세상이야말로 또
하나의 거대한 교도소나 마찬가지이다. 그 모든 고통들은 분단에서
비롯되었고, 정당성 없는 정권들이 자행하는 술수 때문이라는 것을
나는 알고 있다. 나는 땅끝패의 친구인 재원이에게 좋은 세상이 찾
아오면 우리 모두 예쁜 글과 그림을 그리자고 이야기했던 적이 있었
다. 하지만 아직도 예쁜 글과 그림을 그릴 수 있는 호시절이 찾아오
지 않은 게 사실이다. 그날 그 도시의 학살에 대한 진실이 올바로 규
명되지 않았을 뿐더러 수많은 상처를 눈가림식으로 덮어놓은 상황
이다. 그래서 아직도 싸움이 곧 예쁜 것일 수밖에 없다.

"박 선생님, 혹시 담배 피우고 싶지 않으세요? 우리도 반 징역살
이를 하는 신세라서 이놈의 담배 없이는 견디기 힘들어요."

앞서 걷던 젊은 교도관이 호주머니를 뒤적거린다.

"강아지 말인가요?"

나는 3년이라는 세월을 이곳에서 보내는 동안 전혀 뜻밖의 것을
많이 배웠다. 교도소에서 담배의 은어는 '강아지'였다. 때로는 '기생

지팡이'나 '개꼬리'라고 부르기도 했다. 성냥은 '대가리', 껌은 '말고기', 사형장은 '고만통'이라고 했다. 그리고 교도소에서 나도는 이야기 중에 '3체 6조지 8통'이라는 것이 있었다. '3체'는 좆도 모르는 게 잘난 체, 좆도 모르는 게 아는 체, 좆도 없는 게 있는 체하는 것을 말했다. '6조지'는 때려 조지는 경찰, 불러 조지는 검사, 밀어 조지는 판사, 세어 조지는 교도관, 팔아 조지는 가족, 먹어 조지는 재소자였다. '8통'은 배설하는 뺑기통(화장실), 밥이 들어오는 식구통, 바람 통하는 환기통, 감시하는 시찰통, 사람을 부를 때 치는 패통이었다. 그 모두 서글픈 단어들이었다.

나는 교도소의 독특한 문화라고 할 수 있는 '통방'을 배우기도 했다. 통방이란 옆방의 동지와 의사를 소통하기 위해 감방의 벽을 두드려 약속된 신호를 보내는 것을 말했다. 그 방법은 모스부호와 비슷하며, 젓가락 같은 물건으로 자음과 모음의 순서에 따라 숫자를 미리 정해놓고 벽을 두드려 의사를 전달했다. 언젠가 학생운동으로 잡혀 들어온 동지가 통방을 이용하여 내 이름을 물었다. 그러자 나는 자음 'ㅂ'에 해당하는 여섯 번을 두드렸고, 약간 쉬었다가 모음 'ㅏ'인 한 번을 두드렸고, 다시금 약간 쉬었다가 자음 'ㄱ'을 의미하는 한 번을 두드렸다. 이런 식으로 '박홍석'이라는 이름을 알렸다. 나는 이런 통방을 이용하여 옆방에 갇힌 동지들과 이야기를 나누거나 바깥세상의 소식을 들을 수 있었다.

"어허, 선생도 이젠 가막소 귀신이 다 되었습니다, 그려. 너무나 오랜만에 담배를 피우게 되면 골이 띵할 테니 풋담배로 피우세요."

출소할 사람이라고 해서 그런지 과분하다 싶은 친절을 베푼다.

그런데 나는 고개를 저으며 킥킥거린다. 한 달 전쯤의 일이 생각났기 때문이다.

그날, 바로 이 젊은 교도관이 시찰구를 열고 봉지커피 두 개를 들이밀었다. 그는 "솔직히 말해서, 이러면 안 되는 것인데 내가 당신을 특별히 좋아하기 때문에 베푸는 겁니다"라고 속삭였다. 그리고 옆방 수인들에게는 무조건 비밀로 하고 빈 곽은 휴지로 잘 싸서 버리라는 당부도 곁들였다. 세상에 공짜는 없는 법이었다. 그는 자신의 친척인 어떤 화가로부터 나에 대해서 많은 이야기를 들었다며, 다음 교대 때 화구를 몰래 넣어줄 테니 그림 한 점 그려달라고 했다. 나는 그가 제시했던 일종의 거래를 거절했다. 우선 그의 말투가 '솔직히 말해서', '당신한테만 해주는 이야기인데', '이건 비밀인데' 하는 식이라서 신뢰할 수 없었다. 또 그가 말하기를, 나에게 그림을 얻으려 것은 기념으로 간직하고 싶기 때문이라고 했다. 그것참, 한때는 나를 간첩으로 몰아세우거나 그렇게 취급한 자들이 이제 와서 '간첩의 그림'을 기념으로 간직한다는 게 매우 웃기면서 이율배반적이었다.

"또 그림 그려 달라고 부탁할까 싶어서요? 천만에요. 인간적인 정으로 한 대 권했던 것이니 오해하지 마십시오."

그의 '인간적인 정'이라는 말을 듣자마자 그날이 생각난다. 다리가 갑자기 뻣뻣해지면서 걸음을 더 이상 옮기기 힘들어진다. 젊은 교도관이 몇 모금 피우지도 않은 담배를 땅바닥에 버리더니 구둣발로 잉끄리며 멈춰 있는 나를 바라본다.

그날, 붙잡혀서 취조실에 끌려가자, 그들은 나에게 이젠 인간적으로 이야기를 나누어 보자고 했다. 그들의 눈에 내가 뿔이 난 도깨

비로 보였던 것인지, 그들이 예전에는 인간이 아니었다는 것을 고백하는 것인지, 수사를 받는 25일 내내 도무지 이해하기 힘들었다. 미리 짜놓은 각본에 따라 수사가 진행되었다. 내 몸뚱이는 발가벗겨진 채 포승줄에 묶여 있었다. 복날 개 패 듯했다. 시간이 흐를수록 감각이 무뎌져서, 폭력은 그런대로 견딜 만했다. 그런데 몇 날 며칠을 재우지 않는 고문은 당해낼 도리가 없었다. 너무나 고통스러워서, 그들이 말했던 것처럼 '탁!' 칠 때 '악!' 하고 죽어버렸으면 좋겠다는 생각이 들기도 했다. 그런데 그들에게 시달릴 대로 시달리다가 한계점에 이르자 제시한 시나리오 그대로 허위자백하기에 이르렀다. 2박 3일 간의 평양 체류 일정을 짜놓은 각본 그대로 받아 적고 있을 때 그들의 흥분된 표정과 성취감이 넘실대는 얼굴은 가히 인간적이라고 아니할 수 없었다. 또 평양의 고려호텔을 대동강호텔이라고 기록하자 잘못되었다고 자상하게 이야기하며 고쳐 쓰도록 가르치는 모습이야말로 인간 중의 인간임에 틀림없었다. 모든 취조가 끝났을 때 곰탕 한 그릇을 건네며 우리가 인간적으로 만났으며 취조도 인간적으로 했다는 것을 재삼재사 강조하고 확인시켜주는 것도 그들은 잊지 않았다.

허탈한 웃음을 터트리고 나자 얼어붙은 다리가 풀린다. 젊은 교도관이 눈을 흘긴다. 아마 자신을 비웃는다고 생각했던 모양이다.

"세상살이가 소설보다 훨씬 재미있어서 웃었던 거니 오해하지 마세요."

"뭐가 그렇게 재미있단 말입니까?"

"간첩 혐의자가, 불순 그림을 그렸으며 대한민국 국가기밀을 북한 공작원에게 누설하고 평양까지 다녀왔다는 자가, 3년 형기를 채우고 자신의 발로 저 문을 걸어 나간다는 소설 같은 이야기가 재미있지 않으면 뭐가 재미있겠어요?"

젊은 교도관이 내 말의 의미를 제대로 파악하지 못했는지 멍청히 바라보기만 한다.

나는 그들이 처음에 7년을 선고했을 때도 비웃음을 날렸다. 수사관들이 말하는 식으로 표현하자면 '첩(간첩)'인데, 너무나 시시하게 법정 최하 형량을 때렸던 것이다. 그런 상황을 농담조로 표현하자면, '첩의 팁'도 안 되는 형량이었다. 그들이 물리적인 힘과 정신적인 압박을 가하여 나를 간첩으로 조작하려다가 결국 혐의 없음이 드러나자, 마지못해서 형량을 3년으로 낮춰 선고하기에 이르렀다. 그건 날밤을 새며 고문했던 수고가 헛되지 않게 하려는 술수였는지도 모르겠다. 나는 취조 받는 동안의 폭력 행위를 만천하에 밝히기 위해 옥중에서 고문 수사관들의 몽타주를 그렸고, 아물지 않은 상처에 대해 증거보전을 신청했다. 그리고 그 몽타주를 고문고발장에 덧붙여서 법정에 제출했다. 그건 세계 미술사상 초유의 일이었다고 한다. 아무튼 당국은 밀실 고문에 대한 수사나 법적조치를 취하지 않은 채 3년 형량을 그대로 밀고 나갔다.

나는 허탈한 웃음을 거두고 통쾌한 웃음을 터트린다. 15척 옥담이 흔들리다가 무너져버릴 만큼 통쾌하게 웃고 싶다. 화들짝 놀란 감시 서치라이트 불빛이 나를 제압하려고 거칠게 가위질을 한다. 어쩌면 포승줄로 다시 묶어서 징벌방으로 데려갈 기세이다. 그 방은 무덤 속의 목관이나 다를 바 없고, 인간의 존엄성은 아예 찾아볼 길이 없는 곳이었다.

"박 선생님, 출소한다니까 모든 것이 내 세상인 것처럼 보이는 모양입니다만, 정확히 따져보면 아직 출소한 것은 아닙니다. 정문을 나갈 때까지 조신하게 굴지 않으면 제가 난처해집니다. 그리고 한마디 충고해드리겠는데, 이젠 세상이 완전히 바뀌고 말았어요. 공산주의나 사회주의는 벌써 망했다, 이런 이야깁니다. 앞으로 아름다운 그림이나 그리시고, 이곳에서 다시 만나지 않기를 바랍니다."

젊은 교도관이 밥값이라도 하고 싶은 것인지 세계사적인 대 변화까지 거론하며 훈계를 늘어놓는다.

세계사적인 대변화의 물결. 나의 호탕한 웃음이 시들어진다. 어느 날, 장기수 할아버지와 나눈 대화가 밤하늘의 별처럼 총총하게 수놓아진다. 그 할아버지는 위장병 환자라서 소화를 잘 시키지 못하여 내가 씹어서 침을 섞은 식사를 드시곤 했다. 그래서 더욱 가까운 사이로 발전할 수 있었다.

어떻게 생각하십니까?

뭘 말이요?

바깥세상의 경천동지할 변화 말입니다.

글쎄요. 박 선생, 세상이 바뀐 것은 사실이요. 솔직히 인정하기도 해야 하오. 그렇지만 나는 안달하거나 서글퍼하지 않소. 역사의 흐름과 한 체제의 완성 과정에는 때때로 기복이 있는 게 아니겠소. 나는 이런 과정을 허망하게 느낄 필요는 없다고 봐요. 어떻든 그 변화를 고집스레 무시하는 것도 결코 바람직하지 않는 일입니다. 중요한 것은, 그런 변화의 물결 속에서 우리의 좌표가 어디인지 정확히 짚어내는 안목이 필요하다는 거지요. 이런 혼란기일수록 줏대를 잃어서는 결코 안 됩니다.

장기수 할아버지가 허리를 곧추세운 채 눈을 살포시 감고 또박또박 이야기했다.

장기수 할아버지는 오랜 세월 동안 무엇을 기다리고 있었던 것이며 또 무엇을 생각해 오고 있었던 걸까. 전향서 한 장이면 풀려날 수 있었다지만 지금까지 자신이 걸어온 길을 후회하지도 않았으며, 주체성도 잃지 않았던 그는 과연 어떤 사람일까. 그와 거의 일 년 넘게 같은 사동에서 생활했지만 원칙을 고집하는 인물도 아니며 매사에 유하고 너그럽다는 느낌을 나는 매양 받았다. 그런 성품과 인격을 갖추었기에 끝도 죽음도 없다는 장기 징역을 여태 버티는지 모른다.

이젠 밖으로 나가야 한다. 알 수 없는 미련 때문에 발걸음을 성큼 옮기지 못하고 교도소 안을 돌아본다. 철옹성 같은 옥담, 어둠 속에 웅크린 채 밤낮으로 불을 밝히고 있는 사동, 어른의 엄지만 한 창살과 겹겹의 벽 속에 갇힌 동지들을 생각한다. 레프 톨스토이 소설 『부활』의 대미에 등장하는 정치범 교도소가 불현듯 떠오르는 것은 웬 조화일까. '드미뜨리 이바노비치'가 찾아간 그곳은 채 가라앉지도 않은 먼지와 담배 냄새로 가득 차 있었고, 램프 불빛 때문에 벽에는 사람 그림자가 흔들리고 있었다. 제정 러시아를 부정(否定)하고 새로운 러시아를 예원하는 웅대한 서사시로 평가받는 그 소설을 떠올리며 발걸음을 옮긴다.

규격화되고 잘 손질된 화단을 따라 걷는다. 발에 밟히는 자갈들이 빠드득거리는 비명을 지른다. 발목에 쇠고랑을 찬 죄수가 걸어갈 때 들리는 소리와 흡사하다. 보안과 건물을 에돌아 넓은 화단을 만나자 걸음을 잠시 멈춘다. 접견 나갈 때 스쳐지나가면서 개나리와 매화나무 등을 보았던 곳이다. 옥담에 에워싸인 교도소 땅은 흙냄새조차 없다지만 새봄을 열심히 준비하고 있는 광경을 목격하게 되었다. 감시 서치라이트 불빛이 훑고 지나갈 때 화단을 재빨리 살핀다. 칼날처럼 돋아났던 창포 새싹이 제법 자랐다. 그 새싹을 보고 칫솔대를 뾰족이 갈아서 만든 '공갈펜'으로 점자를 찍듯 꾹꾹 눌러 비밀 기호로 책갈피에 기록했던 글귀가 떠오른다.

오메 어쩔거나, 오메 어쩔거나,
혹한의 세월 넘고 또 모진 세상 넘어
창포 잎 여기에 돋았네.
칼날로 돋았네.
혹시 그날을 잊었을까 봐
꿈속의 꿈에서도 나타나더니
십오 척 옥담 안에 창포 잎 돋았네,
칼날로 돋았네, 내 손때 묻은 조각칼처럼.
잊을 수 없어, 정녕 잊을 수 없어,
분노와 사랑을 함께 배운
그늘 그때 가슴 아픈 날들을.
옥담 안에는 봄이 더디 오지만
칼날 창포 잎은 어김없이 내 가슴팍에서
돋았네.

내가 교도소에 두어 달쯤 생활했을 때, 판화작업을 하느라 오른손 중지에 콩알만 하게 박혀 있었던 굳은살이 떨어져나갔다. 그 옹이는 나의 분신임과 동시에 예술이며 신념이었다. 나는 그것을 보물처럼 소중하게 보관하고 있다가 운동시간을 이용하여 양지 녘의 화단에 묻어두었다. 그 옹이가 두터운 땅을 뚫고 새싹으로 다시 돋아나기를 기원했던 것이다.

주먹을 으스러지게 쥔다. 저 출구를 나가자마자 조각도부터 움켜쥘 것이다. 어느 누구도 그 칼을 빼앗아가지 못할 것이다. 젊은 교도관이 빨리 나가자며 안달을 피운다. 다시 걸음을 재촉하려고 할 즈음 보안과의 문이 벌컥 열리면서 고함이 들려온다.

"뭐하는 거야! 빨리 내보내란 말이야! 지금 출소를 기다리는 사람들이 정문 앞에서 농성을 하고, 지랄법석을 떨고 있단 말이야!"

젊은 교도관이 내 팔을 붙들고 잡아당긴다.

도대체 누가 찾아와서 농성을 하는 것일까. 그날 그 도시에 거대한 폭력이 휘몰아쳤을 때 땅끝패 친구들에게 화실에서 모이자고 연락했던 일이 불현듯 떠오른다. 친구들이 모인다고 해서 계엄군들의 만행을 저지할 방도가 생길 리 만무했다. 하지만 못 본 체하고 있을 수만은 없어서, 일단 모여 대책이라도 논의하고 싶었던 것이다. 그런데 그날 화실로 찾아온 사람은 아무도 없었다. 하지만 나는 그들을 비겁자라고 여긴 적이 없었다. 생존의 본능을 향해 누가 감히 돌을 던질 수 있단 말인가.

"어허, 빨리 나갑시다."

고래고래 고함치던 당직계장의 눈과 마주친다. 나는 그를 향해서 작별의 뜻으로 손을 여유 있게 흔든다. 출구 쪽에서 풍물 소리가 들려온다. 너무나 오랜만에 접하는 살아 있는 소리이다. 함성도 들려온다. 젊은 교도관이 빗장을 열어준다. 머리를 내밀고 밖을 내다본다. 철문 하나 사이인데 공기부터 다르다. 출소를 환영하기 위해 전세를 낸 듯싶은 버스가 비상등을 연신 깜박거리고 있다. 문화운동패 동지들 수십 명이 주먹을 흔들며 「타는 목마름」을 외쳐 부르고 있다. 그 동지들 틈에서 정윤철이 앞으로 뛰쳐나와 나를 왈칵 보듬는다. 그의 눈시울에 눈물이 맺혀 있다. 그건 샛별이며 아침 이슬이다.

"홍석아, 나 혼자 나와서 미안하다."

그가 비닐에 싸인 것을 내밀며 입을 또 연다.

"생두부야. 다시는 징역 살지 말라고 먹이는 거래."

그가 건네준 두부를 한 입 덥석 베어 문다. 차가울 것으로 예상했는데 의외로 온기가 느껴진다. 입으로 덥석 베어 문 부드럽고 온기 있는 생두부가 마치 친구들의 살덩이처럼 느껴진다. 문화운동패 동지들의 함성이 어둠을 무너트리고 있다. 나는 손가락을 들어 어두운 산하를 가리킨다. 어둠에 싸여 지척을 분간하기 힘들지만, 밤하늘의 별들이 총총하며 어두운 산하 곳곳에 길들이 가닥가닥 뻗어 있다. 그 길들은 길을 따라 끝없이 이어질 것이다.

날개 꺾인 새들의 비상

김영삼_ 문학평론가

1. 실종

'박제가 되어 버린 천재'이자 시대와 불화하던 사내는 "나는 거
울 없는 실내에 있다. 거울 속의 나는 역시 외출중이다"(「날개를 위
하여」, p. 13)라는 문장을 남기고 한 달째 행방이 묘연하다. 태평양
을 횡단하며 하늘을 덮을 듯한 날개로 비상했던 그는 어느새 "패각
류"(「날개를 위하여」, p. 29)처럼 입을 굳게 다물더니 "세상에 대한
사표"(「날개를 위하여」, p. 17)를 쓰고서는 오랫동안 부재중이다. 혁
명에 실패한 한 청년은 "도시에서 거대한 폭력이 휩쓸고 지나간 이
후"(「미완의 탑」, p. 62) 방문을 걸어 잠그고 칩거했다. 간혹 몇 번
의 비밀스런 외출을 거듭하다 급기야 사라졌다. 청년의 방에는 '돌
무더기'들만이 가득했다. 괴이한 풍경이었다. "파스텔 톤의 청색 실
크 스카프"(「파랑새」, p. 123)를 맨 한 여인은 낯선 사내의 트럭을 타
고 동해로 가는 중이다. 시아버지의 제사가 오늘이어서 장바구니를

손에서 놓지 못하고 있지만, "파랑새처럼 하늘을 날고"(「파랑새」, p. 123) 싶었던 그녀는 현재 부재중이다. 백지 앞에서 절망하던 한 작가는 비릿한 갯내음이 스며드는 어느 낯선 방에서 아침을 맞이했다. "하루에도 팔만사천 번씩 절망하고 또 팔만사천 번씩 희망을 세우다"(「명사십리에는 순비기가 있다」, 「날개를 위하여」, p. 153) 숙취에 빠져 있다. 그는 현재 '블랙홀'과도 같은 글쓰기의 중력을 이기지 못해 '타나토스'의 유혹에 넘어가려는 중이다. 빨치산의 비밀을 간직한 품바우의 북소리는 평생 동안 울리지 않았으며(「품바우전」), 혁명을 꿈꾸는 운동가는 오랜 기간 수감 중이다(「생두부」). 하다못해 동네 똥개 '뭉크'도 집을 나갔다(「뭉크를 찾습니다」).

예외 없이 박혜강의 소설 속 인물들은 모두 '실종' 상태다. 모두들 어디로 갔을까?

2. 날개 꺾인 새들

잠시 작가 이상(李箱)을 경유해야겠다. 폭력적으로 몰아닥친 근대의 속도감에 현기증을 느끼다, 아니 "인생의 제행이 싱거워서 견딜 수가 없"(「날개」)어서, 그 안에서 자신을 위조하는 것이 못 견디게 싫증이 났던지 1930년대 경성 미쯔꼬시 백화점 옥상에서 퇴화된 날개를 향해 비상의 주문을 외우던 그 '박제가 되어 버린 천재' 모더니스트 이상 말이다. '굿바이'라는 인사만 남기고, 도대체 그는 어디로 갔을까? 도무지 악수를 모르던 또 다른 자아를 찾아 '거울' 속으로 사라졌을까? 까마귀의 눈을 하고서 여전히 공포와 불안이 가득한 이 세계를 내려다보고 있을까? 마치 다른 세계에서 낯선 지구에 떨어져 버린 존재처럼 세계와 불화하던 그는 날개를 펴고 제 세상으로 날아가긴 했을까? 그는 실종된 걸까? 아니면 다른 세계로 기나긴 외출을 떠난 걸까? 그런데 정말 궁금한 것 중 하나는, 도무지 해독이 불가능한 글들을 남기고 떠나 버린 후 그의 아내는 도대체 어떻게 되었을까?

어느덧 백 년이 다 돼 가는 작가를 소환한 데에는 이 작품집의 첫 단편 「날개를 위하여」가 이상의 「날개」를 오마주하고 있기 때문만은 아니다. 두 작품은 실종과 환멸을 공명하면서도 사뭇 다른 지점을 바라보고 있기 때문이다. 무엇보다 이 소설이 남겨진 아내의 시선에서 쓰이고 있다는 점에 주목할 필요가 있다. 단명한 이상이 미처 보지 못한 폐허 이후 남겨진 자의 정동, 절망과 실패 이후 희망, 블랙홀 같은 거울의 깊숙한 지점에서 한 점으로 빛나는 출구, 격변하는 시대를 견디어 가는 남겨진 사람들의 이야기를 다루고 있기 때문이다. 그러니 작가 박혜강은 작가 이상을 오마주하면서 그를 의도적으로 오독하고 있는 셈이다. 그리고 이것이 박혜강의 소설들을 구성하는 일종의 '오감도'이기 때문이다.

두 작품은 모두 누군가의 실종을 공유한다. 그러나 이상의 소설이 당대의 '모던 경성'에 '아니올씨다!' 정도의 위트와 패러독스로 빈 구멍을 남기고 사라진 사건 자체를 다루고 있다면, 박혜강의 소설은 실종이라는 사건 이후—그러니까 정확히 '광주의 오월' 이후— '이건 아니지! 모든 게 다 변하는 것은 아니지!'라는 성남의 포효로 굳건한 방

패막을 들고 선 자들의 이야기라는 점에서 분명 다르다. '왜 사건 이후 남겨진 주체들의 핍진한 삶과 격변하는 현실에서 잊혀 가는 기억을 붙잡고 끝내 다시 한 번 불을 지펴 보고자 하는 희망에 대해서는 이야기하지 않는가?'라는 작가 박혜강의 목소리가 이 소설집을 가득 메우고 있다.

소설로 돌아와, 실종의 이유를 짐작하게 하는 구절들이 있다. '희망과 야심의 말소된 페이지가 딕셔너리 넘어가듯' 가득하다.

저 슴새는 바다의 방랑자라고도 하거든. 쉬지 않고 무려 150일 간을 시속 30마일로 날면서 태평양을 횡단하기 때문이야. … 슴새의 대장정은 경이로움 그 자체라고 말할 수 있어. 그런데 말이지, 슴새들은 슬픈 사연을 안고 살아간대. 원래 슴새들은 천만 단위에 이르는 집단생활을 하는 새들이었는데 울릉도 개척단들이 굶주림을 면하기 위해 도리깨로 깡그리 때려잡아 먹었다는 거야. … 슴새 사냥에 얼마나 열을 올렸던지 지금은 개체수가 줄어들어서 쉽게 찾아보기 힘든 새가 되고 말았어. 하, 슴새는 고달픈 운명에 기구한 팔자를 타고난 새야.(「날개를 위하여」, pp. 23~24)

허허, 지쳐서는 안 돼. 우리는 허상이 아니었어. 우리의 실상을 되찾으려면 날개를 달고 훨훨 날아야 한단 말이야. 그래, 보아란 듯이 창공을 훨훨 날아보자고. 자랑스럽게 나는 모습을 꼴통들에게 확실히 보여 주잔 말이야.(「날개를 위하여」, p. 27)

경철이는 우리 사회가 만들어낸 일회용이었어! 그래, 우리는 폐기물이야! 너꺼무! 그렇지만 경철이는 이제 자랑스럽게 날개를 달았어. 훨훨 날 수 있는 날개를 달았단 말이야! 땅 위를 박박 기어다니는 너희들이 날개를 알아? 너희들은 날지 못하지? 경철이는 이제 자유롭게 하늘 높이 날 수 있단 말이야!(「날개를 위하여」, p. 29)

첫 번째 인용구절에서 '습새의 대장정'은 역사를 횡단하던 한 세대의 과거를 연상케 한다. 세상과 당당하게 맞서 싸우던 대학 시절과 문학이라는 날개로 세상을 유영하던 전업작가 시절 현우의 날개는 찬란했었을 터지만, 그들의 지난 연대기가 "후일담이니 어쩌니 하면서 개똥 취급"(「날개를 위하여」, p. 27) 당하던 것과 같이 개체수가 줄어 버린 습새의 현재는 '허상'처럼 날아가 버린 폐허 이후를 돌아보게 한다. 여러 단편들에서 반복적으로 등장하는 현실사회주의의 몰락과 시대의 급격한 변화, 그리고 문학동네의 대중화에 대한 작가의 회고는 현실 추수적 글쓰기에 대한 거부감의 표현으로 읽힌다(「날개를 위하여」, 「명사십리에는 순비기가 있다」, 「생두부」). 그들은 이제 "날개 꺾인 새"(「날개를 위하여」, p. 26)가 되어 버렸다. 소설 속 인물들(특히 작가들)의 불임, 불면, 조갈증, 숙취, 망상, 절필(또는 휴필) 등과 같은 반복적 증상의 근원에는 세계와 불화하는 우울과 불안의 정동이 도사리고 있다. 그래서 오래전 세상과 '굿바이'한 작가의 시는 다시 소환된다. "라지에이터의근방에서승천하는굿바이. 바깥은 우중. 발광어류의군집이동"(「날개를 위하여」, p. 30).

정오의 사이렌으로 음소거가 된 세상에서 금붕어처럼 의미 없는 유영만을 반복했던 그때의 경성처럼, "사각의 틀"(「날개를 위하여」, p. 25) 속에 갇혀 버린 현재 이 세상은 망각과 허상의 비만이 가득 내리고 있을지도. 여전히 '바깥은 우중.'

그래서 우리는 '전사들'이었다고 '다시 한 번 날아 보자'고 항변하지만 현우의 외침은 공허하다. 구체성과 방법론이 생략된 선언적 언어의 텅 빈 울림만이 들릴 뿐이다. 아내 해경에게 현우는 태평양을 횡단하는 이날의 태풍으로 회생하는 듯도 하지만, 이 또한 소망의 관념적 상징에서 자유롭지 못하다. 작가가 이를 모를 리 없다. 실종된 사람들이 아직 많다. 이들의 경로를 따라가다 보면 보충이 될 터, 그들이 빨려 들어간 블랙홀로 들어가 봐야겠다. 실종된 그들의 우울의 정동을 공유해야겠다.

날개 꺾인 새들은 과연 날 수 있을까?

3. 허상과 실상

실종된 이들을 현실로 소환하는 경로는 「미완의 탑」에서 출발한다. 소설은 전라남도 화순군 운주사의 천불천탑을 천민들의 혁명적 소망과 기원 행위로 승화하고 있다. 그리고 5·18이 여기에 중첩된다. 이 구성에서 주목해야 할 것은 바로 허상과 실상의 대립이다. 먼저, 실종사건의 전말은 이러하다. 거대한 폭력(5·18)이 도시(광주)를 휩쓸고 지나갔다. 항쟁의 마지막 새벽을 지키지 못했던 청년(형)은 방문을 걸어 잠그고 칩거했다. 그러던 어느 날부터 그는 비밀스런 외출을 감행하다 급기야 가출한다. 그의 방에는 칠팔십 기의 돌무더기들이 쌓여 있었다. 불탑이었다. 어머니는 형의 운주사 행을 직감하고, 화자인 '나'는 컴퓨터에 보관되어 있는 "형의 글"(「미완의 탑」, p. 64)을 통해 실종의 원인을 찾는다.

그 글은 '형'이 새로 쓴 운주사 설화였다. 운주사의 창건에는 몇 가지의 설화가 존재했지만 대부분 낭만적 혁명사상이 신비화된 이야기들뿐이었다. '도선 국사의 산천비보사찰설'은 사찰 창건 시기와 도선 국사의 생존 시기와 일치하지 않았고, 마고할미와 운주도사의 전설에서 민중집단은 피동적 주체로 머물 뿐이다. 오월 광주의 그날 이후 원죄에 시달려 왔던 '형'의 눈에 띈 것은 '와불님의 설화'였다. "그날이 오면 만경창파에 민중의 배가 뜨고 이 땅에 용화세상이 펼쳐진다는 이야기. 그 언젠가 와불님을 일으켜 세우려다가 그만 닭이 울고 해가 떠서 그 뜻이 좌절되고 말았다는 미완의 혁명 이야기"(「미완의 탑」, p. 73)는 그에게 "역사 속으로 자꾸만 파묻히고 통한의 깃발만 나부끼는 이 도시"(「미완의 탑」, p. 74)의 미완의 혁명을 상기시켰다. 그러나 와불의 설화는 역사적 허무주의와 기념비화된 '망월동의 또 다른 혁명의 탑'을 연상하게 할 뿐이었다. 새로운 탑은 항쟁의 피를 대가로 명예와 권력과 부에 복무하는 화석일 뿐이기 때문이다.

알랭 바디우는 예술이 정치의 노예로 전락하는 과정을 분석하면서, '문화—기술—경영—성'의 체계적이고 상업적인 출현이 진리 공정의 원동력인 '예술—과학—정치—사랑'을 기념비화하고 국가권력의 대상으로 전락시킨다고 비판한 바 있다(『사도 바울』, 새물결, 현성

환 옮김, 2008, pp. 28~29). 즉 혁명의 상흔이 정치 선전의 수단으로 전락하면서 예술은 정치에 의해 은폐되고 가려진다는 것이다. 그러니 와불님의 이야기는 미완으로 끝난 혁명의 슬픔과 우울의 정동을 확장할 수는 있어도, 역사에서 실종된 사람들을 다시 소환할 수는 없다. "지난날 우리의 운동도 그런 신비적 사고에 물든 채 허상을 좇았던 것이 아닐까?"(「미완의 탑」, p. 76)라는 깨달음도 이를 증명한다.

그러니 다시 쓰인 설화는 권력의 착취와 압박을 피해 천불동(千佛洞)에 모여든 백정, 노비, 유민, 향·소·부곡의 천민들, 민중의 난에 연루된 도망자들, 승려들 등이 토포꾼(계엄군)들에 의해 처참하게 쓰러져 가던 "그때의 가슴 아픈 상황을 그대로 재현"(「미완의 탑」, p. 87)하고, 천불산 골짜기를 가득 채운 미륵은 "시주님들 모습"(「미완의 탑」, p. 86)을 토대로 만들었다는 이야기다. '셈해지지 않은 자들의 이름, 아무나의 이름, 내쫓긴 자들의 이름'으로 그들이 스스로 이야기를 할 때, 그것은 기존 상징계적 언어들의 질서와 위계를 파괴한다. 새로운 셈법과 언어로서 기존의 질서를 비틀고 헤살 짓는 문체가 곧 '문학의 정치'임을 여기서 다시 확인한다. 그래서 '나'와 어머니가 운주사에서 본 천불천탑의 모습은 다음과 같을 수밖에.

가는 길에 수많은 불상들을 만났다. 머리통이 길쭉한 메주불상, 코가 문드러진 들창코불상, 메기입에 좁쌀과녁 얼굴을 하고 있는 못난이불상, 농주에 취한 채 고샅길 돌담에 기대어 육자배기를 불러대는 농부불상, 모여서 이야기를 도란도란 나누는 가족불상

들. 그 모든 것들은 신비의 불상이 아니라 바로 우리의 모습 사실

그대로였다.(『미완의 탑』, p. 78)

'형'이 쓴 새로운 설화는 화석화된 형식으로의 수렴을 거부하고
새로운 언어와 주체의 출현을 동력 삼아 문학 고유의 정치성을 실현
하고 있는 셈이라고 할 수 있다. 즉 신비화되고 기념비화된 '허상'의
설화 대신, 미완의 혁명을 완성할 수 있는 '실상'의 이야기를 창조하
려는 노력이며, 동시에 오월 광주 이후 상실된 자아를 복원하기 위
한 행위라고 볼 수 있다. 이 작품의 글쓰기 행위는 허상의 역사를 비
판하고 현재성과 지속성을 통해 사건의 실재를 재현하고자 하는 작
가의 지속적 노력을 환기하게 한다. 박혜강의 『꽃잎처럼』 또한 사건
의 현재성을 위한 지속적 노력의 산물임을 모르지 않는다.

「미완의 탑」에서 드러나는 '도선국사 또는 와불탑의 전설 – 천민
들의 혁명적 소망'의 대립은 '역사 – 문학'의 대립으로, 다시 '5·18에
대한 역사의 기록 – 살아남은 자들의 상흔의 기억'으로 중첩되고 확
장된다. 이런 허상과 실상의 대립은 이 소설집의 곳곳에 포진되어
있는데, 「뭉크를 찾습니다」에서도 '뭉크의 작품 「절규」 도난 사건 –
강아지 '뭉크 실종 사건', '서울 부녀자 연쇄살인 사건 – 동네 가정
주부 실종 사건', '사복경찰 백골대의 화려했던 정상곤 – 시골 파출
소 경찰 정 순경'이라는 대립적 구도로 변주 서술된다. 주인공 정상
곤 순경은 대립항의 전자에 해당하는 사건들에 관심을 두고 추적하
려 하지만, 상상의 뭉크와 달리 현실의 '뭉크'(강아지)로 재현된 현실
은 "김빠진 맥주"(「뭉크를 찾습니다」, p. 38)처럼 현실의 싱거움을 드

러낸다. 허상이 강화될수록 실상의 초라함만이 부각될 뿐이다. 중요하게 보아야 할 점은 정 순경이 동네의 실종 사건들을 뒤로하고 허상을 좇는 과정에서 무의식에 가라앉아 있던 자아 상실의 기억과 마주하게 되는 장면들이다.

실종에 이은 실종은 소년의 가슴에 큰 상처를 냈다. 소년은 상처를 치유하기 위해 다락방으로 숨기 시작했다. 조그만 동굴이나 다를 바 없는 그곳에서 할 수 있는 일은 별로 없었다. 크레용으로 그림을 그리다가 지쳐서 잠이 드는 게 고작이었다. 잠에서 깨어날 때면, 소년은 온데간데없이 실종되고 창으로 스며든 희미한 빛살이나 밤하늘의 별들만이 다락방을 차지하고 있었다. 소년은 차라리 그게 좋았다.(「뭉크를 찾습니다」, p. 45)

외출 외박과 휴가 때마다 그녀를 만나는 것은 자신의 존재를 확인하는 행위나 다를 바 없었다. 주변의 모든 것이 실종되었고, 자신마저 실종된 채 명령에 좇아 움직이는 생활을 하다 그녀가 곁에 있음을 아는 순간부터 어디론가 사라졌던 자신의 존재가 다시 나타나기 시작했던 것이다. 그런데 그녀가 어느 날 가을바람처럼 자신의 곁을 훌쩍 떠나버렸다.(「뭉크를 찾습니다」, p. 53)

사춘기 무렵, 개인병원을 운영하던 아버지는 어느 날 실종된 후 목을 맨 싸늘한 시신으로 돌아온다. 어머니는 광적으로 종교에 의존하게 되면서 어린 정상곤은 어머니의 '실종 아닌 실종'과 신경질적

체벌을 경험하게 된다. 외톨이가 된 소년에게 남은 것은 상처와 다락방뿐이었다. 즉 가족의 연이은 실종은 어린 소년에게 은폐된 자아 상실과 유폐된 유년의 공간(다락방)에 대한 왜곡을 남겼다. 그리고 이후 사복 경찰 시절 만난 '그녀'와의 이별은 '자신마저 실종되었던 기억'을 철저한 망각의 구멍으로 숨어들게 했던 것이다. 그러나 무의식의 상처는 언제든 제 모습을 숨긴 채 드러난 법이니, 소설 초반부에 그가 처하는 일종의 환각 상태(무중력 상태 또는 환상)는 억압되고 유폐된 자아가 귀환되는 징후이다. 정 순경이 뭉크의 「절규」(그는 과거 미술을 좋아했다)나 부녀자 연쇄살인 사건 등을 추적하는 데 관심을 두는 데에는 왜곡된 소망 충족이라는 기제가 작동하고 있는 셈이다. 결국 소설의 실종 사건들은 주인공의 의도와 무관하게 상실된 자아의 복구 또는 소환을 유도하고 있다.

그렇다면 두 편의 작품에서 공통적으로 보이는 허상과 실상의 대립과 자아 찾기의 플롯은 실종된 인물들을 제자리로 돌려놓을 수 있을까? 아직 해결해야 할 경로가 하나 남아 있다.

4. 애도와 우울

자아의 실종과 마주친 주체는 애도와 우울 사이에서 또 한 번 길을 잃는다. 이미 앞서 박혜강 소설의 인물들이 불임, 불면, 조갈증, 숙취, 망상, 절필 등과 같이 반복적 무기력과 우울 증상을 보인다고 말한 바 있다. 여기 「파랑새」의 주인공 '숙진'이 겪는 증상 또한 자아

찾기의 플롯과 함께 자아를 상실한 무기력한 주체의 우울 상태를 보여 준다(대부분의 작품 초반부에는 인물들이 경험하는 환각 또는 혼돈의 문장들로 채워져 있다. 이런 유사한 구성의 반복은 '허상 – 현실'의 이동 경로임과 동시에 '자아의 실종 상태 – 실종된 자아 찾기'라는 작품의 주제의식과 연결된다).

숙진은 대학 시절 운동권의 풍물패로 활동했다. 그때 만난 남편 관후는 이후 농민 운동과 전업 작가로서 활동하지만 현실의 변화에 적응하지 못한 채 예의 '패각류'처럼 입을 다물어 버린다. 이 점은 박혜강 소설에서 작가로 등장하는 인물들의 공통점이다. 아마 작가의 자전적 분노와 비판이 도사리고 있을 터, 급기야 관후는 자신의 원고 뭉치를 태워버림으로써(「파랑새」, p. 125) 절필의 상태에 들어서게 된다. 세상에 대한 분노와 불화는 학습된 무기력 상태와 불면으로 이어지고, 숙취는 인물들을 환각과 실종 상태로 빠뜨리는 동굴처럼 어둡고 깊다. 또 이들의 가족 구성원을 보면 하나같이 자식이 없다. 타나토스는 가득하지만 에로스는 없다. 성관계는 실패로 끝나거나 시도되지 않는다. 숙진은 몇 달째 생리를 겪지도 못했다. 즉, '불면–불임–절필'은 인물들의 항구적 우울 상태를 드러내는 징후의 연쇄들이다.

모든 사람들이 데스마스크를 둘러쓰고 있었다. 소름이 오싹 끼쳐서 비명을 지르려고 했다. 말이 튀어나오지 않았다. 발목에서 통증이 느껴졌다. 나뿐만 아니라 모든 사람들이 쇠사슬에 묶인 채 기계적으로 움직이고 있었다. 그 대열에서 빠져나가려고 몸부림쳤

다. 마음뿐이었지 몸이 말을 듣지 않았다.(「파랑새」, p. 129)

이 인용문은 「파랑새」의 숙진의 우울 상태를 보여 줌과 동시에 소설집을 관통하는 실종된 인물들에 붙잡혀 있는 '블랙홀'처럼 강력한 중력을 가진 무기력 상태를 상징한다. (몰락과 파상, 그리고 '데스마스크'가 환기하는 죽음의 이미지는 작가를 남편으로 두고 있는 인물들의 공통분모들이다. 「날개를 위하여」의 김해경도 마찬가지다.) 이런 숙진에게 찾아온 대학 시절 풍물패 동기인 혜연의 빨간 스포츠카와 파스텔 톤의 청색 실크 스카프는 숙진을 상징하는 장바구니와 시아버지의 제사라는 설정과 상당히 달라 보인다. 그러나 사실 혜연은 과거 운동권의 경력으로 인해 남편에게 이혼을 선언 당했다. 혜연을 서술하는 밝은 색채의 이미지들은 오히려 그녀가 처한 현실의 초라함을 역설적으로 드러내고 있다. 그리고 이는 국회의원의 아내가 되었다는 다른 동기인 윤희도 다르지 않다. 이들은 모두 '우울증'에 빠져 있음을 소설은 가감없이 표현하고 있다. 그 원인은 "정작 자신이란 존재는 어디에도 없"(「파랑새」, p. 138)다는 대화에서 드러나듯, 작품집 전체에 포진된 자아 실종 상태를 지시한다. 작품의 초반부에 낯선 사내의 트럭을 타고 동해로 가면서 "연일 매스컴을 소란스럽게 만드는 실종사건과 연쇄살인사건을 떠올린다"(「파랑새」, p. 123)는 숙진의 모습은 스스로를 실종 상태로 정의하는 무의식적 자기규정이다.

「명사십리에는 순비기가 있다」에서도 소설은 숙취와 조갈증에 빠진 인물의 혼돈으로 시작된다. 이어 블랙홀과 타나토스와 같은 언어들을 통해 글을 쓰지 못하고 있는 주인공의 불안한 내면을 그대로 노출하고 있다. 지난 세월 동안 작가로서 부딪혀야 했던 현실의 벽에 대한 한탄과 분노는 여기에도 반복 서술된다. 더구나 이 인물은 지난밤의 기억조차 가물가물하다. 기억의 상실은 인물의 실종 상태와 공명하면서 각각의 소설들을 하나의 지층으로 묶어 준다. "불연속 지층을 훌쩍 뛰어넘어가서 먹통이 되어버린 기억"(「명사십리에는 순비기가 있다」, p. 154)의 한가운데는 어머니의 죽음이 자리하고 있다.

전업작가로서 성공하지도 못한 상태에서 그는 어머니의 보살핌을 받아왔고, 보상을 해 주지도 못한 상태에서 어머니가 돌아가셨다. 극도의 죄책감은 그의 울음을 앗아가 버렸다. 그는 장례식장에서도 울지 못했고, 이후 글도 쓸 수 없었다. 여기서 어머니의 죽음은 애도가 완료되지 않은 사건을 떠올리게 한다. 그 죽음의 의미를 완전히 의미화하지 못했을 때, 애도는 종결되지 못하고 개인을 끝없는 우울의 상태로 남게 한다.

애도와 우울은 모두 어떤 상실에 대한 심리적 반응이다. 애도는 대상에 투여되었던 리비도가 철회된 후 다시 새로운 대상에 재투입되는 노동의 과정에서 촉발되는 정동이다. 때문에 그 과정이 아무리 고통스럽더라도 애도의 종결은 마음이 부서진 자를 제 삶으로 회귀하게 한다. 그러나 우울의 정서는 애도가 종결되지 않은 채 새로운 대상을 찾지 못한 리비도가 주체의 심리 내부로 회수되어 가학적으로 자아에 부딪치는 상황에서 발생한다. 이때 우울의 주체는 상실의 대상을 명확하게 인지하지 못한 채, 자신을 '쓸모없고 무능력하며 도덕적으로 타락한 자아'로 비하하게 한다. 더 정확히 말하자면 우울의 주체는 자신이 상실한 것의 정체가 아니라 그 의미를 모른다고 할 수 있다. 상실된 대상이 자신에게 어떤 의미를 가지는지, 상실의 대상이 사람이라면 자아가 그 대상과 어떤 관계를 맺고 있었는지를 모를 때 주체는 우울로 귀결된다. 요컨대 우울증적 주체는 무엇을 잃어버렸는지, 무엇을 괴로워하고 아파해야 하는지를 모르는 무지에서 비롯된다. (프로이트, 「슬픔과 우울증」, 『정신분석학의 근본개념들』, 열린책들, 2007.) 즉 두 작품에서 주인공들이 공통적으로 찾아가게 된 바다 공간에서 만난 '파랑새'와 '순비기'는 우울의 정체면서 동시에 우울증적 주체가 돌아올 수 있는 가능성을 시사하고 있다.

5. 아무도 오지 않았다. 그러나…

앞부분에서 서둘러 던져 놓고 잊어버린 질문이 있었다. '박제가 되어 버린 천재가 사라진 후 그의 아내는 어떻게 되었을까?'라는 질문 말이다. 그러니까 이 질문은 다시 '현우의 아내는 어떻게 되었을까?'라는 말로 치환가능한데, 주지하다시피 아내의 이름이 김해경이다. 그러니까 '이상'(또는 현우)은 가고 '김해경'은 남았다. "현우뿐만 아니라 해경도 부재중"(「날개를 위하여」, p. 19)이었다. 앞서 서술한 인물들처럼 아내 김해경은 현재 어두운 동굴을 빠져나오는 중이다.

실종된 자가 남긴 과제를 남겨진 자들이 수행하고 있다. 아내 해경만이 아니라, 오월 광주 이후 남겨진 주체인「미완의 탑」의 '형', 남편의 부재를 견디어 내던「파랑새」의 숙진, 어머니의 부재에서 우울의 정체를 찾아야 했던「명사십리에는 순비기가 있다」의 '그',「생두부」의 박홍석과 이사현과 정윤철, 그리고「품바우전」의 '굴때장군' 서판돌(소설집 전체에서 이 인물이 가장 매력적인데, 그 이유는 주체의 상실과 우울을 모두 지니고 있으면서 동시에 그가 죽음의 목전까지 두드렸던 그 북소리가 박혜강 소설을 움직이는 동력이라고 느껴지기 때문이다) 등이 모두 이 남겨진 자들에 해당한다. 이들은 모두 사건 이후 폐허의 자리를 끝까지 지키려는 작가의 문학적 도정을 담고 있는 인물들이다. 다른 표현으로 사건 이후 문학이 제출할 수 있는 진리의 공정을 수행하는 인물들이기도 하다. 누군가는 부끄러움과 죄책감의 정동으로 오월을 서사화하고, 어디에선가는 역사의 한 장으로 오월을 기념비화하면서 과거의 사건으로 서둘러 정리하고, 누군가는 퇴화되어 버린 날개를 추억하며 눈물을 흘리고, 누군가는 현실의 늪으로 깊숙이 발을 옮길 때, 작가 박혜강의 분신들은 실종과 우울을 정면으로 마주하면서 빈자리를 지키고 있었던 거다. 이들이 주체의 실종과 우울의 긴 동굴을 통과하면서 새로운 이야기들을 써내고 사건을 지속적으로 현재화하고 있다면, 이를 '사건에의 충실성'이라고 말해도 무방하지 않을까. 이제 아무도 오지 않은 빈집에서 아궁이에 불을 지피고 있는 어느 사내의 큰 어깨가 들썩이고 있는 듯하다. 그 사내의 등이 나는 아프다. 그리고 감히 고맙다.

광주가 죽음으로 뒤덮였을 때, 화실에는 아무도 오지 않았다(「생두부」). 그러나 다행이기도 한 것이 이들은 모두 돌아올 것도 같다.

시대의 격변에 현기증을 느끼다 지상에 발을 붙이지 못한 슴새는 태평양을 횡단하는 바람으로 돌아와 날개를 달 것만 같고, 미완의 혁명을 완성하기 위해 집을 나선 청년은 어딘가에서 천불천탑을 세우는 중일 테니 안심이다. 바다를 본 숙진은 다시 자기를 찾는 도정에 들어섰으니 새로운 길을 걸을 것만 같고, 바다의 '순비기' 앞에서 울음을 다 토해 버린 어느 작가는 이제 글을 쓸 수 있을 테고, 감옥에 갇힌 운동가는 신새벽에 출옥했다. 하다못해 '뭉크'도 집에 돌아왔다. 그러니 그들은 모두 현재 '외출' 중이라고 하는 것이 마땅하겠다.

등단 이후, 각종 지면에 발표했던 작품들 중에서 단편 6편과 중편 1편을 추려서 소설집을 펴내게 되었다.

처음에는 각 작품 말미에 '창작노트'라는 글을 첨부하려고 했다. 각 작품들을 기획·구상하고 집필을 시작해서 탈고에 이르기까지, 한 작가의 비밀스런 사연들을 진솔하게 털어놓는 게 바람직할 듯싶었기 때문이다. 왜냐하면, 신비롭게(?) 보이는 작가의 내면세계와 집필 과정들을 일반 독자들에게 소개함으로써 '친밀'이라는 연대감을 형성하고, 소설을 창작하는 후배들에게 조금이나마 보탬이 되었으면 하는 의도 때문이었다. 하지만 그렇게 하지 못해서 아쉽다. 차후에 산문집을 펴낼 기회가 있다면, 내가 발표했던 작품들에 대한 '창작노트'를 그 책에 실을 계획이다.

이 소설집을 출간하자는 제의가 들어왔을 때 망설임이 없잖아 있었다. 시의성이 떨어질 수 있다는 염려 때문이었다. 또 소설 원고를 탈고하고 발표할 당시에는 '자기검증'이라는 단계를 거치긴 했다. 그런데 이번에 소설집을 묶으려고 다시 읽어봤는데, 엉성한 글이라서 부끄럽기 짝이 없었다. "아는 만큼 보인다."고 했는데, "아는 만큼 쓰는 게 소설이다."는 생각이 들었다. 약간의 교정·교열을 거친 다음에 소설집 묶을 용기가 가까스로 생겼음을 고백한다.

소설(小說)이라는 단어를 직역하면, '잔소리' 또는 '잔말'쯤 된다. 그런데 알고 보면 그렇게 자잘하고 보잘것없는 것이 절대로 아니다. 소설은 우주처럼 광대하다. 소설 창작 공부는 끝이 없다. 그래서 나는 소설에 대해 경외심을 품고 살아간다.

1991년 어느 날, 한국일보 13층 송현클럽에서 있었던 일이다. 나는 장편소설 『검은노을』로 제1회 실천문학상을 받으면서, "작가는 글로 말하는 것입니다. 장차 글로 계속 말하겠습니다." 하는 짧은 수상 소감만 남겨 놓고 단상에서 내려왔다.

소설가는 소설을 통해 모든 이야기를 다 털어놓아야 한다. 그래서 '작가의 말'이나 '작품해설' 등은 사족(蛇足)에 지나지 않는다고 생각한다. 그런데 어차피 이렇게 너스레 같은 사족을 달기 시작했으니, 내친 김에 몇 마디 더 하겠다.

이 책에 실린 작품들 속의 등장인물 대부분은 나의 아바타이다. 물론 소설이란 사실을 바탕으로 허구를 가미한 것이기 때문에 나와 완전히 일치할 수 없지만, 그들은 나의 살과 뼈 그리고 혼의 조각으로 조합되어 있음이 분명하다.

하지만 이 작품들은 사소설(私小說) 부류가 아니다. 나는 아바타들을 통해서 개인적 체험이나 심정을 한탄조로 늘어놓거나 불만을 터트리고 싶은 마음이 전혀 없었다. 격동의 시대를 헤쳐 왔던 나의 아바타들은 우리 모두를 대신해서 행동하고 사색한다. 그리고 왜 당대(當代)와 불화(갈등)를 겪을 수밖에 없었나 하는 사연들을 사실적으로 보여주고 있다. 나는 단편소설을 집필할 때마다 '실상과 허상', '존재와 부재'에 대해 깊이 생각했다. 그건 암울 속에 갇혔던 시절에 출구(出口)를 찾아내려는 일종의 모색이었다. 개인만이 아닌 우리 모두의 출구를….

한 편의 영화가 끝날 때면 엔딩 크레디트가 올라가면서 제작 참여자들의 명단이 차례로 올라간다. 이 책의 엔딩 크레디트에는 전업 작가의 길을 가고 있는 나를 연민의 눈빛으로 바라보는 가족과 형제 그리고 친척들의 이름을 또박또박 새기고 싶다. 또 격려를 항상 아끼지 않는 6인회 회원들을 위시하여, 지면 관계상 거론하지 못하는 수많은 지인들과 광주·전남작가회의 그리고 광주·전남소설가협회 회원들의 이름을 새기고 내 머릿속에도 각인하고 싶다.

끝으로, 소설집 출간을 제안·제작했던 시인 송광룡 사장, 작품 해설을 쓴 김영삼 문학평론가, 출판사 직원 모든 분들께 고맙다는 말을 전하고 싶다.

이천이십년 사월. 가람창작연구소에서 박혜강 배상

바깥은 우중

초판1쇄 찍은 날 | 2020년 5월 19일
초판1쇄 펴낸 날 | 2020년 5월 22일

지은이 | 박혜강
펴낸이 | 송광룡
펴낸곳 | 문학들
등록 | 2005년 8월 24일 제 2005 1−2호
주소 | 61489 광주광역시 동구 천변우로 487(학동) 2층
전화 | 062−651−6968
팩스 | 062−651−9690
전자우편 | munhakdle@hanmail.net
블로그 | blog.naver.com/munhakdlesimmian
값 12,000원

ISBN 979−11−86530−89−4 03810